KB020631

디지털 시대의 아동문학

김용희(金容熙)

아동문학평론가.
서울에서 태어나 성장했으며, 경희대 국문학과와 동대학원을 졸업하였다. 1982년
『아동문학평론』을 통해 평론 활동을 시작했으며 제9회 방정환문학상을 받았다. 주요
저서로는 아동문학평론집『동심의 숲에서 길 찾기』, 엮음 동시론집『옥중아, 너는 커
서 뭐 할래』, 동시 해설집『씨는 땅에 심고 시는 가슴에 심고』등이 있다. 현재 현대
아동문학작가회 회장을 맡고 있으며, 계간『아동문학평론』기획위원, 동시조『쪽배』
동인으로 활동하고 있다.

어른을 위한 어린이책 이야기 03

디지털 시대의 아동문학

2005년 8월 23일 1판 1쇄 인쇄 / 2005년 8월 29일 1판 1쇄 발행

지은이 김용희 / 펴낸이 임은주 / 펴낸곳 도서출판 청동거울 / 출판등록 1998년 5월 14일 제13-532호
주소 (137-070) 서울 서초구 서초동 1359-4 동영빌딩 / 전화 02)584-9886~7
팩스 02)584-9882 / 전자우편 cheong21@freechal.com

값 14,000원

잘못된 책은 바꾸어 드립니다.
지은이와의 협의에 의해 인지를 붙이지 않습니다.
무단 전재 및 무단 복제를 금합니다.
ⓒ 2005 김용희

Copyright ⓒ 2005 Kim, Yong Hee.
All right reserved.
First published in Korea in 2004 by CHEONGDONGKEOWOOL Publishing Co.
Printed in Korea.

ISBN 89-5749-050-7

어른을 위한 어린이책 이야기 03

디지털 시대의 아동문학

2000년대 아동문학의 부상은 지식정보사회에서 아동문학이 감당해야 할 새로운 과제를 바람직한 방향으로 성찰하는 비평정신이 절실해졌다는 것을 의미한다. 곧 문화 변동의 시대 아동문학의 역할과 책임이 그만큼 많아지고 무거워졌다는 뜻이다. 바로 이 책은 2000년대, 시대와 사회의 변화에 따른 아동문학의 역할에 관한 성찰의 소산이다.

김용희 아동문학평론집

청동거울

새로운 문화 현상과 아동문학의 가능성

내가 살아온 세상에서 아이처럼 마음 설레었던 때가 있었다. 20세기에서 21세기로 넘어가던 바로 그 해였다. 1999가 2000으로 바뀐다는 것, 그것은 연속적인 시간을 구분해 놓은 한낱 숫자에 불과하다 하더라도 내 삶의 중턱에서 세기를 바꾸어 살았다는 것만으로 축복이라 여겼다. 온 세계도 이런 새천년맞이로 축제의 분위기에 휩싸였다. 그때, 우리 사회는 어떠했던가. 옷 로비 의혹사건, 씨랜드 수련원의 화재 사건 등 사회의 치부를 드러내는 각종 비리들이 정리되지 못한 채, 세기말의 어수선한 분위기와 인터넷이니 Y2K니 하는 문화적 혼돈 속에 2000년을 맞이했던 것으로 기억된다.

그 2000년대가 디지털 시대로 이행하는 새 역사적 변환의 시기였다. 새로운 커뮤니케이션 테크놀로지가 우리의 환경에 새롭게 놓이면서 우리 삶은 컴퓨터가 주조해 놓은 정보 환경 속으로 빠르게 몰입되어 갔다. 우리 사회 각 분야에도 정보화 진행이 가속화되고 일상 경험 내용에 큰 변화를 가져왔다. 새로운 미디어와 생활환경의 변화만큼 아이들의 생활 방식과 가치관도 급속도로 변하여, 기성세대들이 배웠던 윤리의 틀 안에서 아이들을 키우는 일이 힘들어진 시대가 되고 말았다.

이에 따라 2000년대 두드러진 현상은 아동문학의 입상이었다. 21세기의 희망을 어린이에게서 찾기라도 하듯, 유수의 출판사들이 경쟁적으로 아동도서 출판에 뛰어들고, 불황 속에서도 개성 있게 꾸민 어린이 전문서점, 도서관들이 곳곳에 생겨났다. 인터넷을 통한 어린이책 소개 및 구입이 일상화되고, 일간지마다 어린이책이 크게 다루어지면서 질 좋은 아동도서의 생산과 소비가 눈에 띄게 확장되었다. 이러한 아동도서의 팽창은 그대로 아동문학의 부상으로 이어졌고, 새로운 순수 아동문학지가 다투어 창간되었다. 일간지 문화면에 동시도 연재되면서, 동시는 어린이만 읽는 시라는 편견을 깨뜨리고 어른 일반에게도 공명을 주는, 당당히 서정문학의 독자적 양식으로 각광받았다. 하지만 아동문학에 대한 관심은 여전히 동화문학에 쏠렸다.

외국 번역동화와 국내 창작동화가 베스트셀러에 오르면서 동화문학의 상품성이 새롭게 인식되었고 전례 없는 동화책 출판의 과열 현상을 보였다. 어린 독자들을 위해 책의 표지에서부터 형식, 구성, 삽화, 지질에 이르기까지 새로운 북 디자인이 시도되어 양질의 동화책을 선보였고, 유아에서 청소년까지의 독자를 계층별, 학년별로 끌어들이는 전략적인 출판도 자리잡았다. 잘 알려진 외국 동화의 번역이 봇물을 이루고, 문학성을 기반으로 한 '어른을 위한 동화'까지 일반화되었다. 거기에 동화의 장편시대를 불러오면서 동화문학은 놀라운 팽창을 이루었다. 여기에 불을 지핀 것은 전세계에 선풍적 인기를 끈 영국 여성작가 조앤. K. 롤링의 '해리포터' 시리즈였다.

사실 아동문학의 부상과 장편동화 시대의 예고는 2000년대 디지털화와 지식정보화에 의한 지각 변동과 무관하지 않다. 이미 컴퓨터와 인터넷이 생활필수품이 되어 버린 시대, 사이버 세상도 하나의 문화 공간으로 받아들여지고, '책읽기'마저 트렌드로 부상하였다. 볼거리가 넘쳐나고 무한 복제가 가능한 인터넷 세상에서 어린 독자들은 책읽기조차 유행을 좇고, 보다 더 흡인력 있는 읽을거리를 압박해 왔다. 한편으로는 채팅에 의한 언어 파괴의 심각성이나 컴퓨터에 중독되어 가는 아이들에게 자기 정체성을 찾아주어야 한다는 자성의 소리가 늘면서 종래의 전통적 책읽기 방식으로 아이들을 선도하려는 목소리도 높아졌다. 이때 어린이의 정서를 대변하고, 21세기 어린이를 올바르게 선도할 시대의 책임으로 아동문학이 부상할 수밖에 없었고, 어린 독자들을 끌어들일 새로운 캐릭터와 상상력, 흥미진진한 이야기성을 지닌 장편동화에 대한 기대감이 여느 때보다 증폭될 수밖에 없었다.

결국 아동문학의 과열 조짐은 지식정보사회에서 아동문학이 감당해야 할 새로운 과제를 바람직한 방향으로 성찰하는 비평정신이 절실해졌다는 것을 의미한다. 곧 문화 변동의 시대 아동문학의 역할과 책임이 그만큼 많아지고 무거워졌다는 뜻이다. 바로 이 책은 2000년대, 시대와 사회의 변화에 따른 아동문학의 역할에 관한 성찰의 소산이다. 제1부에서는 주로 지식정보화 시대 아동문학의 방향성이나 동화문학의 접근방법을 짚어보았다. 제2부에서는 동시문학의 새로운 인식과 시인론을 통한 동심의 순수한 정감의 깊이를 살펴보았다. 특히 윤석중 동요의 편견이나 동시조의 문학적 의미를 성찰하는데 의의를 두었다.

분명 2000년대 지식정보사회로의 변환은 아동문학의 창의적 전환을 불러오고 또 다른 아동문학의 과제를 부여했다. 아동문학이 한편으로 어린이들을 새로운 시대와 문화에 적응해 갈 수 있도록 도와야 하고, 다른 한편으로 우리의 사회 현실을 아프게 인지시키면서 새로운 가치관을 심어 주어야 하기 때문이다. 그만큼 이 시대 아동문학은 보다 멀리 내다보고 보다 깊이 통찰해야 하는 짐을 떠안게 된 셈이다. 이 책에 실린 글들은 이러한 문화 변환의 시대에 대응하는 우리 아동문학의 문학적 가능성을 짚어본 것이다. 낱낱으로 발표되었던 글들을 한 권의 책으로 묶어 흔쾌히 세상에 내보내 준 〈청동거울〉 가족에게 특별한 고마움을 전하고 싶다.

2005년 여름
김용희

차례

제1부 새로운 문화 환경과 아동문학

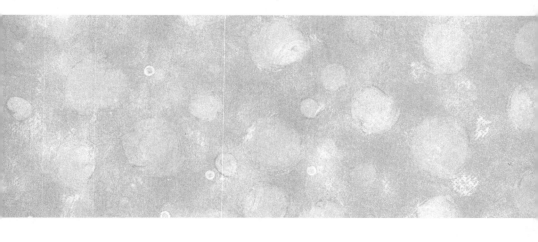

제2부 동시문학의 새로운 인식

제1부 새로운 문화 환경과 아동문학

디지털 시대 아동문학의 갈 길

1. 아이들 다루기가 힘들어진 시대

요즈음 한결같이 가정이나 학교에서, '엄마 노릇하기 힘들다', '아이들 다루기 어렵다'고들 한다. 동심은 불변한데 지금처럼 아이들 다루기가 힘들어졌다는 말은 무엇을 뜻할까? 아마도 그것은 시대가 달라졌다는 말과 통할 것이다. 정말 새로운 미디어의 등장으로 세상은 하루가 다르게 변해 갔다. 전자공학과 통신 기술의 급격한 혁신으로 지식정보산업은 오늘날 주도적 산업으로 급성장하였다. 정보의 양이 엄청나게 늘어나고 다양해졌을 뿐 아니라 전달망의 통합이 일어나고, 사람들 사이의 의사전달이 컴퓨터 속에서 이루어지고 있다. 웹사이트에서 정보를 찾고 통신으로 돈을 송금하고 전자우편으로 편지를 보내는, 전과 전혀 다른 세상을 우리는 경험하고 있다. 한 걸음 더 나아가 세계는 네트워크의 구축으로 국경마저 허물어지고 있는 형국이다. 디지털 정보와 정보기술(Information Technology)에 의해 성립된 지식정보화 시대는 이렇듯 새로운 유형의 정치·경제·사회·문화적 현상을 파급시켰다. 인류 역사상 과학 기술이 우리가 살아가는 방식을 지금처럼 급속도로 바꾼 적이 없었다고 할 만큼 자고 나면 꿈을 꾸듯 문화 전환(Cultural Turn)은 가속화되었다. 이제 우리는 자본이 경제의 부를 좌우하던 시대를 떠나 지식정보가 경제의 핵으로 부상하는 시대를 맞이한 셈이다. 이러한 지식정보화 시대의 문화 전환은 기성세대보다 더 급속히 자라나는 우리 아이들에게 생활 방식과 가치관, 의식 구조, 호기 성향 등 모두를 바꿔 놓기에 이르렀다.

지식정보화 시대의 아이들은 농촌공동체사회에서 태어나 산업화 시대를 곤고히 겪어내었던 기성세대들과는 모든 면에서 현격한 차이를 보이며 영악하게 자라고 있다. 그들은 어려서부터 자연스럽게 '스타크래프트'와 같은 CD-ROM 게임, '리니지'와 같은 온라인 게임 등 전자 매체에 익숙한 세대들이다. 벌써 부모들은 놀러나간 아이들을 찾으러 놀이터로 가는 일보다 전자오락실이나 PC방으로 가는 일이 잦아졌다. 기성세대들이 적응하기 힘들어하는 디지털 환경도 아이들은 어려서부터 컴퓨터 오락에 익숙하면서 손쉽게 체화해 갔다. 아이들은 디지털 환경을 통해 기성세대들과는 전혀 다른 방식으로 학습하고 놀며 의사소통을 한다. 또 그들은 '썰렁하다' '당근이지' '짱이야' '찜했어' '졸라 좋아'라는 별난 말을 즐겨 쓰며, 어른들에게 직접 배우기보다 디지털 환경에서 더 많은 것을 배운다. 다시 말하면 아이들은 디지털 기술의 수용 면에서 기성세대들을 월등히 능가하고 있는 것이다. 이제는 기성세대들이 아이들에게 기존의 가치를 통해 영향을 주는 시대가 아니라 새로운 환경을 손쉽게 체화해 나가는 아이들에게 도리어 영향을 받는 시대가 온 셈이다. 아마도 전통적인 역할과 행동을 기대하는 기성세대들에게는 그런 아이들의 행동이 튀게 보일 뿐 아니라 버릇없고 다루기 힘든 아이들로 비쳐지게 마련이다. 이것은 세대간의 새로운 문화적 갈등으로 보아 틀리지 않을 듯하다. 바로 지금처럼 다루기 힘든 아이들이 이른바 돈 탭스콧이 말하는 디지털 네트워크 시대의 N세대(Net Generation)에 속하는 지식정보사회의 예비 주역들이라 할 수 있다. 이 네트 세대 예비 주역들의 출현은 기존의 전통적 아동문학에 지대한 영향을 미치지 않을 수 없게 되었다.

우리 아동문학은 새 시대와 새 세대에 대한 대응적 패러다임을 구축할 시간적 여유도 갖지 못한 채 심각하게 고민할 정도로 디지털화와 지식정보화에 의해 이미 지각 변동은 예고되었다. 이제까지 커다란 불평과 문화적 충돌 없이 우리 아동문학은 그 주된 담당자들인 아동문학가들과 아동물 출판인들에 의해 그 명목이 유지되어 왔고, 전통적 출판물을 통해 그 공과는 지속되어 왔다. 초기의 아동문학 담당자들은 농촌공동체사회에서 태어나고 자라면서 아동문학에 신념을 바쳐 왔고, 별다른 문제없이 산업사회에서 자라나는 아이들에게 읽을거리를 제공해 주었다. 또 산업사회에서 태어나 전 세대의 창작품을 읽고 자라난 세대들은 또 그들 나름의 문학관과 아동관을 가지고 전 세대의 방식대로 아동문학을 창작하며 정보화 시대의 아이들에게 똑같은 영향력을 행사하려 한다. 하지만 지금 그 영향력의 행사가 네트 세대 예비 주역들에게는 그야말로 미지수로 보일 따름이다. 그것은 디지털 시대 새로운 커뮤니케이션 테크놀로지의 급격한 혁신이 낳은 결과일 터이다. 이제는 새로운 커뮤니케이션 테크놀로지가 이 시대 아동문학의 변동을 주도할 것으로 보아도 무방하다.

이렇듯 디지털 시대는 기존의 아동문학이 아이들에게 어떠한 영향을 주고, 향후 아동문학의 진로에 어떠한 변형을 가져올 것인가 하는 민감한 과제를 함께 안겨다 주었다. 바로 하루가 다르게 변해 가는 정보 테크놀로지의 발달은 전통적 아동문학의 존재에 대해 보다 근원적인 질문을 던져 보지 않을 수 없게 만들어 준 것이다. 따라서 새로운 세기를 앞두고 디지털 환경에 걸맞은 새로운 아동상의 정립과 아동문학의 방향 설정이 시급히 요청되는 이유는 여기에 있다고 하겠다. 그렇지 않으면, 우리 아동문학은 정보화 시대에 대한 인식과 새로운 창조적 방향성의 문제 등에 대해 숙고해 볼 여지도 없이 디지털 미디어 속에 낯선 이방인처럼 방향을 잃고 우두커니 서 있는 격이 될지도 모르기 때문이다.

2. 정보화 시대, 우리가 겪는 혼란

분명 우리는 21세기의 문 앞에서 갖가지 혼란을 경험하고 있다. 아니 혼란과 함께 21세기의 문턱을 넘어서고 있다는 말이 더 옳을 성싶다. 그동안 우리 사회는 농촌공동체사회에서 산업사회로 이행하는 과정에서 사회적 갈등과 혼란을 겪고 또 그것을 극복하며 그런대로 적절히 그 사회에 적응해 왔다. 정보사회가 시작되는 지금은 산업사회적 사회제도와 돌출된 정보사회적 현상이 충돌하면서 우리에게 색다른 혼란을 경험케 하고 있다.

먼저 그 혼란의 하나로 새로운 사회적 변화를 들 수 있다. 산업사회의 경제적 현상은 규모의 경제를 기반으로 하는 반복적인 소품종 대량생산 방식이었다. 이 생산 방식은 제품 조립의 일관 공정 (assembly line)에 잘 나타나 있다. 이런 경제적 현상은 경제 주체인 기업의 대규모화와 위계적 질서화로 모아진다. 기업은 대규모의 분업화된 노동력을 고용하게 된다. 이때 고용된 노동력은 주로 주어진 임무에 충실하고 상사의 명령에 복종하는 표준화된 인간형이다. 기업의 고용주는 표준화된 인간형을 통해 서열적 질서를 부여하고 안정된 직위와 보수를 보장한다. 이러한 산업사회의 경제체계를 학자들은 단순계(simple system) 경제라고 한다. 그러나 정보사회에서의 경제는 산업사회와는 전혀 다른 특징을 지닌다. 곧 소품종 대량 생산에서 다품종 소량 생산으로, 반복적인 생산에서 항상 변화하는 생산과 소비로, 고정적인 제품에서 유동적인 상품과 서비스 등을 특징으로 하는 복잡계(complex system) 경제로 바뀌게 된 것이다. 무엇보다 정보사회의 경제 현상은 생산 방식의 급격한 발전과 소비자 주권의 강화라는 변화된 특징으로 구조화되었던 것이다. 이 변화는 아날로그에서 디지털로의 혁신적인 변화만큼 성실과 충성심, 서열적 질서 등에 기초한 산업사회의 대규모 조직에 일대 변혁을 몰고 왔다. 말하자면 일관 공정에 따른 대규모 조직 자체가 경제적 장점이던 산업사회의 경제 지반이 지식정보 기술의 비약적인 발전에 의해 오히려 단점으로 뒤바뀐 것이다. 아무리 큰 대기업일지라도 급변하는 환경에 적응하지 못하면 생존할 수 없는 시대가 된 것은 이 때문이다. 정부가 개입해서 대기업의 구조 조정을 강력히 요구했던 사태도 이런 사회적 변화와 무관하지 않다. 따라서 정보사회에서는 조직의 운영 원리가 바뀔 수밖에 없다. 조직의 활성화를 위해 명령 복종의 위계적 질서 조직에서 창의력을 발휘할 수 있는 네트워크형 조직 구조로 바꾸게 되었다. 이때 요구되는 노동력도 성실하고 복종하는 인간형이 아니라 창의적인 전문 능력과 정보 기술사용 능력을 갖춘 인간형이다. 이렇듯 오늘날의 사회적 변화란 개인의 전문적이고 창의적인 능력을 중시하는 지식정보사회로의 급격한 이행을 의미한다. 우리가 겪는 혼란은 이런 정보사회로의 급격한 이행 과정에서 생긴 적응 부재 현상일 터이다.

둘째는 세대 덮기(Generation Lap) 현상이다. 우리 사회는 그동안 동란세대, 4.19세대, 유신세대, 386세대, 신세대, X세대 등 많은 세대론을 거쳐왔다. 디지털 시대는 네트워크 세대, 즉 N세대라는 또 다른 세대를 등장시켰다. 그들은 집, 학교, 사무실 등 모든 공간에서 컴퓨터를 쉽게 접하고 게임, CD-ROM 같은 디지털 상품이 주변에 넘쳐 흐르는 환경 속에서 성장한 세대들이다. 디지털은 기존의 아날로그와 달리 소리나 영상을 수치화해서 저장하거나 재생한다. 소리의 파장을 플라스틱판 위에 찍어 둔 레코드판이 대표적인 아날로그라면 음파의 높낮이를 수치로 저장한 CD가 대표적인 디지털 기기이다. 이미 고화질과 고음질을 지닌 디지털 TV, 디지털 카메라, 비디오 카메라뿐 아니라 인터넷이나 PC통신 음악 자판기에서 음악 파일을 다운받아 손쉽게 사용할 수 있는 휴대용 워크맨의 대체품인 MP3 플레이어에 이르기까지 많은 제품들이 선보였다. N세대들은 물질뿐 아니라 정보의 풍요 속에서 자라며, 어려서부터 디지털 환경을 체화해 기성세대보다 더 빨리 새로운 기기에 적응한다. 컴퓨터를 능숙하게 다루면서 그들은 현실 세계만큼이나 사이버 공간도 삶의 중요한 무대로 인식한다. 그들은 PC나 휴대폰을 이용한 '접속'을 중요시하고, 편지 대신 전자메일을 띄우며 컴퓨터 통신을 통한 채팅을 즐긴다. 인터넷 경매 사이트를 통해 쇼핑도 하나의 놀이로 받아들인다. 또 쉽게 세계의 다양한 문화를 접하며 인종적 문화적 편견이나 차별 없이 전세계 사람들과 즉각적으로 대화하고 어울릴 줄 안다. 이처럼 그들은 네트워크를 통해 탈공간적 환경 변화에 익숙해져 있고 기성세대와는 다른 방식으로 인간관계를 유지하기도 한다. N세대들은 기성세대들이 이해 못 할 만큼 문화적 간극을 벌려 왔다. 아직 디지털 환경이 낯설기만 한 기성세대들을 앞서가고 있다는 것이다. 이제는 생활양식의 변화만큼 가치관도 상당한 차이를 보이는 그들에게 기성세대가 도리어 배워야 하는 세대 덮기 현상이 나타난 것이다.

셋째는 새로운 계층 형성이다. 어느 시대이고 서로 다른 계층은 존재해 왔고 또 갈등을 빚어 왔다. 정보화 시대의 계층 문제는 가진 자와 못 가진 자라는 단순한 경제적·계급적 문제에 국한된 것이 아니라 N세대라는 동류층에 합류하느냐 못 하느냐 하는 시대적 정체성의 문제에까지 연결되어 있다. 이 시대의 계층 문제는 새로운 문명인과 문맹인을 가르는 기준인 셈이다. 그 새로운 세대에 귀속되지 못한 층은 정신적 박탈감과 공허감까지 느끼게 마련이다. 하지만 분명한 것은 좋든 싫든 원하든 원하지 않든 간에 우리 사회나 국제사회가 갈수록 빠른 속도로 네트워크화해 가고, 정보화 사회는 가속화되고 있다는 현실이다. 사회 각 분야의 정보화가 빠르게 진행되면서 컴퓨터는 이제 TV, 냉장고처럼 생활필수품이 되어 버렸다. 따라서 정보화를 마음껏 누리는 새로운 계층은 정보 범람 속의 생존, 정보 남용과 불법 사이트 규제 등 극복해야 할 사회적 과제와 함께 원만한 대인 관계의 부재라든가 기다림을 참지 못하는 즉시성 등 또 다른 여러 문제를 노출하고 있다.

넷째는 국제사회의 새로운 변화이다. 디지털 시대는 국제사회에도 많은 변화를 초래하고 있다. 요즈음 우리는 지구촌화(globalization)되었다는 말을 자주 듣고 있다. 지구촌의 개념에는 물리적인 거리의 축소라는 의미 외에도 지구공동체의 출현이라는 의미를 내포하고 있다. 바로 정보사회에서의 국제사회 특성은 지구공동체의 출현이라는 현상이다. 지구공동체를 형성하는 주요한 조직으로 국제 경제 관계를 규율하는 WTO(세계무역기구), IMF(국제통화기금) 등의 국제기구와 제한적이지만 정치적인 관계를 규율하는 UN, 그리고 국제사회의 사회·문화적인 분야의 UNESCO 등 여러 국제기구가 있다. 이 국제기구 외에도 한 나라 국민이 아닌 세계 시민으로서 지구 문제에 관심을 갖는 NGO(Non Governmental Organization)가 있다. NGO는 세계 시민으로서의 우리 의사를 대변하는 조직으로 우리가 지구에 사는 시민으로서의 권리를 NGO를 통해 대변하게 된다. 이러한 기구들은 바로 19세기 이후 국제사회를 주도했던 국가 주권 지상주의에서 정보사회의 지구촌화, 지구공동체 현상을 대변해 준다. 전에는 국가 주권 지상주의로 민족국가 영토 내에서 발생하는 일에 대해서는 해당 민족국가의 배타적인 권리를 인정하는 내정 불간섭의 원칙이 적용되었다. 독립된 민족국가는 국내 문제에 대해 다른 나라의 간섭을 받지 않을 권리를 갖고 있었던 것이다. 이 권리는 유독 36년 간 일제강점기를 거치며 남의 나라의 침해를 받고 내정 간섭에 몸서리쳤던 우리 민족에게는 각별한 관심의 대상이었다. 그러나 정보사회에서의 민족국가는 지구공동체가 요구하는 규범의 준수를 요구받게 된다. 아무리 한 나라의 내정에 관한 일이라도 국제기구나 NGO의 요구를 무시할 수는 없게 되었다. 말하자면, 우리는 한국의 국민이자 지구공동체의 일원이 되는 셈이며, 상대적으로 민족국가로서의 고유한 권리를 침해받게 되었다는 뜻이다. 일종의 신내정간섭일 터이다. 지난날 WTO 가입시의 농수산물 시장 개방 요구나 IMF 요구의 수용 등은 모두 이러한 시대적 흐름의 한 반영인 것이다. 그만큼 우리는 국제사회에 대한 새로운 인식 변화를 요구받게 되었다.

다섯째는 언어 현상이다. 정보통신 기술이 우리 사회에 커다란 영향을 미치고 또 지구촌화되면서 한편으로 민감하게 반응한 것은 언어 현상이다. 이제는 영어를 공용어로 하자는 주장이 일 정도이다. 곧 인터넷 시대에는 영어의 세계화가 가속화되기 때문에 국제 경쟁력을 강화하고 글로벌 스탠더드에 맞추기 위해서는 영어를 공용어로 써야 한다고 주장하는 것이다. 이들은 외국인과의 의사 소통 불편이 경영 실패로 이어질 수 있고, 영어 실력이 부족해 국제사회에서 우리나라의 존재감과 발언력이 갈수록 낮아지고 국제 여론 형성에도 참여할 수 없게 된다고 한다. 실제로 인터넷상에서 자유자재로 정보를 획득하고 국제 경쟁력 있는 소프트웨어를 개발하기 위해서는 영어가 필수적일 수밖에 없다. 어떤 조사에 따르면, 인터넷에 올려진 정보 중에서 영어가 95% 이상을 차지하고 있기도 하다. 거기에다 PC통신, 인터넷 사용자가 점점 늘어나면서 국어 파괴 현상이 위험수위를 넘어서고 있다. '어솨요(어서오세요)' '안냐세요(안녕하세요)' '방가(반갑습니다)' 등은 이미 잘 알려진 PC통신의 대화방 전용 언어들이다. 자판기를 덜 두들겨도 된다는 경제적인 이유로 시작된 네티즌들의 집단적인 언어 파괴는 10대들의 독특한 은어와 결합하면서 한글 파괴 현상이 걷잡을 수 없는 지경에 이르렀다. 이런 국어 파괴 현상은 아이들이 자연스럽게 저속한 언어를 받아들이고, 재미로 혹은 유행으로 유포하고 있다는 데 연유한다.

마지막으로 정보화 사회로의 이행에서 오는 여러 역기능 현상을 빼놓을 수 없다. 정보화 사회로의 이행 과정에서 불가피한 역기능은 불법과 불신, 그리고 새로운 범죄를 불러 왔다. 고삐 풀린 망아지처럼 질주하는 폭주족, 반대로 변화의 속도를 이기지 못해 정신적 혼란에 봉착한 사람들, 갖가지 감청과 도청기기의 발달로 인한 도전적인 사생활 침해, 멀쩡한 사람을 파멸시키는 인터넷 테러 등에 관한 이야기를 들으면 정보화 사회의 또 다른 아노미를 겪고 있는 듯하다. 무엇보다 무서운 것은 인간관계의 단절에서 오는 이기심일 것이다. 불로 소득을 원하고 심지어 컴퓨터망 보안에 고도의 실력을 가진 사람이 자기가 진 빚을 갚기 위해 전자 송금 방식으로 남의 돈을 훔치기까지 하는 인터넷 상에서의 여러 가지 범죄와 반복되는 모방 범죄, 인터넷 가상공간에의 몰두로 인한 실사회의 적응 곤란증, 위험수위를 넘어선 사이버 언어폭력, 루머의 유포와 꼬리에 꼬리를 무는 댓글, 사이버 인민재판, 청소년들의 음란물 사이트 중독 등에 이르기까지 그 부작용은 실로 다양하다. 실제 한국정보통신정책연구원

(KISDI)에 의하면, 전세계적으로 확인된 음란물 사이트는 5만여 개에 이를 것으로 추산하고 있고, 음란 사이트의 내용도 단순한 누드 영상에서 가학적이고 변태적인 것으로 바뀌어 간다고 지적하고 있다. 게다가 실제 유명 연예인의 이름을 도용한 음란 사이트 수십 개가 난립하는 바람에 그의 인격은 물론 가정과 생업까지 파탄에 이르게 했다. 정보화 사회에서의 여러 가지 역기능은 개인뿐 아니라 민족의 정서에까지 커다란 피해를 초래하고 있다.

이와 같이 디지털 시대에 우리가 겪는 변화와 혼란은 여러 곳에서 도출되고 있다. 한 국가의 정치·경제·사회·문화·국제사회의 측면에서 일상의 언어 현상에까지 이르고 있다. 이런 혼란을 우리가 어떻게 극복하고 건전하게 가꾸어 나갈 것인가 하는 문제는 이제 이 시대 우리에게 당면한 과제가 되었다. 특히 디지털 시대, 미래를 짊어질 우리 어린이들을 어떻게 선도해야 하고, 또 시대에 알맞은 아동상을 구현해야 할 것인가 하는 문제는 아동문학가 모두의 새로운 시대 책임으로 떠안겨진 것이다.

3. 우리 아동문학의 배타적 반목

새로운 시대의 혼란을 겪으면서, 이제 우리는 우리 아동문학을 되돌아보지 않을 수 없게 되었다. 지나온 한 세기, 우리 아동문학의 중심 담론은 변화 없이 표현론과 반영론의 두 관점으로 집약된다. 문학의 다양성에도 불구하고 결국 모아지는 중심 담론은 등불로서의 문학이라는 표현론과 거울로서의 문학이라는 반영론에 입각해 있었다고 보아 틀리지 않는다. 우리 아동문학은 한 세기 동안 그 두 관점의 상충성 속에 서로 어린 독자에게 효용적 가치의 우위를 차지하고자 하는 영역 싸움으로 진행되어 온 듯한 느낌이다. 표현론의 관점은 아동문학 창작 주체인 작가의 사상이나 감정의 표현, 즉 작가의 개성과 창조적 상상력을 중시하는 입장이다. 반영론의 관점은 사회 현실을 중시하여 아동문학도 사회 현실에서 빚어진 실상을 그대로 반영해야 한다는 입장이다. 표현론의 입장은 보편적인 가치와 정서에 치중하며 낭만주의적 성향을 띠는 반면, 반영론의 입장은 리얼리즘적 경향의 진보적 입장을 취하게 마련이다. 우리 아동문학은 한 세기 동안 M. H. 에브럼스의 『문학의 등불과 거울』의 틀 속에 이토록 적합하게 적용되어 오늘날까지 변함 없이 낭만주의적 성향과 리얼리즘적 경향의 이분화로 지속되어 온 것은 놀라운 일이다. 그보다 더 놀라운 사실은 이 두 관점이 우리 아동문학사에서 한 번도 화합과 조율 없이 이제껏 갈등과 반목의 간극을 오히려 심화시켜 왔다는 점이다. 그 배타적 반목은 문학적 획일주의를 낳을 소지를 안고 있으며, 아동문학 발전에 걸림돌이 되는 요인으로 작용할 것은 분명하다. 디지털 시대의 아이들에게는 이런 획일성이야말로 구태의연하고 권위주의적인 것으로 치부될 것은 뻔한 일이다.

사실 해방 전 나라를 빼앗긴 시대에서 표현론의 입장과 반영론의 입장은 문학적 인식과 방법의 차이는 컸을지언정 아동에 대한 인식과 그 효용적 지향 목표는 일치했다. 그 시대의 문학적 대응이 일제 강점기라는 민족적 비극과 경제적으로 궁핍한 현실에 놓이고, 이에 노출된 우리 아이들의 불행한 처지에서였다. 『어린이』지 제9권 제8호(1931. 9)에 실린 신형철의 「부형께 들려드릴 이야기」에서 그것을 쉽게 감지할 수 있다.

웃음이 없는 조선의 가정. 웃음이 없는 가정의 부형 밑에서 커 가는 조선의 어린이! 그들은 정말 가엾습니다. 간신히 학교를 간대야 월사금이나 학용품 몇 개만 사려해도 아버지의 얼굴을 열 번 스무 번이나 쳐다보게 되고, 그나마 학교라도 가 보지도 못하는 수많은 어린이들은 부형들의 꾸지람과 걱정 밑에서 땀을 흘려가며 어린 뼈가 휘도록 일하지 않으면 할 수 없는 형편에 있는 것이 오늘 조선 소년의 처지입니다.

이 언급은 당시 일제강점기라는 민족적 비극과 경제적 궁핍 속에 놓여 있는 아이들의 처지를 잘 대변해 준다. 이렇듯 이 시대 표현론의 입장에서는 동심천사주의를 표방하며 센티멘탈리즘적으로 나아가 가난한 아이들의 설움을 함께 나누고자 한다. 이때 동심천사주의는 사회 현실의 모순으로부터 결코 도피하고자 한 것이 아니라 작가가 모순된 현실을 받아들여 그 현실적 상황을 우러나오는 감정에 호소해 나간 것이다. 이 입장은 방정환의 주도로 이루어져 시대의 불행을 문화운동 차원으로 지향해 가며 현실적 상황을 극복하고자 했다. 반면, 반영론의 입장은 경험적 진실과 계급적 이념이 결합되면서 궁핍한 현실의 문제를 문학적 관심으로 부각시켰다. 이들은 대부분 궁핍한 현실을 배경으로 가진 자와 못 가진 자 사이의 계층간 갈등을 고취시키며 가진 자의 횡포와 못 가진 자의 반항의 구도를 그려 나갔다. 이때 빈궁한 현실을 배경으로 계층간의 갈등을 지나치게 심화시켜 아동문학을 선언문 또는 프로파간다(선동 문구)와 같은 격앙된 어조로써 특정 이념과 주장을 설파하게 된다. 이럴 경우 문학 작품에서 중요한 예술성의 손실을 감수하게 마련이다. 그것은 작가가 사회 현실의 병인(病因)들을 독자에게 고발함으로써 궁핍한 현실에 휩싸인 독자에 의해 현실 비판을 유발해내려는 목적을 견지한 때문이다.

따라서 해방 전 표현론과 반영론의 입장이 그 인식 방법은 달리했을지라도 공통적으로 빈곤과 일제 식민지라는 문제에 귀착된다. 궁핍 속에 버려진 아이들의 문제라는 것은 물론 소외 계층의 문제와도 직결된다. 이들 소외 계층은 시대적 모순이 가장 집약적으로 노출된 계층이다. 작가들은 빈궁의 문제를 통해 아동문학적 과제로 연결짓는 한편 민족의 비극적 현실을 모색하려 했던 것이다. 결국 해방 전의 표현론과 반영론, 그 두 입장의 공동 목표 지향은 방법은 다를지라도 궁핍한 현실과 일제 식민지라는 공동의 적을 두고 아동에 대한 효용적 관점에 일치점을 맞추고 있었다. 이것은 문학적 이념에 앞서 민족의 생존과 발전에 관계되는 일이었기 때문이다. 그러나 해방 이후 오늘에 이르러서는 사정이 다르다. 표현론과 반영론의 두 입장 차이는 서로 어린 독자의 효용론적 우위를 차지하고자 하는 영역 싸움으로 진행되어 온 듯한 느낌으로 비쳐졌다. 그것은 해방 이후에도 계속되어 온 비극적인 역사 체험 속에서 두 입장이 뚜렷한 지향 목표 없이 줄곧 상충성만을 굳혀 온 결과이다.

해방이 되고 우리 민족은 오히려 분단의 비극을 초래하고 말았다. 우리의 분단은 6·25라는 동족상잔의 비참한 전쟁을 불러 왔고, 전쟁은 우리 민족의 삶을 황폐화시켰을 뿐 아니라 분단을 고착화시키는 결정적 역할을 하였다. 그 전쟁으로 인한 한민족의 재편성과 경제적 궁핍화 현상은 우리 민족에게 크나큰 시련을 가져다 주었다. 해방 이후의 아동문학은 이러한 시대적 격류 속의 암담한 현실에서 어린이들에게 용기와 희망을 심어 주는 일에 관심을 기울이기 시작했다. 어린이를 위한 새 노래로 발표된 「새 나라의 어린이」(윤석중 요, 박태준 곡)는 불행한 시대에서 '새 시대 새 일꾼'의 상징적 지표였다. 6·25 이후에 동요의 보급이 활발하게 이루어진 것도 그런 시대적 사정과 관련된다. 그 후 60년대 들면서 '아동문학도 문학이어야 한다'는 아동문학 자체의 예술적 각성이 일기 시작해 문학성을 높이려는 시인·작가들의 다각적인 노력이 경주되었다. 이때 표현론의 입장에서는 이 문학적 자각 운동에 앞장서 동심의 불변성에 기초한 순수성을 지키는 문학을 다양하게 형상화하였다. 그들은 해방 전의 감상성을 극복하고, 예술적 기능 추구를 위해 문학적 기교를 과감히 도입하는 등 다양한 방법론을 통해 아동문학의 미숙성을 탈피하고자 했다. 동시문학에서는 박경용의 과감한 시적 이미지 접목과 동시조를 통한 전통적인 가락의 계승 노력, 신현득의 역사적 시공간을 초월하는 이야기 기법 등, 일반 시와의 변별성을 찾는 시적 실험을 꾸준히 시도해 왔다. 동화문학에서는 아동의 심리, 삶의 문제 탐구, 팬터지 기법과 인물 창조, 시적인 문체 개발 등으로 아이들에게 꿈을 심어 주고 순수한 인간성을 지키려는 노력을 개진해 왔다. 강소천의 꿈의 상징성, 김요섭의 환상성 등이 그 대표적 사례들이다. 표현론의 입장에서 평론의 선봉에 섰던 대표적 연구가는 이재철이었다. 그는 사방 각지에 쓸모 없이 흩어져 있던 아동문학 관련 자료들을 통합하고 재정리 재주조하여 방대한 양의 『한국현대아동문학사』(1978)를 엮어내었다. 자료들을 발굴 정리하여 작가의 연보를 작성하고 작가의 생애를 재구하는 작업 등을 통한 그 노작은 아동문학 초유의 실증적 연구물이었다. 그것은 아동문학이 어떻게 존재해 왔고 또 어떻게 변해 왔는지를 세상에 알리는 중요한 전기가 되었다. 80년대에는 정채봉이라는 출중한 대중적 인기 작가도 키워냈다.

그러나 표현론의 입장은 특히 동화문학에서 효용론적 관점을 염두에 두어 교육성을 중시하는 경향으로 흐르기도 했다. 결국 그 교육성에 대중성의 문제가 교묘히 교합되면서 80년대 이후 통속화하는 새로운 현상을 낳았고, 문학적 파행성과 상투성을 불러 오는 계기가 되었다. 동화문학에서의 통속화는 외견상 교육적 상품성을 띠고 있다는 점에서 묘한 특성을 보여주었다. 예를 들면, 성교육 동화, 괴기과학 동화, 철학 동화, 교육의 현장인 교실을 무대로 한 명랑소설 등 교육적 수식어로 포장되기도 했다. 이런 수식어가 붙어야 출판이 가능했다. 출판이 가능하다는 것은 그만큼 상품적 가치가 있다는 뜻일 것이다. 자녀 교육을 중시하는 학부모들에게는 교육적 수사가 현혹의 대상임은 두말할 나위가 없다. 이런 현상을 두고 혹자는 독자를 끌어들이는 기술을 이런 데서 배워야 한다고 수긍하기도 하는 형편이었지만, 과민한 교육적 현혹이 우리 아동문학의 기형성을 만들어 온 셈이다. 현실에 대한 긴장에서 문화가 새로워진다는 점을 고려해 둔다면, 그 교육적 현혹은 문학적 긴장을 이완시키는 반문학적인 행위의 한가지이다. 표현론의 입장은 어린이들에 대한 효용적 가치가 결부되면 항상 아동문학에 기형성을 끌어올 소지를 안고 있었던 셈이다. 그것은 표현론의 문학적 입장을 왜곡하며 확장시킨 결과이다.

그런 반면, 반영론의 입장이 두드러지게 부상되고 아동문학 표면에 드러나기 시작한 것은 70년대 '서민아동문학론'과 80년대 '살아있는 아동문학'에 의해서이다. 이 반영론적 관점의 선두에 섰던 실천가는 이오덕이었다. 그는 실제 벽지 어린이들의 작품을 출간하며 신선한 충격을 주었을 뿐 아니라 평론집 『시정신과 유희정신』(1977)으로 아동문단의 지축을 흔들어 놓았다. 특히 그 당시 안일에 빠진 아동문학의 상투성에 신선한 바람을 불어넣었던 그의 비평적 가치 평가는 작품의 잘잘못을 가리는데 우선하는 문학적 신념에 근거해 있었다. 반영론의 관점은 이원수의 문학을 전범으로 삼고 문학적 좌표를 명백히 밝혀 나갔다.[1] 곧 사회 구조와 제도에 대한 모순이라든지 경제적 빈부의 차이에서 빚어지는 계층간의 알력, 근로 소년 소녀, 소외된 도시와 농촌의 서민층 어린이의 생활상 등 시대 속에 표류하

---

1) 박태일, 『경남 · 부산 지역문학 연구』(청동거울, 2004) 참조.
   2001년도 한국학술진흥재단의 지원에 의하여 연구되었던 박태일의 「경남지역 계급주의 시 문학 연구」, 「경남 지역문학과 부왜활동」과, 2002년도 경남대학교 학술논문게재 연구비 지원으로 이루어진 「이원수의 부왜문학 연구」로 이원수의 친일 행위가 밝혀진 이후, 그들은 이원수에서 마해송으로 그 문학적 좌표를 바꾸었다.

는 아이들의 삶을 반영하는 입장에 선 문학관이었다. 그것은 70~80년대란 시대의 불신과 가치관의 혼란, 경제적 편향 등 구조적인 사회적 갈등과 필연적인 관계를 맺고 있었던, 시대와 사회의 부정적 변환에 대한 민감한 문학적 대응이라 할 만하다. 적어도 그들의 현실적 주제 의식은 허무한 환상이나 통속화, 과민한 교육적 현혹에 빠진 표현론으로부터 당면한 복귀라 할 수 있다. 거기에다 몇몇 작품은 70~80년대란 시대 의식을 잘 반영하며, 발상의 대담성과 우리 시대의 이야기성 회복을 이루었다는 점에서 아동 독서계에 적잖은 파문을 던져 주었다. 그 대표적인 작가가 권정생이다. 그의 대표적 장편소년소설 『몽실 언니』(1984)는 몽실이란 전형적인 인물 창조를 통해 그 끈질기고 기구한 삶 자체가 우리 민족이 살아온 한 시대의 증언이라는 커다란 의의를 담아내었다.

하지만 반영론의 문학관은 그 신선한 목소리와 커다란 관심에 비해 현실의 발전 방향을 포착하는데 그리 큰 성과를 거두지 못했다. 『몽실 언니』를 비롯한 몇몇 작품을 제외하고는 대부분 시대 속에 돌출되어 온 사회의 제 모순들을 작품으로 승화시키는데 실패했다. 70~80년대 농촌공동체사회가 무너지고 가족이 해체되는 산업화사회에 공동의 광장으로 이끌어내지 못하고, 폐쇄적 회로 속에 갇혀 단절된 인간상과 특수 집단의 삶터로 축소화시키는 결점을 안고 있다. 그것은 묵직한 현실적 주제의 시대성과 그 속에 표류하는 아이들 삶의 긴장과의 개연성 결여에서 오는 것이기도 하지만, 아동문학이 가지는 무궁한 상상적 제재를 부정적인 시대 현실의 지엽적인 면으로 그만큼 축소시킨 결과였다. 그 상상적 제재의 축소화는 문학적 표징성을 명백히 할수록 전대의 문학을 뛰어넘지 못하는 결점을 안게 된다. 시대에 따라 아이들의 삶이 변화하고 그에 따른 문제도 달라질 수밖에 없을 터인데 반영론의 문학적 축소화는 그런 시대적 변화에 따른 아이들 삶의 다양성이 간과되기 때문이다. 소외된 아이들의 현실을 사회적·경제적 차원으로 축소화할 때 가장 자유롭고 순수해야 할 아이들이 어느 특정 계층의 전유물이 되어 그들 가치관의 잣대로 아이들의 삶이 도식화·획일화될 위험성도 안게 마련이다. 우리 아동문학의 풍요는 표현론적 입장에서는 예술성으로 전대의 문학을 뛰어넘어야 하고, 반영론의 입장에서는 사회 현실의 발전 방향을 포착해 나갈 때 이룩될 수 있는 일이다.

1990년대 들어, 우리는 두 가지 커다란 충격을 맛보았다. 하나는 이념의 와해로 인한 세계적인 질서의 재편 현상이고, 다른 하나는 우루과이라운드 협정과 WTO 체제의 국경 없는 세계 경제에 제대로 대처하지 못하여 당하고 말았던 IMF 사태였다. 이 두 가지 대내외적인 엄청난 경험은 작가들의 인식적 지반을 크게 변화시켰다. 우선 전자는 세계적으로 이념의 대결이 와해되면서 체제 선택에 대한 편향적인 목소리들이 점차 줄어들게 되었다는 점이고, 후자는 우리 시장경제의 개방 속도와 그 폭을 넓히면서 급기야 대량 실업 사태를 동반한 대대적인 구조 조정을 요구하게 만들었던 점이다. 그 결과 우리는 세계 전체를 단일 자유시장으로 통합하려는 글로벌리즘의 논리하에 정보사회란 미래 사회에 대한 비전을 구축하려는 경향을 보이며 세계를 우리의 삶의 공간으로 의식하게 되었다.

이제 새 시대는 새로운 정보 테크놀로지의 급격한 혁신으로 우리 삶을 다시금 '미래의 충격'에 휩싸여 가게 하는데도 우리 아동문학의 중심 담론은 이제껏 아동문학의 대립항을 고착시켜 가는 듯한 느낌을 주었다. 그것은 아동문학가가 아동문학을 자기 위치에 대한 상승 욕구, 혹은 경제적 수단, 자기 기득권 행세 등의 수단으로 삼았다는 증거가 되기도 할 터이다. 따라서 그 대립항은 변증법적 발전의 전기를 가져다 주기보다는 반목과 분열을 가중시켰다. 그보다 더 큰 문제는 그 두 입장의 배타적 반목이 우리 어린이들에게 올바른 독서를 하지 못하도록 방해하는 요인으로 작용할 소지이다. 반영론적 입장에서 어린이 권장도서는 그들의 문학관에 충실한 작품에 국한되고, 반면 표현론적 입장은 또 자신들의 관점에 부합되는 작품을 선호하게 되어, 선별력이 없는 어린 독자나 부모들이 어느 작품을 읽어야 할지 혼란을 초래해 차라리 독서의 방해물이 될 수 있다는 점이다. 그 두 관점의 우수도서나 권장도서 선별 기준이 다르고 선정된 작품에 대한 평가가 판이하게 다르기 때문이다. 반영론과 표현론의 반목은 또 다른 문학의 권위주의이자 새로운 시대에 역행하는 일이다. 두 입장의 배타적 반목은 어린이 독서계에 혼란을 가중시키고 급기야는 디지털 시대 아동문학의 공멸을 부추기는 일이 될 터이다.

4. 디지털 시대 아동문학의 갈 길

전세계가 디지털 시대로 이행하는 새 역사적 변환의 시기를 맞았다. 새로운 커뮤니케이션 테크놀로지가 우리의 환경으로 자리잡으면서 우리의 삶은 컴퓨터, 비디오 등이 주조해 놓은 정보 환경 속에 몰입하게 되었다. 새로운 커뮤니케이션 테크놀로지에의 적응 속도는 나날이 빨라지고, 일상의 경험 내용도 변모하고 있다. 오늘날 인터넷 열풍이나 사이버 스페이스 논의만 보아도 수긍이 가는 일이다. 이에 따라 학교 교육 현장에서도 사이버 시대를 예고하는 정보화 교육으로 틀을 바꾸어 교수·학습 자료 개발에 박차를 가하고 있고, 인쇄 기술에 의한 출판물은 그 주도권이 점점 더 TV, 비디오, 컴퓨터, PC 통신, 인터넷, 전자 게임, 휴대폰 등과 같은 뉴 미디어의 전자 영상에 빼앗겨 가는 형편이다. 새로운 미디어의 변화에 따라 아이들의 생활

방식과 가치관이 급속도로 변하여 이제는 기성세대들이 가진 윤리의 틀 안에서 아이들을 키우는 일이 힘들어진 시대가 되고 말았다. 곧 디지털 시대가 진행될수록 아이들 다루기가 더 힘들어지고 아동문학의 갈 길 또한 묘연해진다는 것이다.

이러한 시대의 변화에 맞추어 우리 아동문학도 창의적 전환이 절실해졌다. 디지털 시대에 걸맞게 아동문학도 디지털 환경을 적극적으로 활용해야 하며, 사이버 세상도 하나의 문학·문화 공간으로 받아들여야 한다. 인터넷 사이트에 동시와 동화를 올리고 장편 소년소설을 연재하며, 개인 홈페이지를 제작하여 작가와의 대화방을 개설하는 등 종래의 전통적 글쓰기와 전달 방식을 바꾸어 문학적 공간을 확장시키려는 노력이 필요해졌다는 것이다. 그렇다고 종래의 전통적 방식을 전면 부정하는 것은 아니다. 앞으로 나아가면 다시 되돌아가고자 하는 탄성의 법칙처럼 새로운 시대가 도래하면 다시 전통에의 향수를 품게 마련인 것이 인간의 본능이다. 아무리 디지털 시대가 대변혁을 몰고 올지라도 전통적 책 읽기는 변함없이 지속될 것은 당연하다. 이런 진보와 전통이 함께 조화를 이루며 문화를 일구어 가듯 이제는 우리 아동문학도 서로 배타적이었던 표현론과 반영론의 두 입장이 함께 손을 맞잡고 디지털 시대를 선도해 나가야만 한다. 그 두 입장은 서로 변별성을 유지하며 공존해 가면서도 교류하고 화합하는 지혜로움을 찾아내야 한다.

디지털 시대에 그 두 입장이 서로 교류하며 준비해야 할 일은 바로 지식정보화 사회에서 갖가지 혼란을 일으키는 문제들에 대한 원론적 주제의 강화이다. 곧 디지털 시대 우리 아동문학은 두 가지 커다란 과제를 동시에 안게 된다. 하나는 우리 민족의 진로와 관련된 일이고, 다른 하나는 국제사회에 대응해 나가야 하는 일이다. 다시 말하면, 아동문학은 한편으로 새로운 민족문학으로서의 진로를 세우는 민족문학으로 거듭나야 하고, 다른 한편으로 글로벌리즘에 입각한 세계문학에 합류해야 하는 일이다. 아이들을 자랑스런 한국인과 국제 사회인으로 동시에 키우는 일이 아동문학의 시대적 당위성이기 때문이다. 따라서 디지털 시대 우리 아동문학은 표현론과 반영론의 다른 관점에서 서로 교류하며 다음 네 가지의 주제에 대해 진지하게 성찰해 볼 필요성이 요구된다.

첫째는 통일 지향의 아동문학이다. 우리도 이념 분쟁이 종식되고 문화 충돌이 시작되었다는 사뮤엘 헌팅톤(Samuel P. Huntington)의 말을 새겨둘 필요가 있다. 그의 예견대로 국지적 지역 분쟁이 지구 곳곳에서 발생하고 있다. 이란·이라크 전쟁, 소말리아 사태, 팔레스타인 문제, 유고 내전, 인도·파키스탄의 카슈미르 분쟁, 러시아·체첸 분쟁, 그리고 동티모르에 이르기까지 90년대에 일어난 크고 작은 분쟁들은 모두 테러, 암살, 양민 학살 등과 같은 잔악한 행위를 동반했다. 결과는 승자도 패자도 없는 상처만 남기는 소모전일 뿐이었다. 한때 6·25 사변 당시 미군에 의해 양민 학살이 있었다는 주장이 잇달아 제기되어 충격을 준 적이 있었다. 그것도 노근리를 비롯하여 10여 건에 이른다고 했다. 아직도 우리 나라의 경우는 이념 분쟁의 끝이 보이지 않고 있다. 지구상에서 이념 분쟁에 의한 전쟁의 가능성을 안고 있는 가장 불안한 지역으로 한반도가 첫 번째로 손꼽히고 있다는 사실은 가슴 아픈 일이다. 지금은 정보화 시대를 맞으면서 정보나 기술을 장악한 새로운 제국주의의 출현마저 그 가능성을 인정하고 있는 현실이다. 따라서 우리에게도 이념에 의한 민족의 모순을 치유하고 새로운 민족의 진로를 세우는 일이 시급해졌다. 그렇지 않아도 우리 민족은 이미 분단된 지 반세기가 넘는 긴 세월을 이념에 의해 속박당해 왔다. 무엇보다 분단 이데올로기의 미망과 그렇게 살아온 반세기란 시간의 깊이가 오늘날 우리 아이들에게 북한을 아득히면 전설의 땅도 아니고 아주 남의 나라로 인식하는 시대를 살게 만들었다. 우리 아이들에게 이런 분단의 문제는 어떠한 문학적 제재보다 중차대한 과제임은 두말할 필요조차 없다. 아동문학가들은 새로운 세기를 맞는 시점에서 다시 분단 문제에 관한 문학적 상황을 재인식하고, 분단을 극복하기 위한 열린 노력을 보여야 할 것이다. 우리 아동문학은 이념 분쟁을 종식하고 나아가 문화 충돌도 막는 통일시대를 준비하는 과정의 역할을 감당하는 문학이 되어야 하기 때문이다. 우리 아동문학이 반세기에 걸친 분단의 세월이 침윤시킨 이질적 앙금의 벽을 허물고, 진정한 민족의 동질성을 회복하는 현실적 방안들을 디지털 시대에는 보다 더 적극적으로 모색해야만 할 것이다.

둘째는 생명 사랑과 생태론적 접근으로서의 아동문학이다. 1999년 10월 12일 사라예보의 코세보 대학병원에서 '60억 명째 아기'가 태어났다고 각 일간지마다 크게 보도한 적이 있었다. 세계 인구 60억 시대를 알리는 순간이었다. 앞으로 50년 후에는 세계 인구가 100억 명 가까이 될 것이라는 예상까지 나왔다. 지구의 폭발적인 인구 증가가 야기하는 가장 심각한 문제는 분배 문제와 환경 문제일 것이다. 전쟁, 핵무기 개발 같은 인위적 재해와 이상 기온으로 인한 홍수와 가뭄, 지진 등 자연적 재해뿐 아니라 우리 인류가 당하는 고통은 식량이나 물 부족 사태 그리고 극심한 환경오염이다. 유엔 산하 식량농업기구도 집단 아사 사태가 일어날 것이라는 경고까지 내렸다. 1998년 한 해 동안 전세계에서 영양실조로 숨진 사람이 1800만 명, 1999년 현재 세계 저개발 지역의 만성 영양실조 인구는 8억 3천만 명, 그 중 2억 명은 다섯 살 이하의 아이들이라고 했다. 설상가상으로 유엔환경계획(UNEP)이 1999년 9월 19일 매듭한 「지구환경개황 2000」 보고서는 90년대 후반의 대기중 이산화탄소 농도가 지구 역사상 최고라고 지적하며, 지구 온난화 대책은 이미 늦었을 가능성이 크고, 또 열대우림의 파괴는 회복 불능 상태이며 물 부족도 심각하다는 비관론을 내놓았다. 앞으로 30년 내지 50년 후에는 환경 중의 유해 물질이 현재 3배 이상이 되고, 세계 인구 3분의 2가 물 부족에 시달리며 포유류의 4분의 1이 전멸 위기에 처하는 등 과거 지구상에 존재했던 생물의 다양성을 유지하는 것은 이미 늦은 상태라고 경고하고 있다. 이 보고서는 세계 100여 개국에서 30개 연구기관과 850명의 전문가가 참여해 작성한 것으로 그만큼 신빙성을 지닌다. 이렇듯 분배 문제와 환경 문제에 대한 심각한 경고의 촉매로서의 관심이 우리 아동문학에서도 생명 사랑과 생태문학을 전면에 떠올리지 않을 수 없게 되었다. 생명에 대한 사랑과 경외심, 생태의 중요성에 대한 각인은 어렸을 때부터 이루어져야 그 효용성이 배가될 수 있기 때문이다. 사실 아동문학은 자연친화적인 사고관에서 출발한다. 하지만 이 자연친화적 아동문학도 근본적으로 인간중심적 사고관에 입각한 인간적 가치에 기초를 두고 있다. 그러나 생태론적 접근으로서의 아동문학은 자연을 주제나 대상으로 삼으면서도 인간중심적 사고를 지양한다. 자연에 대해 생물학적 생존권을 인정하여 인간과 자연의 윤리적 관계를 회복하고자 하는 것이다. 곧 생태론적 접근으로서의 아동문학은 인류 전체의 생존을 위협하는 환경문제에서 출발하여 자연 속에 내재해 있는 가치와 질서와 미학을 재발견하고자 한다. 그러므로 자연스럽게 반문명적이며 반권위적이다. 그러면서도 소외받는 계층과 그들의 다양성을 옹호하고 그들과 함께 공존의 법칙을 모색하며 비전을 제시한다. 자연과 인간의 공존을 저해하거나 불화를 조장하는 사회적 원인들을 지적하고 개선해 나가는 길을 찾아 새로운 대체 사회를 모색하는 것이다. 자연은 인간에게 필수적인 존재이지만 인간은 자연에게 있어 필수적인 존재가 아님을 인식해야 하기 때문이다. 따라서 표현론의 입장에서는 자연친화, 생명의 근원으로써의 자연에 대한 새로운 인식, 환경 오염으로부터 자연을 구제하는 길 등을 문학으로 승화시키고 새로운 미학을 창출해내는 노력을 해야 한다면, 반영론의 입장에서는 자연보호 및 환경 정화와 사회 개혁이라는 참여 목적을 달성시켜야 한다. 현대인의 과도한 소유욕과 물질 만능주의, 과학기술 만능주의와 과소비 풍조, 성장 제일주의에 의한 무차별적 자연개발, 경제논리에 따른 환경오염의 심각성 등에 대해 비판하고 그에 대한 새로운 문학적 비전을 제시하는 아동문학을 반영론의 입장에서 이루어야 한다. 이것은 지구와 인간의 공멸을 막는 중대한 과제가 되기 때문이다.

셋째는 창조적 상상력을 무한히 확장시키는 아동문학이다. 급변하는 정보통신기술이 사회에 미치는 영향은 날로 커지면서, 미국의 미래학자들은 정보화사회 이후에는 꿈의 사회(Dream Society)가 닥쳐올 것이라고 예언하고 있다. 그 사회에서는 기술보다는 창조적 문학과 예술의 힘이 더욱 큰 힘으로 나타날 것이라고 했다. 그런 미래 사회를 담당할 주체는 바로 우리 어린이들이다. 우리가 아날로그에서 디지털 시대를 경험하듯, 그들의 예언은 앞으로 펼쳐질 세상이 인류의 의식과 문화의 대전환을 의미하는 것으로 받아들여진다. 이미 가상 현실(Virtual Reality) 분야에서 그런 현상과 조짐들이 나타나고 있는 것도 사실이다. 우리에게는 1985년 '슈퍼 마리오'로 대표되는 닌텐도 전자 게임의 등장이 아이들 놀이 문화의 판도를 획기적으로 바꾼 사실을 이미 경험한 바 있다. 따라서 디지털 시대의 아동문학은 환상과 꿈을 마음껏 발휘하는 창의적 상상력을 개발해내야 한다. 그 일은 21세기 단일화된 세계 시장에서 경쟁력을 확보하고 고용을 창출하기 위해 지식 산업을 선도할 전문적인 인재들을 키워내는 일과도 관련된다. 지식기반산업에는 무형자산의 가치가 매우 중요하다. 브랜드, 디자인, 기술력, 운영 시스템, 고객관리 경영관리 아이디어

등의 데이터 베이스를 효율적으로 구축하는 지식산업이 한 기업의 경쟁력을 좌우하게 되기 때문이다. 21세기는 이런 지식기반사회가 될 것으로 예측하고 있다. 우리의 아동문학도 지식기반사회의 경쟁력에 걸맞은 창조적 상상력을 구가하는 문학으로 발돋움해야 할 것이다.

마지막으로 윤리 도덕적 인간으로 회복시키고 인간 본성을 구현하는 아동문학이다. 이것은 우리 사회 전반에 걸쳐 만연된 도덕 훼손이나 인간성 상실과 깊은 관련을 맺고 있는 문제이다. 우리 사회의 광신적 물신주의와 공동체의 존립을 위협하는 극단적인 이기주의 등 온갖 형태의 가치 전도현상은 이미 위험 수위를 넘어서고 있다. 컴퓨터, 인터넷 등의 새로운 커뮤니케이션 테크놀로지에 의한 인간관계의 상실도 비인간화 문제를 야기하는 요인이 될 것이다. 산업사회에서 정보사회로의 이행 과정에서 범죄와 불신의 증가, 인간성 상실 등 혼란은 불가피한 일이지만, 그것이 우리 사회 모두가 공동으로 느끼는 위기 의식으로 자리잡고 또 공동으로 책임져야 할 보편적인 인식으로 확산되었다면 그만한 문제성을 안게 된다. 지식정보사회에서는 산업사회보다 더 기술이나 전문 지식이 있는 사람들이 윤리 도덕성을 상실하고 개인의 이익만을 추구할 경우 무서운 결과를 초래할 수가 있다. 결국 디지털 시대의 새로운 반사회적인 문제는 우리 아동문학가들에게 인간성 회복이라는 보편적인 주제를 다시금 환기시켜 준 셈이다. 곧 도덕이 훼손되고 인간성이 상실된 시대에 그 회복의 근원으로써 아직 때묻지 않은 동심 지향으로 나타나게 하고, 아동문학으로부터 그 탐구의 실마리를 찾으려는 현상인 것이다. 따라서 디지털 시대의 아동문학은 '아동'이란 특수적 가치와 특수적 이해관계에서 '인간'이라는 보편적 가치와 보편적 이해 관계로 나아가게 하는 문학이라는 인식이 자리잡게 만든다. 이것은 아동문학이 바른 인간상과 윤리 도덕적 인간을 구현하는데 이바지하는 문학임을 강조한 것이다.

디지털 시대 우리 아동문학은 새롭게 변모한 시대와 사회 구조에 따른 새로운 패러다임으로 대응해 나가야 한다. 디지털 시대는 한 세기를 지탱해 왔던 표현론과 반영론의 두 입장이 배타적으로 반목하는 시대가 아니라 서로 교류하며 화합하는 시대임을 각성시킨다. 우리 아동문학이 한편으로 작가의 상상력을 자극하여 아름답고 따뜻한 세계로 지향해 나가고, 다른 한편으로 우리의 현실을 아프게 인지시키면서 새로운 가치관을 심어 주는 문학임을 깨닫게 해 주는 것이다. 따라서 디지털 시대의 아동문학은 아동만을 위한 특수 문학으로 안위하고자 하는 것이 아니라 인류 보편적 문학으로 발돋움해 나가고자 한다. 디지털 시대의 아동문학은 결국 보다 멀리 내다보고 보다 깊이 통찰하는 창의적 시각이 더욱 절실해진 셈이다.

IT 시대 동시문학의 기능과 방향

1. IT 시대에 경험하는 두 개의 현실

얼마 전, 한 일간지에 강원도 두메산골 마을들(원주 황둔송계마을과 춘천 솔바우마을 등)이 '드림 빌리지'로 업그레이드되고 있다는 보도가 있었다. 이 산간마을이 '정보화 시범사업 마을'로 지정되어 컴퓨터와 인터넷이 보급되고 초고속 정보통신망이 깔리면서 마을 주민들의 생활 패턴이 네티즌형으로 바뀌었다는 것이다. 민박집 주인은 마을 홈페이지에 접수된 예약 현황을 체크한 후 숙박비와 주변 관광지를 묻는 네티즌들의 질문에 답하고, 200평 규모의 비닐하우스에서 토마토와 오이를 재배하는 주민은 아침에 인터넷을 통해 주문량과 서울 가락시장의 경락가부터 알아본다고 한다. 우유와 막걸리로 반죽한 '황둔 찐빵'을 만드는 찐빵가게 주인은 인터넷으로 주문이 몰려드는 바람에 매출액이 몇 배나 뛰었다는 것이다. 그뿐 아니라 마을 주민 자녀들도 학업 보충을 인터넷 과외로 해결한다고 한다.

이제 주민들은 시도 때도 없이 컴퓨터가 비치된 마을 정보센터로 모여들어 자신들이 개설한 홈페이지로 마을을 홍보하고, 전자상거래로 중간상인 없이 그 지방 특산물을 판매하며 부자마을로 변신하고 있다는 것이다. 이런 변화가 한동안 우체국마저 폐쇄되어 조간신문을 이틀 후에나 받아 보던 정보 사각지대였던 두메산골 마을에서 일어났다는 점에서, IT(정보기술, Information Technology) 시대란 말을 더욱 실감하게 했다.

두메산골 마을까지 정보화의 수혜자가 될 만큼 우리 나라의 정보기술은 비약적으로 발전하였다. 이 정보기술은 극소전자혁명(micro electronics revolution)으로 지칭되는 반도체 기술과 컴퓨터의 발전, 그리고 디지털화라는 기술적 기초 위에서 가능해진 것이다. 정보기술의 혁신은 정보 매체의 성격을 쌍방향화, 멀티미디어화했고, 방송·통신·컴퓨터를 하나로 통합한 인터넷으로 혁명적 변화를 일으켰다. 인터넷은 모든 시장을 네트워크화하여 거래 주체를 다중화하고, 거래 속도도 가속화하여 지역적 범위를 무한정 확장시켰다.

사실 90년대 중반부터 불기 시작한 우리 나라 인터넷 열풍은 가히 경이적이었다. 인터넷 이용은 정부의 정보화 정책과 언론의 정보화 캠페인에 힘입어 폭발적으로 증가하며 세계 최고의 수준을 과시했다. 전체 인구의 절반에 가까운 사람들이 인터넷을 이용하고 있으며, 300만이 넘는 가구가 초고속 정보통신망을 연결했다. 2,000개가 넘는 PC방이 골목마다 들어서 있으며, 가구당 PC보급률도 선진국 수준인 75%를 육박할 뿐 아니라 국가적 닷컴 도메인 등록 순위 세계 1위, 도시별 닷컴 도메인 등록 순위 세계 1위, 온라인 주식 거래 순위 세계 1위, mp3 음악 파일 다운 순위 세계 1위를 비롯해, 심지어 음란 사이트 접속까지 세계 1위를 휩쓸고 있는 것이 우리 나라 정보화의 현주소이다.[1] 최근 통계청이 발표한 '정보화 실태 조사'의 결과를 보아도, 전국 2만 8,000가구 6세 이상 국민 7만 7,000명을 대상으로 실시한 1주일 평균 인터넷 이용 시간이 14시간으로 국제적 통계 수치인 10.4시간보다 월등히 높았다. 이런 현실은 컴퓨터를 매개로 한 새로운 의사소통의 장이 열렸다는 의미이고, 컴퓨터 네트워크에 의해 사이버스페이스가 우리 생활에 지대한 영향력을 미친다는 것을 말해 준다.

정말 인터넷의 영향력은 날로 교육, 문화, 정치, 경제 등 우리 삶의 모든 영역으로 하루가 다르게 확대되고, 그에 따라 국가의 정책, 경제구조, 고용구조, 국제관계 등 모든 분야에서 상당한 변화를 가져왔다. 사이버스페이스가 사이버서점, 사이버쇼핑몰, 사이버대학 등을 통해 현실적 시공의 제약 아래 있던 우리의 인간관계와 활동을 부분적으로 보완해주거나 넓히면서 우리 생활에 적잖은 편익을 제공했다. 이와 같이 인터넷에 의해 우리의 일상적 삶의 연계성이 다각도로 확대되면서 사이버스페이스에 대해 새로운 의미를 부여하게 되었다. 그것은 인터넷이 단순히 지식과 정보를 제공해 주는 창고라는 의미를 넘어서 또 다른 '사람이 살아가는 공간'이라는 인식이다. 곧 사이버스페이스가 사람들 사이의 소통과 교류가 이루어지고, 감정과 정서가 흐르며, 나름대로 독자적인 문화를 형성하는 엄연한 사회공간이라는 것이다.[2] 사이버스페이스에 대한 이러한 인식의 확장은 바로 IT 시대가 가져온 우리 삶의 가장 큰 변화이며, 또한 IT 시대를 규정짓는 가장 중요한 요소라 할 수 있다.

따라서 지금 우리는 실제로 몸담고 있는 현실 사회와 인터넷 혹은 사이버라는 가상적 공간에 존재하는 전자시민사회라는, 그 두 개의

---

1) 민경배, 「사이버 현상과 새로운 문화 형성의 과제」, 『인터넷 한국의 10가지 쟁점』(역 사넷, 2002) p.27.
2) 민경배, 앞의 책, p.23.

현실을 동시에 살고 있는 셈이다. 현실 사회가 우리의 삶을 구성하고 규정하는 사회라면, 전자시민사회는 인터넷이라는 네트워크로 연결되어 수많은 사람들과 새로운 관계를 만들어내는 문화적 양상이다. 그 전자시민사회는 다음과 같이 현실 사회와는 매우 다른 특성을 지닌다. 첫째는 물리적 공간으로부터 독립된 커뮤니케이션 공동체라는 것과 국경을 초월한 전지구적 공동체를 형성한다는 점에서 탈영토적 영역이다. 전자시민사회의 사람들은 상대방이 어디에 존재하는가보다 그들이 누구인가에 기초하여 사회화된다. 둘째는 육체를 벗어 던지고 아이디(ID)와 아바타(Avata)의 모습으로 자유롭게 네트워크를 항해한다는 점에서 탈육체화된 영역이다. 셋째는 '소유' 중심의 사회가 아닌 '관계' 중심의 사회이다. 사이버스페이스는 비물질적인 비트(bit)로 구성되는 공간이며, 비트는 무한 복제를 거듭하며 흘러 다니는 것이기 때문에 결코 소유할 수 있는 대상이 아니다. 그러므로 전자시민사회에서 중요시 여기는 것은 비트가 어떠한 경로를 거치면서 흘러 다니는가의 문제, 즉 '관계'에 놓인다. 사람들은 사이버스페이스로 접속하는 순간 '소유 위주의 사회'가 아닌 '관계 위주의 사회'로 들어오게 되는 것이다. 넷째는 수평적인 인간관계를 형성한다. 사이버스페이스에서는 부, 권력, 명예, 외모 등 사회적 지위에서 생성되는 수직적인 관계가 모두 수평적 관계로 재구성된다. 뿐만 아니라 전자시민사회의 인간관계는 개개인이 하나의 점, 노드(node)가 되어 유연한 관계망을 형성하며 무정형적인 '점의 관계'로 이루어진다. 사이버스페이스에서의 관계망은 일정한 방향으로 고정된 모습을 띠지 않고, 때로는 타인과 연결되어 있는 그 순간에만 존재했다가 접속의 종료와 함께 사라지는 인스턴트적인 것일 수 있고, 혹은 어디로 튈지 모르는 럭비공 같은 비정형적인 하이퍼링크일 수도 있다.[3] 분명 이 전자시민사회는 커뮤니케이션 혁명의 새로운 가능성을 열어 주었고, 우리의 꿈을 실현하는 선택 가능성도 어느 정도 제공해 주었다는 점에서 우리 삶의 영역에 엄청난 변화를 가져다 주었던 것이다.

어찌 보면, 현실사회와 전자사회가 동시에 존재하는 IT 시대는 현실과 환상을 오가는 동화의 세계를 연상하게 만든다. 정말 IT 시대야말로 꿈과 현실을 혼동하는 아이들의 심성과 부합하는, 아이들의 세상을 실현시켜 놓은 것 같은 착각을 일게 한다. 아이들이 아바타에 옷을 입힌다며 사용한 과다 정보이용료가 '부모를 울리는 사이버 머니'가 되었다는 사례들을 곱씹어 보면, 사이버 전자 사회는 기성세대보다 아이들이 더 의심 없이, 거부감 없이 받아들인다는 사실을 알 수 있다. 이것은 아이들이 가상적 세계를 현실처럼 받아들이고, 기성세대보다 더 빠르고, 보다 쉽게 전자 사회에 빠져든다는 것을 의미한다. 이런 점에서 IT 시대는 기성세대보다 아이들의 삶의 방식에 보다 큰 영향을 미칠 것이고, 따라서 그들이 IT 시대 새로운 문화 형성의 주체자가 될 수 있다는 확신을 갖게 한다.

2. IT 시대 동시문학의 기능과 역할

정보화사회가 이제 거역할 수 없는 시대적 조류가 되었다는 것은, 우리가 바람직한 삶을 살기 위해 또 새로운 준비를 해야 한다는 것을 뜻한다. 어느 시대이든 새로운 사회가 도래하면, 그 사회가 우리의 삶에 어떠한 영향을 미칠 것인가라는 물음을 피해갈 수 없기 때문이다. 이미 오래 전 진행되었던 산업화의 폐해는 지금껏 여전히 잔존해

---

3) 민경배, 앞의 책, pp.23~25.

있다. 그것은 사회 전반에 걸친 환경오염과 비인간화된 온갖 사회 병리 현상들에서 쉽게 간취된다.

자동차 가스와
기름먼지에 그을려
병든 가로수.

그 아래
숨막혀 죽었구나.
봄꿈을 안고 찾아왔던 꽃씨들.

계절 잃은 뜰 안엔 목마른 장미,
플라스틱으로 만든
표정 없는 꽃송이.

— 김종상 「공기 오염」 2~4연

이 동시는 산업화가 남긴, '자동차 가스', '기름먼지' 등 심각한 도시의 공해에 '병든 가로수'와 '꽃씨'가 꿈을 펴지도 못하고 죽어 간다는 병리 현상을 직접적으로 고발한다. 그 산업화는 "표정 없는 꽃송이"로 획일화된 비전 없는 사회를 인식시킬 뿐 아니라, 물질문명의 자동 기술을 연상시킨다. 생명을 가진 순수한 자연도 "플라스틱으로 만든" 것같이 인간의 기술이면 무엇이든 바꿀 수 있다는 현대 기술 문명의 비정성도 유추된다. 이처럼 산업사회는 획일화, 전문화, 단순 분업화와 인간 소외, 조직의 대형화와 극대화, 도시집중화와 중앙집권화 현상을 초래했다. 곧 대량생산과 대량 유통, 대량 판매, 대중매체, 환경 파괴 등의 표준화된 이미지가 산업화를 대변하는 문명의 얼굴이었다.

산업화가 남긴 비정성의 인식은 전통적 정서와 인간적 유대를 유지해 온 농촌공동체사회의 해체로 파급된다. 산업화가 집집마다 핵가족화와 맞벌이 부부를 만들어내고, 가족간의 유대나 인간적 정서도 그만큼 메말라 가게 했던 것이다.

> 별 총총 초가집 총총 우리 눈빛도 총총
> 동산도 어슬렁히 노래참에 끼어들고
> 지붕엔 뒹굴뒹굴 박덩이, 노래 먹고 자라고.
>
> 그 초가집 마을 다 어디로 갔단 말고.
> 돌과 돌가루의 저 하얗게 굳은 집에서
> 아이들 무슨 꽃씨로 자랄까, 엮을 꿈이나 있는지.
>
> ─ 박경용 「별 총총 초가집 총총」 1~2수

이 「별 총총 초가집 총총」은 당시 산업화가 진행되면서 농촌공동체사회가 해체되고 우리의 소중한 정서와 아이들의 꿈도 따라서 붕괴되었다는 안타까움을 노래한 동시조이다. 첫째 수의 "어슬렁히 노래참에 끼어"드는 공동체적 삶과 둘째 수의 "돌과 돌가루의 저 하얗게 굳은 집"의 삭막한 도시적 풍경이 서로 대조를 이루면서 시적 화자의 지향 세계를 뚜렷하게 드러낸다. 시적 화자가 지향하는 세계는 낙원이 아니라 자연과 함께 뛰놀며 자라는 아이들의 맑은 눈빛과 영롱한 꿈이 영글고, 인간과 자연이 조화를 이루는 삶의 공간이다. 산업화는 우리에게 안락함과 편리함을 가져다 준 대신 자연과 인간의 유대를 깨뜨리고, 아이들의 꿈을 가꿀 토양까지 변질시켜 놓았던 것이다. 따라서 산업화 과정의 지속은 우리에게 그러한 공동체적 삶의 향수를 유발해낼 수밖에 없다. 그 삶의 향수는 바로 첫째 수에서 보여준 자연과 인간의 유대이며 인간적인 것의 교감이다.

산업화 사회에서 제기된 이러한 삶의 향수가 IT 시대에는 더욱 중요한 과제가 될지 모른다. 사이버전자사회라는 가상적 현실이 만들어내는 인간관계는 산업사회에 제기된 문제보다 더 큰 위협이 될 수 있기 때문이다. 가령, 정보화사회에서는 재택근무, 원거리 진료, 화상회의, 사이버대학 등 인터넷을 통한 교류가 보편화될 것이고, 사람들이 서로 얼굴을 마주 대고 상호작용할 기회는 그만큼 줄어들 것이다. 인터넷이라는 매체를 통해 간접적으로 이루어지는 인간관계는 상호작용에 있어서도 인간성을 전제로 하지 않는 것이 일반적이다. 그러므로 정보화사회에서는 고도의 상징적 상호작용은 의미가 상실되고, 기계적인 컴퓨터 언어와 문법에 의한 상호작용이 선호된다. 이것은 총체적인 인간 상실을 뜻하며, 이런 인간관계의 형성은 정보화사회의 핵심 문제로 대두될 가능성이 크다.[4]

반면, 정보화사회에는 지적 능력의 중요성과 재택근무 조직의 유연성이 증대되어 새로운 형태의 인간관계와 가족생활이 이루어지리라고 전망한다. 그렇다면, 대규모 집단보다 소규모 집단이 일상생활에서 중요한 위치를 차지하게 될 것이고, 특히 부부와 자녀 중심의 가족이 핵심적인 생활 단위로 부각될 것이다. 그럴 경우, 전통적인 커뮤니티와 지역 커뮤니티의 의미는 크게 줄어들고, 대신 원거리 상호작용이 증가되어, 커뮤니티를 상징하는 대면적인 상호작용보다는 오히려 문화적 상징과 관심의 공유가 더 중요해질 것이다. 바로 정보화사회의 중요한 과제는 사회적 통합의 기초가 되는 공동체 의식을 어떻게 고양시키고, 친밀성을 전제로 하는 인간 고유의 특성인

---

4) 권태환·조현제, 『정보사회의 이해』(미래미디어, 1997), p.23.

고도의 상징적 상호작용을 어떻게 촉진시켜 나가느냐에 놓이게 될 것이다.[5] 이같은 삶의 가능성은 결과적으로 정보화사회에서의 인간관계가 농촌공동체사회에서 이루어지던 전통적 인간관계에 대한 욕망을 크게 증가시킬 수밖에 없다. 농촌공동체적 유대에 대한 욕구마저 사이버 세계를 통해 충족시키는 경향이 나타날 경우, 정보화사회야말로 인간성의 상실은 물론 사회적 관계의 소멸을 초래할 수 있기 때문이다.[6]

이처럼 기술적인 것과 인간적인 것 사이에서 중심축이 기술정보 쪽으로 기울면 농촌공동체적 인간관계에 대한 욕구는 더욱 증대될 수밖에 없고, 인간적인 것에의 갈망과 향수가 더욱 촉발될 것이다. 유토피아에서나 가능하다고 꿈꾸어 왔던 모든 일들이 실제 현장에서 가능하게 된다면 인간의 삶은 기괴하고 끔찍한 것이 되고 말 것이며, 오히려 그러한 현실에서 도피하고자 하는 시도를 하지 않을 수 없게 될 것이다. 이때 가상과 현실, 곧 현실사회와 전자시민사회를 판별하고 완충하는 작용을 하는 것이 예술이 될 것이며, 그 핵심에 시적 감수성이 작용하리라는 것이다.[7] 아니, 어쩌면 인간적인 것에의 갈망과 향수를 인간의 원형인 동심에서 찾을지도 모른다. 동심은 작은 풀꽃 하나에도 감동하는, 사람들의 가슴에 아직도 상기 남아 있는 앳된 서정이며, 시적 감수성을 자극하는 밑뿌리이기 때문이다. 그런 의미에서 IT 시대 인간관계의 상호작용에 공통된 정서를 부여하고 돌출시키는 유일한 문학이 동시문학이 될 것이다.

동시문학은 자아와 세계가 갈등 없는 동일성에의 갈망이며, 삭막한 문명에 대응하여 인간과 자연의 가장 이상적인 교감을 지향하는

---

5) 권태환·조현제, 앞의 책, pp.23~24.
6) 권태환·조현제, 앞의 책, p.23.
7) 최동호, 『디지털 문화와 생태 시학』(문학동네, 2000) p.82.

문학이다. IT 시대에 예견되는 비정적인 인간관계의 문제야말로 이런 동시문학의 확산을 통해 얼마간 극복할 수 있을 것으로 보인다. 진정으로 동시문학은 문화적응의 유연성을 지닌 아이들이 가상현실에 몰입할 경우 일어나기 쉬운 정서의 불균형을 치유하는 데도 중요한 기능을 담당할 것이다. 결국 IT 시대가 인간 중심의 바람직한 사회가 되고 그 사회에서 우리 아이들이 새로운 문화적 주체가 되게 하는 귀중한 역할을 동시문학이 떠맡았다고 할 수 있다. 이제 중요한 것은 동시문학이 IT 시대의 기술적 맥락과 문화적 맥락을 어떻게 조화시키며 시적 형상화할 것인가에 달려 있다고 하겠다.

3. IT 시대에 요구되는 시적 방향성

동시문학은 시인의 감정을 동심을 통해 사물에 투사시키거나 어린이의 화법이나 시점으로 비인격물을 인격화한다거나 혹은 동화적 상상력과 시적 이미지를 동시에 수용하는 독창적인 양식이다. 물활론적 사유로 빚어내는 시적 이미지와 단순 간결 명쾌함 속에 잠재된 동화적 의미, 그것은 바로 동시문학이 독자적으로 살아남게 하는 독창적 양식이 되는 힘이자 동시문학이 갖는 미학이다. 지금까지 동시문학은 이러한 원형을 유지해 오면서 시인들이 추구하는 방향성에 따라 어느 한쪽으로 치우쳐 확장되어 왔다. 동시문학의 확장은 형식과 내용면에서 함께 이루어졌다. 형식면에서는 이미지 추구보다 동화적 상상력이 강화된 이야기성으로 치우쳤고, 내용면에서는 일상성의 탐구 쪽으로 기울어졌다.

형식면에서 보인 이야기성의 강화는 이야기의 재미를 살려 좀더 어린 독자와의 거리를 좁히려 한 결과이다. 사실 이야기 기법은 시에 이단적인 것을 끌어들여 아동의 심리에 호소하고 공감의 폭을 강화해 보려한 편법이 아니라 우리 동시문학이 지닌 숙명적 체질이다. 노래하는 방식은 직접적인 울림을 주고 잔잔한 여운을 남기지만, 이야기하는 방식은 동화적 상상력을 통해 생각하는 능력을 갖게 하는 장점을 보유한다. 이야기 방식이 서사적 구조를 갖추고 있어야 하는 것이 아니라 이야기를 하되, 전적으로 시적인 방식이다. 시간과 공간적 상황은 이야기하는 방식에서 동화적 상상력을 발현하는 기본 요소가 된다. 이야기하는 방식은 시간성과 공간성이라는 구성 요소를 적극적으로 활용하여 상상력의 체계를 구조화하며, 작품의 심미적 가치와 의미를 드러내게 된다. 이때 이야기 동시에서 독자가 읽는 것은 시간과 공간 안에 놓인, 자유로운 상상력의 체계 속에 기능하는 생각하는 능력이다.

"이것뿐이다."
아기가 손바닥을 펴 보였지.
손바닥에 까만 씨앗 하나.
버리면 쬐그만 쓰레기 될 것.

"이것뿐이야." 하고
아기가 씨앗을 땅에 꽂았지.
싹이 텄지.

햇빛이 입맞춰 주고
바람이 흔들어 얼러 주고
비가 물 마셔 주고
여럿이서 키운 초록 빛깔 아기.

씨앗은 큰 나무로 자랐지

새가 깃들어 둥지를 틀고
매미는 가슴에 붙어 노래했지.

가지마다 조롱조롱 매달린 열매.
"엄마, 내가 예쁘지?"
조르르 열매를 보고
씨앗은 엄마가 된 걸 알았지.

그때,
들에 가던 한 농부가 나무를 안으며 말했지.
"많이도 컸구나.
내가 아기였을 때 땅에 꽂은 씨앗."

나무가 말했지.
"당신도 그때는 씨앗이었죠.
지금은 큰 나무여요."

— 신현득 「씨앗 하나」 전문

「씨앗 하나」는 동화적 상상력을 충실하게 활용하여 성공을 거둔 모범적인 이야기 동시이다. '까만 씨앗 하나'가 '큰 나무'가 되고 '아기'가 어른으로 성장하기까지 진행하는 시간 과정을 통해 완결된 하나의 이야기를 형성한다. 그 진행하는 시간 과정 속에는 또한 성장의 비밀도 잠재해 있다. 하나의 씨앗이 큰 나무가 되기까지 돌보아 준 자연의 사랑과 관심이 그것이다. 자연은 쬐그만 씨앗에게 "입맞춰"

주기도 하고, "흔들어 얼러" 주기도 하며, 빗물을 대주기도 한다. 또한 한 아기가 자라 농부로 성장하기까지 사랑의 기다림도 생명의 비밀처럼 내재해 있다. 바로 이 동시는 나무와 더불어 한 아기의 대견스러운 성장에 대한 기쁜 정감이 공유되면서 심미적 가치와 의미를 드러낸다. 여기에 이야기 기법이 크게 작용된 것이다. 그 기법은 한 아기가 커서 훌륭한 어른이 되고, "버리면 쬐끄만 쓰레기 될" 작은 씨앗 하나가 훌륭한 나무가 되었다는 것을 인식시키며 상호 교감하는 중요한 역할을 할 뿐 아니라 하나의 완결된 이야기로 형상화해 놓았다. 다시 말하면, 그 이야기 기법은 시공간을 압축하고 초월하는, 그러면서도 아이들과의 거리를 극소화하는 고도화된 시적 장치가 되었다.

형식면에서 편향된 이야기 기법의 확장은 동시의 획일화와 산문화 경향을 낳기도 했다. 천진한 어린이의 태도나 어조를 모방한 구어체 대화조의 산문화 경향은 이야기 기법을 잘못 원용한 결과이다. 동시가 창조적 상상력에 의존하지 않고, 서술적 진술체와 구어체 대화조 서술종결어미에 의지하여 아이들의 모습을 흉내내어 이야기될 때, 시적 긴장이나 긴축미를 떨어뜨리고 시적 진실마저 잃어버린다. 풍자성 없는 익살, 발견의 기쁨이나 의미성 없는 이야기의 나열, 진정한 삶이 빠진 아이들 모양 흉내 등으로 시적 감동을 주지 못한다. 동시의 획일화는 시인의 시적 개성마저 탈색시키고, 동시의 산문화는 동시의 미학인 단순 간결 명쾌성과 음악성을 잃게 한다. 복잡한 것이 심화 확대될수록 상대적으로 단순성에 대한 매력이 새롭게 제기되듯이, 잘못된 이야기 기법의 확장은 짧으면서도 가슴을 찡하게 울리며 여운을 크게 남기는 시적 동시의 출현을 고대하게 만든다.

사실 우리 동시문학에서 가장 불행한 일은 동요의 퇴조이다. 동요의 퇴조는 음악성의 상실을 뜻한다. 어린이들이 초등학교 2학년만

되어도 동요를 꺼려, 이제 동요는 유아 동시로 머물고 말았다. 설상가상으로 동시의 잘못 원용된 이야기 기법에 의해 시적 이미지마저 잃었다. 살아 있는 음악성과 이미지의 회복은 동시문학이 건제하는 필수조건 중의 하나이다. 이때 그 대안적 양식으로 떠올릴 수 있는 것이 동시조이다. 동시조는 전통적 양식에서 형식을 취하고, 시적 이미지와 표현 기교를 중시하는 엄연한 시적 현실을 따른다. 시조란 그 정형의 속박에서 시인의 시적 상상력을 원활히 하기 위해 다양한 표현 기법과 이미지에 의존하지 않으면 안 되었던 까닭이다. 곧 동시조는 운율과 이미지, 음악성과 의미성, 거기에 우리 문학 양식의 전통까지 갖추고 있다는 점에서 시적 감수성의 회복을 위해 반드시 성찰의 필요성이 요구되는 동시문학의 하위 갈래인 것이다. 결국 IT 시대 동시문학은 그 나름으로 완결된 의미성을 지닌 동화적 상상력이나, 시적 이미지와 간결성, 운율 등을 통해 순수 서정을 회복하는 일에 놓인다. 문명이 발달할수록 그만큼 사회는 비정해질 것이고, 비정한 사회일수록 따뜻한 정서를 찾게 마련이다. 동시문학에서 완결된 의미성을 지닌 동화적 상상력은 멀티미디어화에 따른 시대적 부응이라 할 만하고, 시적 감수성의 회복은 인간적인 것에의 향수를 불러오는 시대적 대응이라 할 수 있다.

내용적으로 보면, 동시는 여전히 자연친화적 성향이 그 주류를 형성하고 있으면서도 한편으로 일상성의 추구에 대한 강한 시적 욕망을 드러내었다. 우리 동시에서 일상성의 추구는 시대적 상황, 즉 냉전 종식에 따른 국제 질서의 재편 과정과도 무관하지 않아 보인다. 체제적 대결을 벌여온 냉전의 축이 무너짐에 따라 이른바 탈냉전의 새로운 세계 질서가 초래되었다. 그 탈냉전적 세계 질서의 재편은 국제간의 냉혹한 경제전을 불러 왔다. 세계 각국은 너나 할 것 없이 자국의 생존과 경쟁력 강화를 위해 무한경쟁시대에 돌입하여 혼전을 벌이고 있고, 그 무한경쟁은 정보통신 분야에서 현격한 기술혁신을 이루는 계기가 되었다. 곧 공산권 붕괴에 따른 탈냉전적 세계질서의 도래, 범세계적 자본주의화에 따른 국가간 경쟁의 격화, 정보통신의 획기적 발전 등의 거대한 사회 변화가 정보화사회를 낳은 결과가 되었다.[8] 우리 동시문학에서는 자연이라는 자유담론에서 차츰 일상의 세심한 이야기 쪽에 관심을 기울였다. 그 자유담론의 자리에 개인의 내면세계가 자리를 잡아갔고, 시인들은 저마다 주변에서 소재 찾기에 분주해졌다.

> 엄마, 귀지는 참 기특하지 않아요?
> 캄캄한 귓속에서도 불평 없이 지내다가
> 이렇게 다소곳이 귀이개에 묻어 나오니 말이에요.
> 귀지가 쉴새없이 고시랑고시랑 불평을 했다면
> 내 귓속은 무척 소란스러웠을 거예요.
> 엄마, 손바닥에 올려놓고 찬찬히 살펴보자니까
> 귀지가 옴죽옴죽 무슨 말을 하려는 것 같아요.
> 아, 그래요! 귀지는 원래 말이었을 거예요.
> 내 귀에 들어오는 수많은 말들 중에서
> 쓸모없는 말들이 모여 귀지가 됐을 거예요.
> 내 마음에 담기지 않고 귓속에서만 그냥
> 뱅뱅 맴돌던 말들 말이에요.
> 그 중엔 엄마의 잔소리도 몇 섞여 있겠지요?
> 엄마, 이 귀지들이 모두 무슨 말들이 되어
> 금방이라도 되살아날 것만 같아요.

---

8) 정보사회학편, 『정보사회의 이해』, 「정보사회에 관한 이론적 전망」 pp.62~63.

어서 훌훌 털어 버려야겠어요.

— 신형건 「귀지」 전문

이 「귀지」는 일상성에 대한 탐구를 성공적으로 보여준 동시이다. 엄마의 무릎을 베고 누워 엄마가 귀이개로 조심스럽게 파내 준 귀지를 보며, 어린 화자는 그 귀지에서 새로운 사실들을 발견하고 깨닫는다. 이 동시를 읽는 즐거움은 이러한 지극히 하찮은 일상의 사물에서 새로운 것을 발견하고 깨닫는 그 의미성에 놓인다. 여기에는 사물에 대한 시인의 세심한 관찰과 이미 관념화된 사물에 대해 새롭게 해석하는 시인의 독창적 능력이 돋보인다. 그래서 '귀지의 기특함'은 어린 화자가 관념화된 사물에서 새로운 사실을 발견하고 깨닫는데 대한 기특함이며, 사물에 대한 시인의 애정 어린 시선과 시적 상상력의 기특함이다. 이 동시의 속내에는 앞에서 당당하게 이야기하지 못하고 뒤에서 고시랑고시랑 불평하는 우리의 그릇된 관행이나 내 마음 속에 담기지 못하는 '엄마의 잔소리'에 대한 시적 화자의 반성도 내재해 있다. 일상의 발견과 깨달음이 아주 사소한 미물에서 비롯된다는 것을 일깨우는, 작지만 농도 깊은 반성이 축약되어 있다. '고시랑고시랑', '옴죽옴죽' 등의 의태부사어의 활용도 생동감 있고 발랄한 느낌을 주면서 천진한 아이의 생각에 생동감을 불어넣는다. 곧 이 동시를 읽는 기쁨은 작고 하찮은 것에 대해 무심히 지나치는 우리의 타성에 대한 깨우침이나 관념화된 일상성에 대한 새로운 해석과 가치의 발견에서 오는 것이다.

하지만 일상성의 추구가 시인 나름의 제각기 고유한 성찰과 관조의 원근법을 설정하지 못하고, 인생과 세계의 의미를 새롭게 발견하지 못했을 때 동시문학은 확장되기보다 오히려 사소한 말장난으로 상상력의 폭이 제한된다. 물론 시적 정서도 획득하지 못한다. 따라서 일상성의 탐구에서 절실히 요구되는 것은 소재의 다양화와 상상력의 다원화이며, 사물에 대한 새로운 해석력과 독창성이다. 시인이 저마다 다른 삶 체험으로, 사물에 대한 다양한 방법과 인식으로 접근할 때, 우리 동시문학은 그만큼 풍요로워질 수 있다. 일상의 타성에 젖은 시편은 새로운 발견이나 깨달음의 감동을 이끌어내지 못할 뿐 아니라 빈 골을 울리는 공허한 메아리에 그치기 쉽다.

우리 동시문학에서 이야기 기법의 확장이 어린 독자를 어떻게 끌어들일 것인가에 있다면, 일상성의 추구는 무엇을 인지하고 어떻게 해석할 것인가에 놓여 있다. 분명 IT 시대는 동시문학이 시적이미지나 동화적 상상력을 축소화하는, 협소한 동심관에서부터 벗어나야 한다. IT 시대는 그 기술적인 측면으로 보아 다원적인 시민사회의 성격을 갖고 있으며, 어느 때보다 인간의 창의력과 상상력이 강조되는 시대이기 때문이다. 동시문학이 아이들에게만 읽히는 시라는 편협한 시관에서 벗어나 다원적으로 모색되어야 하는 것도 이런 시대적 요청인 것이다. 정보화사회에서 목적도 방향도 정서도 잃고 황망히 사이버 세계에 표류하는 어린이나 어른, 그 모두에게 동시문학은 인간적 향수를 촉발시키고 정서를 회복하는 근원적 문학이어야 하는 까닭에서이다.

4. IT 시대 동시문학의 새로운 주제적 탐구

어느 시대나 인간이 살아왔고, 그 시대를 바꾼 것도 인간이다. 비록 새로운 기술 혁명에 의해 시대가 바뀌었다고 한들 인간의 본질마저 바꿀 수는 없다. 하지만 한 가지 주목할 것은 인간과 사회와 문화가 기술을 응용하여 일어난 갖가지 변화를 미처 따라오지 못하는 이른바 문화지체(cultural lag)현상이다. 다시 말하면 어느 한 부분에서 급격한 변화가 일어나면, 다른 부분에서는 이에 적절히 적응하지 못하여 문화지체가 일어나고, 그로 인한 적응의 문제가 발생하게 된다.[9] 이같이 기술혁신이 일어날 때 발생되는 가장 보편적인 현상은 적응 부재에서 오는 인간성의 상실과 환경 파괴, 곧 도덕적, 윤리적, 생태적인 문제이다. 따라서 새로운 기술 혁신에 의해 도래된 IT 시대에 동시문학은 다양한 형식과 내용의 추구와 더불어 정보화사회에서 일어날 수 있는 이러한 부작용을 보완하고 완화할 새로운 주제적 발견이 요청된다. 그것은 참다운 인간관계를 위한 시적 발견이며, 환경 생태에 대한 시적 각성이다.

1) 참다운 인간관계의 탐구

사실 우리 나라가 IT 강국이라고는 하지만, 그 현실을 자세히 들여다보면 속 빈 강정과도 같다. 자극적이고 충동적인 정보들이 난무하는 사이트들, 욕설과 비방으로 얼룩져 있는 게시판들, 양심의 가책 없이 무작위로 살포하는 스팸메일, 유포되는 루머, 청소년 10명 중 3명이 성매매 제의를 받았다는 충격적 보고서가 말해 주듯 은밀하게 이루어지는 원조교제와 음란한 채팅방 등이 우리 인터넷의 현실이다. 실제로 정보통신기술의 오용으로 컴퓨터 범죄, 사생활 침범, 저작권 침해, 언어폭력, 음란물의 범람 등과 같은 사회적 윤리적 문제가 야기되었다. 우리 동시문학은 아이들에게 가장 심각하게 노출될 수밖에 없는 이러한 문제들에 대해 적극적으로 대처해야만 한다. 그들에게 참다운 인간관계를 올바르게 인식시키고 자연스럽게 발전할

---

9) 김경동, 「기술 혁신과 사회 변동」, 『정보사회의 이해』(나남출판, 1998) p.37.

수 있도록 인간과 인간, 자연과 인간의 관계를 끊임없이 인지시켜 주어야 하는 것이다. 그런 의미에서 '시장'이라는 장소는 적극적인 시적 발견의 하나일 수 있다. 재래시장은 인간과 인간의 관계가 구체적이고도 직접적으로 이루어지는 삶의 현장인 까닭이다.

이고 진 보퉁이들 풀어놓기 바쁘게
구수한 입담이 좌판을 에워싼다
어슬렁 다리품만 팔아도 신나는 장터구경.

왁자한 마당 구석을 비집고 앉은 할아버지
다리 뻗고 느긋하게 수수비를 엮는데
뻥이요 뻥튀기 아저씨가 터뜨리는 축포 한 방.

산나물 이고 나온 장터지킴이 할머니
밀고 당기는 흥정 덤도 듬뿍 얹어준다
강 건너 마을 소식을 귀동냥해 듣는다.

— 진복희 「장날」 전문

햇살의 무게를 잽니다.

대바구니에 소복이 쌓이는
시골 햇살.

앉은뱅이 저울의 긴 바늘이
숫자를 더듬어 가리킵니다.

대바구니에 사과를 담던
과일 장수는

햇살의 무게를 생각하고는
사과 몇 개를 더 올려줍니다.

— 전병호 「과일 장수」 전문

장터는 갖가지 지방 특산물과 상품이 모이는 곳이자 각 지방 사람과 사투리가 만나는 흥겨운 흥정의 장소이다. 「장날」과 「과일 장수」는 모두 이러한 시골 장터의 현장을 생생하게 재현시킨 작품들이다. 다만 「장날」이 좌판을 벌이고 앉는 상인들의 모습, 물건을 팔고 사는 데 벌이는 흥정, 덤을 듬뿍 얹어주는 상인의 인정 등 사람 냄새 물씬 풍기는 장터의 총체적인 광경을 구체적으로 담고 있는 동시조라면, 「과일 장수」는 허름한 수레에 과일을 싣고 파는 과일 장수의 따뜻한 인간미만을 돌출시킨 동시이다. 이들 작품 속 어디에도 상인들의 고단하고 구차한 삶의 모습은 찾아볼 수 없다. 대신 「장날」에서 보여주는 제각기 다른 삶을 성실히 살아가는 사람들의 모습과 「과일 장수」에서의 '햇살의 무게'도 셈해 주는 그 소박한 인정과 푸근한 삶에서 참다운 인간관계를 엿볼 수 있다. 이것은 시인의 체험에서 우러나온 건강한 삶 의식에 기인한다. 정보화사회에서는 통신망의 발달과 네트워크화로 활동지역이 분산되고, 전자상거래에 의해 시장의 개념도 확연히 바뀌었다. 어쩌면 이들 작품에 내재된 장터의 풍경은 정보화사회에서는 빛바랜 사진 속에 남아 있는 흐릿한 추억의 한 장면이 될지도 모른다. 하지만 백화점이나 텔레비전 혹은 인터넷 홈쇼핑을 통해 정찰제로 물건을 구입했다면, 이런 인정미 넘치는 장터의 생동하는 삶은 절대로 경험할 수 없다. 네트워크화로 시장이 갖는 특정 장소의 의미가 나날이 약화되고 축소되는 정보화사회에서 이들 작품이 갖는 시적 의미는 그래서 대단히 소중하다. 우리 아이들에게 사람 냄새 물씬 풍기는 삶의 정경과 따사로운 햇살 무게도 값해 주는 소박한 인정미를 작품으로 형상화하는 일은 IT 시대 우리 시인들이 해야 할 사명이다.

> 아직 머리에 뿔도 나지 않은 송아지에게
> 아이가 먹을 것을 한 주먹 쥐고
> 어서 먹어, 어서 먹어 하고
> 먹을 것을 준다.
>
> 아직 머리에 뿔도 나지 않은 송아지가
> 아이의 손바닥에 있는 것을 다 먹고 나서
> 아이의 손바닥을 귀여운 혀로 간질이며,
> 간지럽니?
> 이 간지럼밖에는 네게 줄 게 없구나.
> 그래도 괜찮니?
>
> ― 이준관 「그래도 괜찮니?」 전문

「그래도 괜찮니?」도 대상과 대상 사이에서 순수한 사랑을 교감하는 아름다운 관계가 구체적으로 제시된 좋은 동시이다. 아이의 손을 핥는 송아지의 행위 자체는 본능일 터이지만, 시인은 손을 핥는 행동을 먹이를 준 고마움에 대한 보답의 '간지럼'이라고 새로운 의미를 부여하고 있다. 이런 의미성을 통해 우리 아이들은 자연과 인간의 관계를 새롭게 각인할 것이며, 자신의 경험처럼 순수한 사랑의 교감을 체감할 것이다. 분명 순수한 사랑의 교감은 대상에 대한 감응이며 깨달음의 감동이다. 그런 교감을 통한 관계 형성은 우리 아이들에게 정보화사회를 어떻게 살아가야 하는가에 대한 훌륭한 답변이 될 것이다. 인간은 자신과의 내적 관계를 통해서가 아니라 타인과의 관계를 통해서 보다 완숙해지고 원활히 성장하는 존재인 까닭이다. 따라서 「장날」, 「과일 장수」, 「그래도 괜찮니?」 등은 모두 정보화사회에 자기 탐닉적 개인주의에 빠질 우려가 있는 아이들에게 참다운 인간관계가 무엇인지를 훌륭하게 보여주는 작품들이다. IT 시대 우리 동시문학이 인간과 인간, 자연과 인간의 참다운 관계 형성에 대해 생동감 넘치는 주제적 탐구에 주력해야 하는 이유가 여기에 있는 것이다.

2) 환경 생태에 대한 시적 각성

산업화 시대에는 먹고 사는 문제가 시급했기 때문에 환경이 다소 희생되더라도 산업을 일으키는 데 주력해 왔다. 하지만 이제는 환경이 국제적인 문제로까지 부상하는 시대가 되었고, 또 환경과 경제가 서로 연계된다는 인식을 갖게 되었다. 환경기준을 만족시키는 경제는 생존하고, 못 맞추는 나라와 기업은 무한경쟁에서 탈락하게 된다. 생태(Ecology)와 경제(Economy)를 묶어 'eco2'라고 하는 말도 그래서 생긴 것이다. 실제 국제적으로 이산화탄소·이산화질소 등 온실가스 배출량을 억제하려는 '기후변화협약'이 맺어졌다. 세계 각국이 지구 온난화 방지를 위해 1997년 일본, 독일 등 38개국이 협력하여 '교토 (京都) 의정서'를 채택하고 온실가스 감축 목표를 설정한 것이 그것이다. 이로 인해 앞으로 전세계는 환경친화적 산업구조로 개편해야 하고, 환경을 고려하지 않은 경제 발전은 불가능하게 되었다. 그럼에도 우리 나라에서는 환경문제에 대한 이기주의적 발상이 위험 수위를 넘어서고 있다. 그 한 예로 서울 근교 팔당상수원 지역의 난개발로 인해 매년 월드컵 상암 경기장 면적(0.2㎢)의 30배에 달하는 산림이 훼손되고 있는 실정을 꼽을 수 있다.

환경을 지키는 운동은 곧 우리의 생명을 지키는 운동이다. 우리 동시문학도 이제 환경 생태에 관한 시적 주제에 눈을 돌려야 한다. 그동안 이러한 시적 주제에 심도 있게 관심을 기울이지 못했던 것은 우리 동시문학의 속성이 자연친화적이라는 데에 깊은 관련이 있다. 곧 동시문학은 물활론적 사고로 시적 대상을 바라보면서 모든 생명체와의 동등한 입장에서 생명 활동을 하고 있다는 의식을 심어주는 작업에 치중해 왔기 때문이다. 따라서 우리 동시문학은 자연과 인간의 관계를 새롭게 모색하는 시적 작업에 충실하여, 개발에 따른 부작용이나 파괴되어 가는 생태계의 실상, 환경 파괴의 원인 등을 통한 생태 환경에 대한 반성과 성찰을 불러일으키는 시적 작업에는 관심을 두지 못한 형편이었다. 간혹 자연 파괴에 대한 경고를 자연친화적으로 접근해 간 작품들을 만날 수 있을 뿐이다.

나무는
청진기

새들이
귀에
꽂고

기관지가
나쁜
지구의 숨결을 듣는다.

— 정운모의 「나무」 전문

「나무」는 공해로 병든 지구의 증세를 나무를 통해 은연중 경고하고 있다. 최근 지구 도처에서 일어나는 홍수나 산불, 가뭄, 해일 등을 볼 때면, 우려하던 자연의 대재앙이 현실로 다가오는 것 같은 불안감을 떨칠 수 없다. 인간의 개발 논리로 훼손된 자연이 결국 우리 인간에게 앙갚음하는 것이 아닌가 하는 생각이 드는 까닭이다. 인간이 경제적인 이유에서 자연을 일방적으로 이용한 결과, 자연 파괴는 심각한 지경에 이르렀다. 「나무」는 지구의 심각한 증세를 "기관지가/나쁜//지구의 숨결"이라는 구절로 보다 직접적이고도 구체적으로 표현해 놓고 있다. 여기에는 오염되고 파괴된 자연에 대한 시인의 시의식이 바탕에 깔려 있다. 따라서 이 동시는 개발 논리에 밀려 베어지는 나무, 찌든 공해로 병들어 가는 나무에 대한 새로운 인식을 불러일으킨다. 나무를 보면서 '청진기'를 떠올리며 우리의 환경을 진단해 보게 하고, 나무에 앉아 자유롭게 지저귀는 새들의 청량한 노랫소리로 지구의 숨결을 느껴 보게 하는 것이다. 이 「나무」는 환경 생태에 대한 우리의 관심을 촉발시키는 좋은 동시이면서도, 평가의 기준은 시적 화자가 나무와 새와의 관계 곧 자연을 통해서 지구 환경의 위험 수위를 주관적으로 판단하고 있다.

환경생태론적으로 접근하는 동시에서의 인간은 구성 요소로만 자기를 파악할 수 있다. 인간과 자연은 따로 분리해 있는 것이 아니라 하나의 운명 공동체를 이루고 있기 때문이다. 자연은 인간과 맞서거나 정복하는 대상이 아니라 겸손하게 의지하며 함께 살아가야 하는 존재인 것이다. 이러한 자연과 인간의 공존을 저해하는 모든 요인들을 지적하고 각성하는 일은 IT 시대 우리 동시문학이 또 새롭게 모색해야 할 시적 주제가 된 것이다.

5. IT 시대에 가상 체험해 보는 또 하나의 즐거움

IT 시대가 낳은 대표적 매체인 인터넷은 이루 헤아릴 수 없을 정도로 엄청난 양의 정보들이 집적되어 있는 광활한 공간이다. 그래서 인터넷은 '정보의 바다'로 은유화되고, 끝이 보이지 않는 그 공간 속으로 떠나는 정보 여행을 '서핑(surfing, 파도타기)'이라고 부르며, 가장 널리 쓰이는 인터넷 웹브라우저에도 '네비게이터(navigater, 항해자)'와 '익스플로러(exploer, 탐험가)'라는 이름이 붙여졌다.[10] 정말 인터넷 보급과 더불어 자꾸만 발달하는 월드와이드웹(World Wide Web)과 웹의 하이퍼미디어 기술은 우리가 세계 곳곳에 산재한 정보를 보다 쉽고 용이하게 이용하도록 도와주고 있다. 컴퓨터 관련 분야에서도 새로운 하드웨어와 소프트웨어를 계속적으로 연구 개발하여 정보를 더 빨리 더 편리하게 제공받을 수 있게 발전하고 있다. 그에 따라 우리는 갈수록 기존의 매체들이나 시스템을 업그레이드하지 않으면 안 되는 번거로움과 시스템 운영이나 매체의 활용 방법을 다시 배우지 않으면 안 되는 수고로움도 감당해야 했다.

그러나 무엇보다 IT 시대 문화 변천의 핵심은 수용자 중심주의의 심화라 할 수 있다.[11] 인터넷 속에 집적된 방대한 양의 정보라도 그 취택의 권한은 전적으로 수용자의 취미와 기호에 따르게 되는 법이다. 쌍방향화라는 정보 매체의 특성도 받아들이는 입장에 있던 수용자가 직접 참여하고 자신의 의견을 적극 개진한다는 데 있다. 이러한 IT 시대 정보 매체는 우리 동시문학을 생산하는 시인들에게도 시사하는 바가 매우 크다. 우리 시인들도 이제는 텍스트 주의에서 벗어나 의식과 생활 패턴을 네티즌형으로 과감하게 업그레이드할 필요성이

---

10) 민경배, 앞의 책, p.23.
11) 이장영, 「정보사회와 문화」, 『정보사회의 이해』(나남출판, 1998), p.388.

있다는 것이다. 곧 우리 시인들도 전통적 텍스트와 함께 또 하나의 문서인 하이퍼텍스트를 자연스럽게 받아들이고 익숙하게 활용할 줄 알아야 한다는 것이다. 기존의 전통적 텍스트는 문서를 순차적으로 흘려 보내는 것이지만, 하이퍼텍스트는 문서 내용 중간에 삽입된 연결점을 통하여 입체적으로 자유롭게 이동하면서(이를 하이퍼링크라고 한다) 관련된 내용을 읽을 수 있게 한 문서이다. 이제 우리 시인들은 개인이나 혹은 동인끼리 홈페이지를 개설하고 하이퍼텍스트 문서를 통해 자신의 개인 정보와 창작품들을 드넓은 인터넷 바다로 띄워 보내야 한다. 정보화사회에서는 시인이 전통적 텍스트만을 고집하며 아이들이 자신의 동시집을 읽어 주기만을 기대하는 시대가 아닌 까닭이다.

IT 시대의 어린 네티즌들은 인터넷 정보의 바다를 항해하는 네버게이트이자 정보를 캐내는 익스플로러이다. 그들이 그 광활한 바다를 유영하며 무수히 떠 있는 정보들 속에서 문득 삶의 체험이 묻어 살아 숨쉬는 싱그러운 동시를 건져 올린다면 얼마나 기뻐할까? 그 시인에게 감사의 글이나 감상평을 올리거나 질문을 던질 것이고, 또 시인은 컴퓨터 앞에 점잖게 앉아 자신의 홈페이지에 접수된 그 아이의 질문을 체크하고 정성껏 답해 줄 것이다. 컴퓨터를 통해서 발표되는 사이버 동시문학은 발표에만 그치는 것이 아니라 많은 참여자의 리플이나 토론이 반영되고, 작품의 수정을 통해서 새롭게 형성되는 것이다. 사이버 공간에서 발표되는 작품은 박제된 것이 아니라 살아 움직이듯, 끊임없이 변형되는 것이다. 그런 의미에서 사이버 동시문학은 시인과 독자가 함께 작품을 만들어 가는 과정의 문학이라 할 수 있다. 아마도 어린 독자가 사이버 공간에서, 혹은 전통적 텍스트 속에서 자신이 이미 읽었던 동시를 찾아 또다시 읽게 되었을 때 그 작품이 자신의 의견이 반영되어 보다 새롭고, 공감하도록 고쳐져 있었다면 또한 그들은 얼마나 기뻐할까? 분명히 그 어린 독자의 기쁨만큼 우리 동시문학이 발전하고 있는 것은 아닐까? 쌍방향화의 인터넷이 갖는 매력도 여기에 있을 터이다. 동시문학에 대해 이런 저런 생각들을 이같이 가상 체험해 보는 일도 IT 시대를 사는 또 하나의 즐거움일 듯싶다.

어린이로 돌아가자
— 생태학적 상상력 탐구에 붙여

1. 21세기 전지구적 화두

21세기 들어 전지구적인 화두는 환경생태문제였다. 사실 어느 시대나 인간과 동식물이 함께 살아 왔지만, 시대를 바꾼 것은 인간이다. 인간은 끊임없이 새로운 기술 혁명을 이루어내며 경제 성장을 지속해 왔고, 그에 따라 필연적으로 자연 파괴와 환경오염을 수반해 왔다. 21세기 들어 환경생태문제가 현실적 당면 과제로 부상한 것은 그만큼 현대 환경 문제가 심각한 위기에 직면해 있다는 것일 터이고, 그에 대한 인간적 반성이기도 한 셈이다. 갈수록 인간과 생태계 (ecosystem)의 정상적인 관계가 무너지면서, 인간의 생존에 중대한 위협이 되고 있다. 결국 인간은 물질적 풍요를 누려온 대신 자연 환경을 상실해 버린 것이다.

이러한 환경생태의 심각성에 대한 문학적 대응으로 출현한 것이 바로 환경문학, 생태문학, 녹색문학; 생명문학, 생태환경문학, 생태주의문학 등 여러 가지 용어로 혼재해 사용되고 있는 환경생태문학이다. 일반문학 비평계에서 이 환경생태문학이 중요한 담론으로 제기된 것은 1990년의 일이다. 1990년 『창작과비평』(겨울호)과 『외국문학』(겨울호)에서 각각 좌담과 특집으로 환경생태문학을 논의하기 시작하면서 부각되었다. 그것은 1990년을 전후해 한국문단이 뚜렷한 주도적 방향을 상실한 채 지적 공백과 혼미 속에 빠져버린 데에 기인한 것으로 보인다. 서구 사회주의가 붕괴되면서 70년대부터 지축을 흔들던 민중문학도 진정국면으로 접어들고, 언제까지 포스트모더니즘이나 페미니즘에 안주할 수도 없는 실정이었다. 특별한 이슈가 없으니 뚜렷한 비평적 논쟁도 없고, 전환기의 세계 원리나 미래에 대한 전망을 제시할 수 있는 사상이 잡히지 않는 상황이었다. 그만큼 90년대 사회주의의 미래가 환상처럼 붕괴되기 시작한 이후, 인간이 쌓아온 지식체계의 불투명성은 가속화된 느낌이었다. 이런 전환기의 우울한 지적 풍경은 IT 시대의 전망, 세계 전체를 단일 자유시장으로 통합하려는 글로벌리즘의 논리 하에서 세계의 원리나 미래 사회에 대한 비전 추구라는 지식 본래의 기능을 망각한 채 지식 체계를 상품화하여 유통성만을 촉진하려는 경향을 보였다. 이러한 상황에서 1990년대는 70년대의 도시화와 현대 산업문명에 대해 비판적 인식을 보다 적극적으로 형상화한 생태시와 생태주의 운동을 본격적으로 태동시켰다고 할 수 있다.

하지만 환경생태주의 운동은 어떠한 이유로 태동했던 간에 오늘날 문학의 중요한 지향적 방향성이 되어야 할 문제이고, 보편적인 문학운동으로 확산되어야 할 과제이다. 그것은 21세기의 문명 및 지구 환경의 위기와 깊이 맞물려 있다는 점 때문이다. 환경생태문학은 현대사회의 병폐를 생태학적 인식으로 바라보게 하고, 환경의 오염과 파괴가 인간과 전지구 생태계의 멸망을 가져올 것이라는 경각심을 불러 생태의식을 일깨우는 문학인 것이다. 바로 2000년 한국시단의 한 특징으로, '환경생태시의 대두'를 첫째 특징으로 꼽았을 만큼 2000년대 들어서 더욱 환경생태문학이 활발히 개진되고 있다는 것은 매우 고무적인 일이다.

그러나 우리 아동문학계에서는 아직도 환경생태문제에 관해서 논의조차 이루어지지 못한 실정이다. 거기에는 아동문학이 어린이를 대상으로 하는 문학이고, 어린이의 사고 자체가 원시주의와 맞닿아 있는 자연친화적이라는 데에 기인한 듯하다.

2. 생태적 위기 시대에 요청되는 새로운 시적 상상력

특히 동시문학에 내재한 동심은 그 자체가 또 하나의 자연이다. 그 동심적 상상력은 동물과 나무와 돌멩이와 바람과 물 등이 사람과 같이 말을 한다는 물활론적 세계관에서 출발한다. 분명 동시문학은 어린이의 화법이나 시점으로 비인격물을 인격화한 동화적 상상력에 단순 명쾌한 시적 함축과 이미지로 사물의 의미를 재해석 혹은 재발견하는 독창적인 문학양식이다. 곧 동시문학은 사상(事象)에 대한 순간의 포착 속에 동화적 상상력이 유기적으로 결합된 양식이며, 낭만적 요소와 사실적 요소, 그리고 이야기성과 의미성이 조화롭게 화합하는 자연친화적인 문학이다. 동심의 정서가 인간과 인간, 자연과 인간의 참다운 관계나 순수한 사랑의 교감을 끊임없이 체감시켜 주고자 하는 것도 그런 장르적 특성 때문이다. 지금까지 동시문학은 자연과 인간의 관계를 친밀하게 모색하는 시적 작업에 충실했고, 모든 생명체들이 인간과 동등한 관계에서 생명 활동을 하고 있다는 점을 강조해 왔다.

그런 반면, 동시문학이 산업화와 도시문명으로 인해 파괴되어 가는 자연 환경을 날카롭게 지적하고, 그 속에서 황폐해져 가는 자연과 아이들의 삶을 시적 내용으로 삼는 작업이나 생태계 파괴의 실상을 묘사하고 환경 파괴의 원인을 추정하는 일, 혹은 물질만능주의가 만들어 놓은 인간 개개인의 소비형태와 탐욕스러운 인간의 욕망에 이르기까지 생태 환경에 대한 반성과 성찰을 불러일으키는 작업 등에는 전혀 관심을 기울이지 못한 형편이었다. 간혹 자연의 파괴로 인해 환경생태계의 변화를 일으키는 원인을 제재로 삼은 환경생태동시를 찾아 볼 수 있을 정도였다. 한명순의 「약수터 가는 길」과 진복희의 「비닐봉지」가 그 좋은 일례들이다.

약수터 가는 길.
푸른 숲속 길.

매미 소리를
이고 갑니다.
매미 소리를
안고 갑니다.
매미 소리를
밟고 갑니다.
매미 소리를
끌고 갑니다.

푸른 숲속 길.
약수터 가는 길.

— 한명순 「약수터 가는 길」 전문

난 결코 구겨지지 않아
끝내 썩지 않을 거야

진창에
코를 박고서도
노려보던 비닐봉지

그 날 밤
비닐 이불에 덮여
헐떡이는 꿈
꾸었지

— 진복희 「비닐봉지」 전문

「약수터 가는 길」은 갈수록 요란해지는 매미 소리를 통해 생태계 이변을 떠올려 보게 한다. 도심 한복판에서도 우렁찬 매미 소리를 들을 수 있었던 주된 원인으로 매미의 천적이 많이 사라진 데 있다는 것이 생물학자들의 일치된 견해이다. 매미의 천적은 말벌과 어치, 찌르레기, 북방새, 박새 등과 같은 식충성 조류이다. 그들 천적의 개체 수가 크게 줄거나 멸종해, 여름이면 매미 세상이 된다는 것이다. 매미의 천적을 줄게 한 주된 요인은 두말할 것 없이 환경오염이다. 먹이가 아무리 많아도 서식 환경이 못 되면 벌도 새도 살 수 없다. 「약수터 가는 길」은 매미 소리가 시끄럽다고 짜증낼 일이 아니라 바로 생태계 이변을 심각하게 걱정해야 할 것을 시사하는 동시라 할 수 있다.

「비닐봉지」는 환경오염원의 하나인 '비닐봉지'를 제재로 한 동시조이다. 비닐봉지는 우리의 일상생활에서 없어서는 안 될 정도로 그

쓰임새가 매우 다양하고 요긴하다. 하지만 우리의 생활을 편리하게
해 준 만큼 그 피해도 막대하다. 비닐봉지는 좀체 썩지 않는 재질이
어서 토양을 오염시킨다. 비닐봉지를 땅이나 숲에 버리면 식물의 뿌
리를 뻗어나가지 못하게 하고, 빛과 공기가 땅 속으로 스며드는 것을
막아 미생물과 각종 토양생물에게 악영향을 끼치게 된다. 낙엽을 분
해하는 역할을 하는 토양식물이 없어지면 낙엽이 썩어서 부엽토가
되지 못해 그대로 쌓이게 되어 나무들이 호흡하기에 지장을 초래한
다. 비닐봉지를 소각했을 경우에는 다이옥신 등 환경오염 물질이 발
생하여 동식물뿐 아니라 우리 인간에게도 큰 피해를 입힌다. 이 동시
조는 그런 비닐봉지가 "난 결코 구겨지지 않아/끝내 썩지 않을 거야"
하며 "진창에/코를 박고서" 무섭게 노려보는 악몽으로 나타났다는
것이다. 이같이 「비닐봉지」는 환경에 대한 경각심을 어린 독자에게
심어주고자 한 동시조여서 「약수터 가는 길」과 함께 환경생태에 대
한 우리의 관심을 촉발시키기에 좋은 작품이라 할 수 있다.

대체로 자연친화적인 동시는 근본적으로 인간중심적 사고에 의한
인간적 가치에 기초를 두고 있다. 이때 자연은 인간의 본질과 그 가
치를 발견하기 위한 대용물이자 배경물일 때가 많다. 자연친화적 동
시는 동물과 식물을 자기화해 시인의 의식을 이입하거나 반영하며
시인 자신의 정신세계나 가치를 표현하려 하는 것이다. 그러나 환경
생태적으로 접근하는 동시는 자연을 주제나 대상으로 삼으면서도 인
간중심적 사고를 지양한다. 시적 발상이 인류 전체의 생존을 위협하
는 환경문제에서 출발하여 자연 속에 내재해 있는 가치와 질서와 미
학을 재발견해내야 하는 까닭이다.

아직은 미미하지만, 그래도 동시문학에서 「약수터 가는 길」이나
「비닐봉지」와 같은 환경생태에 대해 관심을 촉발하고 반성을 불러오
는 동시나 동시조가 발표되고 있다는 것은 고무적이다. 자연과 인간

의 공존을 저해하는 원인들을 지적하고 반성을 불러일으키는 일은 앞으로 우리 동시문학이 생태학적 상상력을 통해 모색할 중요한 시적 주제여야 한다. 우리 동시문학이 인간성 상실의 회복이나 환경 생태에 깊은 관심을 가져야 하는 것은 지구와 인간의 공멸을 막는 중대한 일이 되기 때문이다. 하지만 이들 시적 과제들은 어른의 시각이 아닌 아이들의 시각으로 접근해야만 참다운 동시문학을 이룰 수 있을 터이다.

3. 동화적 상상력으로 참다운 환경생태의 성찰

생태학적 상상력에는 비판의식이 내재해 있을 수밖에 없다. 비판이란 세계를 인지적으로 환원시키려는 전략의 하나인 까닭이다. 그런 비판의식을 보다 구체적이고 적극적으로 수용할 수 있는 양식이 아동문학에서는 동화이다. 동화도 서사(narrative)의 일종이다. 서사의 주된 의미는 주동인물과 그 상대 인물 사이의 갈등 양상에 의해 드러난다. 기본적인 동화의 이야기 구조는 선과 악이라는 이분법에 기초해 있다. 곧 동화는 이분법을 저변에 깔고 사건과 인물의 갈등을 이끌어 간다. 주동인물과 반동인물과의 선악 관계가 분명하게 드러나지 않는 동화일지라도 이미 어린이 독자는 두 인물 중 어느 한쪽으로 자신의 감정을 이입하면서 스스로 선악의 대립구도를 인지하고 구축한다.

보편적으로 동화의 대립구도는 처음부터 이미 주어져 있으며 이야기의 전개 과정상에서도 변화하지 않는다. 다만 악이 어떤 계기로 악을 극복하고 선이 된다거나 선이 악으로 인해 어려운 처지에 놓였다가 그 상황을 극복해 나가는 과정 속에 동화의 미학이 형성된다. 동화가 자아와 세계의 갈등으로부터 비롯되어 궁극적으로 갈등을 극복하고 화합과 화해를 이끌어내는 서정성을 담고 있기 때문이다. 바로 동화의 미학은 서사성와 서정성이 공존하는 자리에 놓여 있다. 그것은 또 순진무구하고 정직하면서도 환상적이고 서정적인 어린이의 세계와도 맞닿아 있는 것이기도 하다. 그런 면에서 동화의 서사는 소설의 서사와 구별된다. 소설의 서사가 자아와 세계의 대결을 조장하는 것이라면, 동화의 서사는 자아와 세계의 동일화나 화해를 모색하고자 한다. 따라서 동화는 선과 악의 이분법적 구도를 지니면서도 끝까지 대결과 대립으로 이끌어 가는 양식이 아니라 그 극복의 아름다움을 보여주는 문학인 것이다.

이와 같은 동화의 미적 구조는 환경생태적 세계관을 수용하기에 적절하고도 유용한 양식이 된다. 인간은 갈수록 개발이라는 명목으로 자연을 파괴하고, 이제는 유전자 조작에 의해 자연을 변질시키는 형국에까지 이르렀다. 이때 자연과 인간을 이분법으로 놓는다면 악은 다름 아닌 우리 인간일 수밖에 없다. 따라서 자연의 반작용을 막고 파괴된 자연을 복원하는 일은 인간 자신에 대한 복원인 것이다. 서사에 서정을 담고 있는 동화는 그런 의미에서 인간성 복원을 위한 절묘한 문학의 하나라 할 수 있다.

특히 인간을 자연과 하나로 생각하고 인간과 자연의 공생을 생명으로 하는 환경생태적 세계관은 동화의 세계와도 일치한다. 동화의 세계는 인간과 자연을 분리해서 인식하지 않기 때문이다. 동화적 상상력은 바로 모든 동식물과 말을 하는 물활론적 세계관에 입각해 있다. 그 세계관은 어린이의 꿈의 세계와도 직결된다. 결국 환경생태적 세계관은 어린이로 돌아가자는 명제를 안고 있는 셈이다.

4. 환경생태아동문학을 위한 진지한 아동문학담론의 모색

환경생태문학은 이처럼 아동문학의 특성과 깊은 관련성을 맺고 있다. 특히 아동문학을 통해서 환경생태의식을 문학적으로 각성시키는 일은 무엇보다 중대할 수밖에 없다. 생명 사랑과 경외감, 환경생태의 중요성에 대한 각인은 어렸을 때부터 이루어져야 그 효용성이 배가될 수 있는 까닭이다. 하지만 문제는 아동문학이 환경생태문제를 얼마나 문학적으로 승화시키는가에 달려 있다. 아직은 미미하나마 현재 발표되고 있는 환경생태동시·동화들을 보면, 다루려고 하는 현실에 대한 접근이나 문학성의 획득이라는 측면에서 많은 문제점을 안고 있는 것이 사실이다.

생태주의에 대한 정확한 지식이나 진지한 생태적 관심이 전제되지 않는 환경생태동시·동화는 어린이 독자를 의식하여 저급한 감성에 호소하려 하거나 혹은 환경생태에 대한 무미한 고발 수준, 소재주의나 도식적 전개, 교훈적이나 계몽성에 그칠 우려가 크다. 환경생태동시·동화는 호기심이나 신기성의 차원으로 접근하여 자연을 신비화하는 태도를 취하거나, 과거의 농경 사회를 무조건 그리워하며 과거를 회고하는 경향으로 나아가는 것을 경계해야 한다. 이러한 태도들은 환경생태계의 위기를 극복하는 길이 아니기 때문이다.

늦었지만, 이제라도 우리 아동문학은 바람직한 환경생태동시·동화의 출현을 위해서 진지하게 논의되어야 할 때이다. 이를 위해 아동문학 비평계는 환경생태아동문학을 구체적으로 아동문학의 중심 담론으로 올려놓아야 한다. 이 담론은 아동문학 비평의 새로운 방향성을 열어줄 뿐 아니라 부정적인 환경생태 현실에 대한 극복의 가능성도 제시해 줄 수 있을 것이다. 무엇보다 지구의 생태환경을 구하는

일은 자연을 재화로 보는 인간의 욕망을 오로지 순진무구한 어린이
의 마음으로 되돌리는 일에 놓여 있을 터이다.

장편동화 시대의 새로운 조짐과 문학적 가능성

1. 장편동화 시대를 예고하는 새로운 조짐

창작동화를 읽는 재미는 역시 단편보다 장편에 있을 터이다. 단편 동화는 치밀하게 의미를 감싸고 있는 압축된 형식과 단일한 효과로 아이들 삶의 단면을 표현하는 고도의 의장적 양식이지만, 장편동화 는 여러 날에서 여러 해에 걸쳐 일어나는 복잡한 사건, 인물의 성장 에 따른 성격의 변전, 많은 인물들의 상호 관계를 보여주면서도 하나 의 세계로의 조화와 통일성을 유지하며 이야기의 역사성을 획득하는 양식인 까닭이다.

2000년대 들어, 이런 장편동화 시대를 예고하는 새로운 조짐들을 보이고 있다. 이미 90년대부터 시작된 눈높이아동문학상, MBC아 동문학상, 삼성문학상, 문학동네어린이문학상 등 장편동화를 공모하 는 행사가 정착되면서, 당선작에 주어지는 많은 상금에 대한 매력이 장편동화 창작의 구미를 당겼고, 황선미의 『마당을 나온 암탉』, 김중

미의 『괭이부리말 아이들』 등이 보여준 단기간 내 발행부수의 기록 경신이 장편동화의 출판 욕구를 자극했다. 특히 전세계를 휩쓴 영국 여성작가 조앤·K·롤링의 '해리포터' 시리즈와 외국 판타지 동화의 열풍이 부추겼다. 전세계 독자들의 선풍적 인기를 끈 '해리포터' 시리즈 제4권 『해리포터와 불의 잔』이 2000년 7월 8일 0시 영어권 국가에서 공식 발매에 들어간 뒤 우리 나라에서는 그 해 10월에 출간되었다. 해리포터 시리즈가 새로 나올 때마다 마치 컴퓨터 운영체계인 '윈도'가 출시될 때처럼 세계 언론들이 카운트다운을 하며 관심을 표명했고, 우리 나라에서도 지난해 11월 『해리포터와 마법사의 돌』이 처음 번역 출간된 이래, 꼭 1년 만에 네 권으로 발간되면서 곧장 베스트셀러에 올랐다. 해리포터 붐은 널리 알려진 외국의 유명 번역동화집의 양산으로 이어졌다. 지난 100년 동안 전세계 어린이들의 사랑을 받아온 프랭크 바움의 『위대한 마법사 오즈』와 『환상의 나라 오즈』가 출간되고, 이미 성인을 위한 번역본이 나온 바 있는 마하엘 엔더의 『끝없는 이야기』도 어린이용으로 재출간되었다. 이밖에 캐더린 패터슨의 『비밀의 숲 테라비시아』, 미야자와 겐지의 『늑대 숲, 소쿠리 숲, 도둑 숲』, E. L. 코닉스버그의 『내 친구가 마녀래요』, 모리야마 미야코의 『노란 양동이』 등 저학년 및 고학년용 번역동화들이 봇물을 이루었다.

그래도 장편동화 시대의 예고는 디지털화와 지식정보화에 의한 지각 변동과 무관하지 않아 보인다. 좋든 싫든 원하든 원하지 않든 간에 우리 사회나 국제사회가 빠르게 네트워크화했고, 사회 각 분야마다 정보화의 진행이 가속화되면서 이제 컴퓨터와 인터넷은 생활필수품이 되었다. 사이버 세상도 하나의 문화 공간으로 받아들여지고 정보가 공유화 되면서, '책읽기'마저도 TV 프로그램이나 인터넷 사이트를 통해 트렌드로 부상하였다. 볼거리가 넘쳐나고 무한 복제가 가능한 인터넷 세상에서 독자들은 책읽기조차 유행을 좇고, 보다 더 흡인력 있는 읽을거리를 압박해 왔던 것이다. 또 한편으로 채팅에 의한 언어 파괴의 심각성이나 컴퓨터에 중독되어 가는 아이들에게 자기 정체성을 찾아주어야 한다는 자성의 소리도 높아지면서 종래의 전통적 책읽기 방식으로 아이들을 선도하려는 인식이 확산되었다. 이때 아이들을 끌어들일 새로운 캐릭터와 상상력, 흥미진진한 이야기성을 지닌 새로운 장편동화에 대한 기대감이 어느 때보다 자연스럽게 증폭될 수밖에 없었고, 또 집단 내에 가장 문제성 있는 이야기를 짚어보면서 그 인물이 속한 집단, 나아가서는 사회를 총체적으로 반영할수 있는 장편동화의 필요성도 절실해졌던 것이다.

이러한 시대적 상황에 때를 맞추어 '21세기 신예 작가 특선'(예림당)이라는 이름으로 전 10권의 장편동화가 기획되었고, 그 중 1차분 5권, 곧 한혜영의 『뉴욕으로 가는 기차』, 권민수의 『라라의 꿈』, 한예찬의 『해별이의 이상한 모험』, 이지현의 『거꾸로 가는 기차』, 김경록의 『분홍 언니』를 먼저 출간하였다. 이 기획 출판에 참여한 작가들은 80년대 후반에서 90년대에 등단했으면서도 아직 문단에 이름이 덜 알려진 신예들이어서 우선 우리의 주목을 끈다. 그들이 앞 세대 작가보다도 디지털 문화에 대한 적응 속도가 빠른 세대라는 점과 앞으로 한국 아동문단의 맥을 이어 갈 신진 작가라는 점에서 그들의 다양한 삶의 체험이 우리 동화문학을 보다 풍성하게 해 줄 것이라는 기대감 때문이다. 장편동화의 시대란 장편동화에 대한 기대 욕구가 충만하고, 작품의 완성도나 다양성이 심화 확대되어 나타나는 현상을 뜻할 터이다. 이런 관점에서 '21세기 신예 작가 특선' 기획 출판물에 대해 숙고해 보는 것은 우리 동화문학의 장래와 더불어 장편동화 시대의 조짐을 되짚어 보는 의미 있는 일이 될 것이다.

2. 시련의 극복과 이상적인 꿈

　한혜영의 『뉴욕으로 가는 기차』와 권민수의 『라라의 꿈』은 서로 대립되는 인물의 짝을 통해 주제를 드러내는 이야기 유형으로, '갈등의 시작—분규—해결'의 과정을 겪는 사건 위주로 엮어져 있다. 이들 작품은 두 개의 사건이나 플롯이 교차되는 복합 구성으로 짜여져 있으며, 어떤 극적 상황에 의해 갈등이 해소되고 화해하는 줄거리를 가진다. 이때 주동인물과 반동인물의 대립이 명확하게 이분법적 사고로 기능하여 주제를 드러내는 전통적인 동화의 기법이 차용된다.

　『뉴욕으로 가는 기차』는 미국 뉴저지로 이민을 와서 정착하기까지 하늘이의 가족이 겪는 시련을 형상화한 동화이다. 곧 이 동화는 정당한 삶의 조건에 위협받는 인물들이 그런 상황 속에서도 굴하지 않고 새로운 삶을 영위해 나가고자 하는, 시련의 극복과 이상적인 꿈으로 지향하는 이야기 구조를 지닌다.

　5학년인 하늘과 같은 반인 피터, 4학년인 태양과 같은 반인 후랭크는 동양인에 대해 반감을 가진 삐뚤어진 아이들이다. 그들의 외삼촌이 아시아 갱단에게 아무런 잘못도 없이 총에 맞아 죽었다는 것이 동양인에 대한 반감의 이유이다. 이들은 하늘과 태양이에게 '노란 바나나'라며 멸시하고 사사건건 인종 차별적인 언행으로 시비를 걸어온다. 결국 태양이는 수업시간에 후랭크를 때리고 경고 조치까지 받지만, 야구에 대한 꿈을 간직하며 열심히 연습하면서 그 시련을 달랜다. 하늘이는 태권도를 잘하는 아이지만 피터의 멸시를 묵묵히 참아낸다. 낯선 이국의 환경이 그렇게 하늘이를 일찍 철들게 만들어 놓는다. 하늘이는 낯선 땅에 버려진 것 같은 자신의 처지를 아프게 인식하면서 이민 오기 전 외국에서 전학와 학교생활에 적응하지 못하던 현성이를 자신보다 영어를 잘한다는 이유로 따돌리며 괴롭힌 것을 뒤늦게 뉘우친다.

한국에서 공무원 생활을 했던 아버지는 세탁소를 경영하지만, 매달 적자를 내고 있는 형편에다 잦은 사고에 시달린다. 옷에 얼룩을 묻혔다는 트집을 잡고 상습적으로 변상을 요구하는 사람을 만나는가 하면, 세탁소 유리창이 깨지는 사건도 발생한다. 한 번 갈아 끼운 유리가 또다시 깨지자 인내에 한계를 느낀 하늘이는 드디어 피터에게 태권도 결투를 신청한다. 그러나 결투를 약속한 날, 세탁소에 뜻밖의 강도 사건이 일어난다. 세탁소 문닫을 시간이 한 시간쯤 남았을 무렵, 불현듯 총을 든 왜소한 체구의 백인 강도가 들어와 돈을 요구한 것이다. 이때 하늘이는 피터와의 결투를 위해 연습해 두었던 태권도로 강도를 쓰러뜨린다. 강도의 총 소리를 들은 옆집의 신고로 경찰과 신문 기자가 몰려오고, 어린 소년이 강도를 잡은 것이 화제가 되어 신문에 기사화된다. 그 강도 사건으로 한 시간 늦게 피터와 약속한 장소에 도착한 하늘이는 마침 불량배 중학생들에게 맞고 있는 피터를 구해 준다. 그 이후 피터는 태권도 정신이 무엇인가를 깨닫게 되고 하늘이에게 그동안 잘못한 일들을 사과하며 화해를 청한다. 태양이도 후랭크와 같은 편이 되어 어렵게 야구 시합을 승리로 이끈 것을 계기로 후랭크와 화해한다. 고전을 면치 못했던 세탁소도 신문 기사의 영향으로 손님들이 몰리기 시작한다는 이야기가 이 동화의 핵심 줄거리이다.

낯선 미국 땅에 이민 와서 어렵게 적응해 나가는 이 가족 이야기는 제재면에서나 플롯의 전개상에서나 그리 새로울 것이 없다. 단지 주동인물과 서로 반대의 구실을 하는 반동인물의 짝을 명확하게 내세워 시련을 겪고 극복하는 과정과 이상적인 화해를 통해 힘들게 이민 생활에 정착해 가는 과정을 제시해 줄 뿐이다. 이때 반대되는 인물의 짝은 이 동화에서 삶의 시련과 극복의 원리가 되는 중요한 구실을 하고, 시련 끝에 성취라는 주제적 영역을 강화하는 장치가 된 것이다.

이와는 달리 『라라의 꿈』은 서로 반대되는 인물의 짝이 대립되기보다 서로 대조되고 상호 교류하면서 주제에 기여한다. 그것은 제목에 명시된 주동인물의 꿈에 초점을 맞추었기 때문이다. 따라서 『라라의 꿈』은 가정의 문제에서 파급되는 시련을 극복하는 과정에서 인물들의 정신적 성숙이라는 의미에 보다 무게를 두게 된다. 그만큼 이 동화는 심각한 가정의 문제에서 고뇌하는 인물, 즉 이혼한 가정에서 고민하는 라라와 애정 없는 부부 사이에서 갈등하는 한나가 겪는 일련의 복잡한 사건을 통해서 그들이 정신적으로 성장해 가는 과정이 그려진다.

이 동화의 중심이 되는 공간적 배경은 '큰별나무'이다. 워낙 키가 커서 하늘에 있는 별을 가까이 볼 수 있는 나무라는 뜻으로 라라와 그 친구들이 붙여준 이름이다. 그 큰별나무 아래는 등장인물들이 맹세와 우정, 꿈과 사랑을 나누고 확인하는 장소가 된다. '라라의 꿈'도 이 큰별나무로부터 시작되고, 라라가 3개월 간 특별한 삶의 경험을 통해 성장하는 정신적 배경이 되는 것도 이 큰별나무 아래이다.

13살의 라라는 엄마, 아빠와 함께 밥을 먹고 함께 공원을 산책하는 소박한 꿈을 가진 아이다. 5년 전 라라가 학교에 입학할 무렵, 유학을 가겠다는 아빠와 공들여 얻은 직장을 내놓을 수 없다는 엄마가 이견을 좁히지 못하고 끝내 이혼했기 때문이다. 그런 아빠가 회사 일로 미국에서 5년 만에 돌아와 3개월 간 한국에 머물게 되면서 라라의 꿈이 실현될지도 모른다는 좋은 예감으로 출발한다. 하지만 엄마와 아빠는 여전히 거리를 두고 어색한 상태로 머물러 있을 뿐, 오히려 라라의 내적 갈등만 심화된다. 그러한 상황 속에서 친구들이 라라에게 특별한 생일잔치를 열어 라라 부모의 화해 분위기를 조성해 주지만, 그 일도 뜻대로 이루어지지 않는다. 아빠가 오시고 나서, 얽힌 실타래처럼 뒤죽박죽이던 라라의 생활도 결국 외할머니가 돌아가시고 아빠가 다시 미국으로 돌아감에 따라 그 꿈이 유보되고 만다. 그러나 라라는 "열세 살하고 작별하지만 아빠랑 엄마는 언젠가 미움하고 작별하게" 될 것임을 확신하며, 엄마 아빠의 재결합에 대한 믿음과 꿈을 새롭게 다진다.

한나는 학교에서 공주님으로 통할 만큼 외형적으로 유복하게 자라나 바이올린 특기생으로 중학교 진학을 꿈꾸는 아이다. 하지만 한나는 이유 없이 친구들을 무시하는 못된 버릇이 있고, 남에게 상처를 주는 말을 잘해서 가시귀신이라는 별명을 얻는다. 한나의 모난 성격은 애정 없는 아빠와 엄마 사이에서 진정한 사랑의 결핍을 스스로 인식한 고아 의식의 소산이다. 바이올린에 대한 꿈은 한나의 희망이라기보다 남을 의식하는 아빠의 허영이자 남편에게 받지 못한 사랑을 자식에게 대신 채우려는 엄마의 대리 욕망일 뿐이다. 그러한 한나에게 포장된 사랑의 허위의식은 결국 한나가 중학교 시험에 떨어지면서 돌출된다. 한나를 위로하러 온 친구들에게 감추고 싶은 가정적 불화가 노출되면서 한나는 가출하고 만다. 한나가 정작 라라를 부러워한 것은 그가 결손 가정의 아이이면서도 진정으로 부모의 사랑을 받고 있다는 사실에 있었다.

이 동화는 이처럼 서로 다른 인물들을 대조하여 실타래처럼 얽힌 갈등적 상황을 복잡하게 보여주면서 주제를 드러내게 된다. 그 두 아이에게 대조되던 가정적 갈등 상황이 오히려 서로에게 위안이 되어, 라라와 한나가 화해할 수 있는 요소로 작용되었기 때문이다. 라라의 유보된 꿈이 아직도 유효하다는 희망을 간직하고 있는 것처럼 가출 사건 이후 한나도 자신을 위해 아빠가 울었다는 사실을 뒤늦게 알고는 아빠의 사랑을 새롭게 자각하게 된다. "네가 예음 학교에 떨어진

'21세기 신예 작가 특선' 동화 『라라의 꿈』과 『거꾸로 가는 기차』

것, 또 며칠 동안 집을 나간 것, 그런 것들이 아주 특별한 경험이라고 생각하는 거야. 내 생일이 아주 특별한 것처럼 말야."라며 라라는 한나와의 지난 갈등의 분규를 아주 특별한 경험으로 돌리고 진정한 화해를 모색하였던 것이다. 그리고 13살의 나이답지 않게 불쑥 정신적으로 성장한 자신을 새롭게 깨닫는다. 이와 같이 『라라의 꿈』은 아빠가 미국에서 오면서부터 갈등이 시작되어 분규로 치닫다가 어떤 계기로 갈등이 해결되면서 라라가 비로소 성숙해진다는 성장 이야기를 기본 골격으로 삼고, 독자에게 따뜻한 온기를 느끼는 가족 풍경을 소중하게 돌아보게 하는 것이다.

  이렇듯 『뉴욕으로 가는 기차』가 낯선 이국의 냉대받는 사회로부터 시련과 소외를 극복해 가는 과정의 이야기라면, 『라라의 꿈』는 우리 삶의 가장 근원적인 가정에서의 갈등과 소외를 극복해내는 이야기이다. 이 두 동화는 모두 친구들과의 갈등을 해소하고 나누는 전달 방법으로 전자메일이 통용되고 있지만, 그 외의 제재적인 면에서나 이야기를 끌어가는 기법적인 면에서 앞 세대의 것을 고스란히 닮아 있다.

3. 미래와 과거로의 시간 여행

한예찬의 『해별이의 이상한 모험』과 이지현의 『거꾸로 가는 기차』
는 한 인물의 경험을 중심으로 엮어나가는 이야기 유형이다. 여기에는
하나의 관념이나 일관된 성격을 유지하는 평면적 인물이 등장하며, 단
순하고 직선적 구성(linear plot)으로 이루어졌다. 전자는 '현실—꿈—
현실', 후자는 '출발—여정—도착'으로 이어지는 진행적 시간성에 초
점을 맞추고, 각기 다른 모험을 통해 동화의 의미를 드러낸다.

『해별이의 이상한 모험』에서 우리의 눈길을 끄는 것은 디지털 시
대에 걸맞은 제재적 접근이다. 컴퓨터 게임이라는 가상현실 속의 체
험이 해별이가 겪는 이상한 모험이다. 따라서 이 장편동화는 해별이
가 '현실 세계—컴퓨터 게임의 가상현실 세계(꿈)—현실 세계'로 되
돌아오는 순환적 구성으로 짜여진다.

해별이의 가족은 주변에 꽤 큰 초록농장이 있는 제주도 서귀포로
이사를 온다. 해별이는 그 농장에 살고 있는 열한 살 동갑내기인 소
녀 다예와 금방 친해져 농장 구경을 하게 된다. 여기저기 우리에 갇
힌 가축들을 둘러보던 해별이는 부드러운 송아지 고기로 쓰기 위해
몸을 움직일 수조차 없는 좁은 우리 안에서 키우는 비일(veal) 송아
지를 보게 된다. 그리고 그 송아지 외양간 바닥에서 '동물농장'이라
고 쓰인 CD 하나를 발견하고 얻어 온다. 일요일 밤, 해별이는 아무
도 없는 집에서 외할아버지 생신으로 청주에 간 가족을 기다리며 그
CD를 작동시킨다. 지시에 따라 게임을 시작하자 화면에 돌하루방이
나타나서 세상을 잘못 다스린 인간들에게 벌을 내린다며 해별이를
비일 송아지로 변신시켜 동물이 인간을 지배하는 가상현실 세계로
보내진다. 이때부터 동물들이 두 발로 걷게 되고 손의 자유도 얻어
인간들을 잡아 가두고 섬을 지배하는 '뒤바뀐 세상'이 시작된다. 인

간들에게만 주어졌던 지혜의 능력을 동물들이 갖고 이기적인 행동이나 살인, 강도, 사기, 자연 환경의 파괴, 이념의 허구 등 인간들이 저지른 범죄 행위들을 심판한다. 이때 초록농장이 표본적인 심판의 대상이 되고, 비일 송아지를 키운 다예 아빠에게 '악한 인간의 본보기'가 되어 사형 판결이 내려진다. 돌하루방은 해별이에게 다시 사람으로 돌아갈 수 있는 열쇠 고리로 선택의 기회를 주었는데 해별이는 다예 아빠를 구하기 위해 인간으로 돌아와 대신 감옥으로 끌려간다. 그러나 아직 누군가가 동물들을 일깨워 주지 않아서 여전히 사람들이 세상을 다스리는 육지에, 한 어부가 섬의 상황을 신고하여 결국 섬은 육지 사람들의 비행기 공격을 받게 된다. 마침 도축장 밖으로 끌려나가던 해별이는 비행기의 폭격에 그만 정신을 잃고 만다. 그리고는 누군가 흔들어 깨우는 소리에 정신을 차리게 되는데, 바로 청주에 갔던 가족이 돌아와 잠든 해별이를 깨운 것이다. 그리고 컴퓨터 모니터 화면에는 게임 오버라는 글자가 쓰여 있었다는 것이다.

이처럼 이 이야기의 주제적 영역은 해별이가 '동물농장'이라는 컴퓨터 게임을 통해 이상한 모험을 하게 된다는 그 가상 체험에 관련돼 있다. 미래에 일어날지도 모를, 인간이 동물에게 지배당한다는 컴퓨터 게임의 가상현실을 이 동화는 충격적으로 이야기하고 있는 것이다. 그런 해별이의 상상적 모험담은 우리 사회 전반에 걸쳐 만연된 인간성 상실이나 생명 경시와 깊은 관계를 맺고 있다. 그 '뒤바뀐 세상'의 가상 체험은 이미 위험 수위를 넘어선 극단적 이기주의와 자연 파괴나 생명 경시 풍조 등 온갖 형태의 가치 전도 현상이 낳은 우려와 경고라 할 수 있다.

하지만 이 이야기의 핵심 주제는 동물학대의 경고 메시지로 귀착된다. 길거리의 동물뽑기 상자에서 뽑은 병아리를 고층아파트에서 떨어뜨려 누구의 것이 먼저 죽는지 시합하려는 아이들의 장난기나 좁은 우리에 가둬 기르는 비일 송아지의 고통을 통해 협소한 주제 의식을 강하게 드러내고 있기 때문이다. 동물학대의 심판 대상이 다예네 초록농장에 국한된 것도 그 주제를 강화하는 요소가 된다. 거기에다 해별이가 다음날 찾아간 다예네 농장에서 비일 송아지를 밖에다 풀어 놓고 자유롭게 기르고 있는 것을 본다는 결말 부분은 동물을 학대한 다예 아빠의 반성이 유기된 채, 도리어 그 반성적 체험의 주체자인 해별이가 바라는 동물애호 정신이 실현된 것을 보여주고 있다. 곧 꿈을 꾼 주체(해별이)와 현실의 반성적 객체(다예)가 인과적 계기 없이 그대로 전이된 것이다. 그것은 공감의 폭을 확장시키기보다 도리어 리얼리티를 떨어뜨리는 결과로 작용될 수 있다. 결국 이 동화는 컴퓨터 게임 속 해별이의 이상한 모험을 통해 새로운 시대적 반성을 노정하고 있으면서도 협소한 주제 의식을 드러내는 데 머물고 말았다.

그런 반면, 이지현의 『거꾸로 가는 기차』는 오히려 디지털 시대에 역행하는 과거로 회귀하면서 따뜻한 인간애를 보여주며 자기반성을 이끌어낸다. 이 이야기는 천사원에 맡겨진 주인물이 어렴풋이 떠오르는 과거의 기억을 더듬어 가며 병이 나으면 데리러 온다는 말을 남기고 행방을 감춘 엄마를 찾아보고, 다시 출발점으로 되돌아오는 기행적 여정을 담고 있다. 그 '출발―여정―도착'이란 기행적 여정에는 궁금한 문제 상황을 연쇄적으로 풀어 나가는 추리의 과정이 도입된다.

'웃지 않는 아이'라는 별명을 가진 은혜는 다섯 살 때 철암 광산에서 석탄을 캐던 아버지를 사고로 여의고 어머니마저 병이 들자 천사원에 맡겨진 아이다. 병이 나으면 온다던 엄마는 6년이 지나도록 소식조차 없다. 은혜는 그런 엄마를, 유년의 기억을 더듬어 직접 찾아 나서게 되는데 그 여정이 거꾸로 가는 시간 여행이 되는 셈이다. 석탄을 캐다 사고로 돌아가신 아버지의 모습, 검은색, 웃음을 잃어버린 엄마의 얼굴, 하얀 철암병원 건물, 아빠를 잃고 석탄장에서 석탄을 고르는 일을 하던 엄마, 폐광되고 엄마가 일터를 옮긴 국밥집의 양은 솥에서 뭉게구름처럼 피어 오르던 하얀 김 등이 은혜에게 편린처럼 남아 있는 기억의 전부이다.

　은혜가 찾아간 철암 광산촌은 이미 사람들이 다 떠나가고 폐가가 된 마을이었다. 은혜는 아무도 살지 않을 것 같은 마을에서 뜻밖에 성진과 영진 남매를 만난다. 광부였던 그들의 아버지는 진폐증으로 병원에 입원해 있고 엄마는 집을 나가버려 그들 남매는 아녜스 아줌마의 도움으로 살아간다. 은혜는 그 아녜스 아줌마를 통해 엄마가 영주 새빛마을 나눔의 집에 있다는 것을 알아내고 영주로 향한다. 그러나 힘들게 찾아간 나눔의 집에서도 은혜는 엄마를 만나지 못한다. 병이 더 심해져 영월 고모님 댁으로 옮겨간 뒤였기 때문이다. 다시 찾아간 영월에서 은혜가 확인한 것은 결국 엄마의 죽음이었다.

　은혜가 엄마의 행방을 좇는 일이 퍼즐을 풀 듯 힘든 여정이 되게 한 것은 점점 악화되어 간 '엄마의 병'에 의해서이다. 엄마의 병은 이 동화에서 궁금한 문제 상황을 연쇄적으로 풀어 나가게 하는 추리적 요소가 되게 하고, 또 사건 해결의 지연 효과를 가져다 주어 독자를 긴장으로 몰아가는 문학적 장치가 되기도 한다. 엄마를 찾아가는 길에서 은혜가 만나는 고마운 분들은 정서적 연대의 새로운 가족을 구성하며 따뜻한 분위기를 형성해 준다. 그런 분위기는 마지막으로 은혜가 엄마의 죽음을 받아들이는 과정에서도 그대로 반영된다. 엄마가 '은혜의 꽃밭'을 만들어 가꾸며 은혜를 향한 눈물겨운 사랑을 보여주었기 때문이다. 그 사랑의 확인은 은혜가 그동안 엄마의 마음도 모르고 미워했다는 자기 반성을 불러 오고, 그 반성을 통해 자신을 감싸고 있는 불행과 화해할 수 있게 한 것이다. 이처럼 은혜의 엄마 찾는 여정은 인간적 성숙 과정으로 나아가는 도정이자 또 다른 의미에서 삶의 모험이었던 것이다. 따라서 이 동화는 소극적이나마 희망으로 나아가기 위해 자기 삶의 근거를 확인하고 삶의 지향 가치를 찾는 자기 성찰을 여실히 보여주고 있다.

한편, 은혜가 유년의 기억을 더듬어 엄마 찾는 과정에 리얼리티를 부여해 주는 색다른 인물을 등장시키는데, 그것은 시련이 반복될 때마다 마음의 위안으로 삼아온 동화 속 주인공 마르코이다. 마르코는 은혜가 기대고 의지할 마지막 마음의 의지처였다. 말도 통하지 않는 낯선 나라에서 엄마를 찾겠다는 일념으로 온갖 어려움을 겪어낸 동화 속의 마르코가 은혜의 낯선 여정에 용기와 힘이 되어 준 까닭이다. 여정을 무사히 마치고 다시 천사원으로 되돌아오는 은혜가 진정으로 깨달은 것은 그렇게 찾았던 엄마가 자신의 마음속에 새로운 마르코로 살아 있다는 사실이었다. 이렇듯 이 동화의 플롯 전개 과정에서, 마르코는 독자에게 엄마 찾는 여정을 자연스럽게 흥미를 느끼도록 하는 동기 부여(motivation)의 동화적 장치이며, 또 다른 가치의 창조된 인물인 셈이다.

4. 역사적 사실성과 동화적 허구성의 조화

새로운 장편동화의 시대를 여는 일은 무엇보다 다양성의 심화 확대와 작품의 완성도 여부에 달려 있게 마련이다. '책읽기'마저도 트렌드로 부상하는 이 시대에 보다 새롭고 다양한 캐릭터의 창조와 상상력, 이야기의 역사성을 획득한 장편동화의 출현이 기대되는 것도 그 때문이다. 새로운 캐릭터의 창조는 뚜렷한 개성을 지니면서도 인간의 공통적인 특성인 보편성이나 전형을 갖춘 인물에서 비롯된다. 그것은 곧바로 작품의 생명으로 이어진다. 문제성 있는 사회나 인물

의 개인적인 역사를 서술함으로써 이야기의 역사성을 획득하는 장편
동화는 삶과 사회를 보다 총체적으로 드러내기 마련이다. 그런 점에
서 김경록의『분홍 언니』는 한번쯤 숙고해 볼 만한 작품이다.

『분홍 언니』는 일본이 우리 나라를 식민지화하는 과정 속에 놓인
오복이네와 분홍이네, 그 두 가족을 중심으로 전개되는 이야기이다.
오복이가 여덟 살, 분홍이가 열세 살이 되던 1896년부터 1909년 안
중근 의사가 이토 히로부미를 저격하는 감격적인 순간까지, 격동하
는 한국 근대사가 이 이야기의 시간적 배경이고, 서울, 의주, 만주 등
지를 오가는 방대한 지역이 공간적 배경이 된다. 이 이야기는 격동하
는 한국 근대사에서도 일제가 우리 나라에 진출해 식민지의 발판을
다져가는 과정의 문제성 있는 역사적 사건을 중심으로 엮어 나간다.
따라서 그 중심에 이토 히로부미와 관련된 사건이 놓이게 되고, 그에
대해 증오심을 직접적으로 표출하는 내용이 이 이야기의 핵심 줄거
리가 된다.

이웃간에 오순도순 재미있게 살아오던 오복이네 동네에 일본 사람
들이 하나 둘씩 들어와 살면서부터 다정한 이웃들이 부당하게 삶의
터전을 잃고 하나 둘씩 쫓겨가기 시작한다. 먼저 순돌이네 집에 낯선
일본인 가족이 들어와 살게 되고, 다순네도 일본인에게 농토를 거저
빼앗기다시피 하여 동네를 떠난다. 가게를 갖고 장사를 하며 넉넉하
게 살아오던 분홍 언니네도 수단과 방법을 가리지 않고 가게를 빼앗
으려는 일본인에 의해 몰락하여 분홍이 아버지는 재기의 길을 찾아
만주로 떠난다. 그 사이 분홍이 엄마가 병이 들어 세상을 떠나고 집
마저 일본인에게 빼앗기고 만다. 애오개 너머에 자그마한 땅을 갖고
농사를 지으며 살던 오복이네가 의지할 데 없는 분홍이를 보살피게
된다. 그간의 고생으로 종잇장처럼 야윈 분홍이의 가슴에는 일본인
에 대한 미움이 뿌리깊게 새겨진다. 하지만 일본인에 의해 일어나는

불행은 여기서 멈추지 않고 꼬리를 물고 오복이네 집까지 이어진다. 굴레방다리 너머에 사는 박 훈장 댁으로 글을 배우러 다니던 영복이가 굴레방다리 위에서 개화경을 쓴 일본인의 차에 치어 개천으로 떨어지면서 다리 불구가 되고, 아버지는 화병으로 몸져눕는다. 영복이의 병원비와 아버지의 약값으로 오복이네가 빚에 짓눌리게 되자 분홍이는 아버지 친구분이 경영하는 황토현 음식점에 가서 오복이와 함께 일을 하며 집안을 돕게 된다. 바로

'21세기 신예 작가 특선' 동화
『분홍 언니』

이 동화의 주제적 영역을 담당하는 중요한 부분은 이 음식점에서 일어나는 이토의 안경 사건에 모아진다.

1898년 8월 말 늦더위가 한창 기승을 부리던 때, 이토와 그 일행이 음식점에 찾아온다. 분홍이는 다른 언니들과 가야금 연주를 하게 되었는데 분홍이의 시선은 저도 모르게 이토라는 사람에게로 향한다. 고개를 숙인 채 이따금 곁눈으로 이토의 하는 짓을 엿보던 분홍이는 그가 땀을 닦느라 잠시 벗어 놓은 안경을 깜빡 잊고 그대로 두고 간 것에 주목한다. 맨 나중에 방을 나가게 된 분홍이는 "이토의 눈을 없애서 그가 조선을 침략하는 일에 조금이라도 방해가 되었으면 좋겠다는 생각"에서 아무도 몰래 안경을 버선 속에 감추고 나온다. 갈등과 두려움 속에 집으로 돌아온 분홍이는 그 안경의 처리를 영복이에게 맡긴다. 영복이는 자신을 불구로 만든 사람이 그런 안경을 쓴 일본인이라는 사실에 더욱 증오심이 북받쳐 오른다. 영복이는 "네 놈들의 눈알이 똥통에서 뒹굴고 있는 걸 알고 펄펄 뛰는 모습을 한번 보았으면 좋겠다!"라고 마음속으로 외치며 그 안경을 똥통에 던져

버린다. 이러한 아이들의 행위는 일본인에 대해 자신들이 할 수 있는 최선의 저항이자 자연스런 증오심의 표출이며, 그들에게 당한 불행과 울분을 조금이나마 보상받는 일인 것이다.

이 이야기는 역사적 사실에 동화적 허구를 적절히 가미하여 리얼리티를 획득하며 이야기의 역사성과 흥미성을 동시에 제공해 준다. 동학농민전쟁과 갑오개혁, 을미사변 등 한두 해 전에 일어난 역사적 사건과 연계해 꼬리를 물고 일어나는 대한제국 선포와 고종 황제 즉위식, 독립문 완공, 을사보호조약, 안중근 의사의 이토 저격 사건 등 일관된 역사적 격랑을 밑그림으로 하여 영복이의 차 사고와 이토의 안경 사건 등 허구의 세계를 덧칠해 동화적 의미를 드러낸 것이다. 곧 이 동화는 이미 일어난 일을 다루는 특수한 사실의 기록에다 작가의 상상력에 의한 허구가 만나면서 묵중한 주제를 의미 있게 전달해 준다. 그 주제는 우리 근대사에서 가장 문제성 있는 역사적 사실, 즉 일제에 의해 나라를 빼앗겨 가는 과정과 그 원흉인 이토 히로부미에 관련된 작가의 상상력이 조화를 이루며 새롭게 부각된다. 그것은 철저한 자료 조사와 작가의 상상력이 조화롭게 만나면서 개성과 전형성을 지닌 새로운 인물이 창조되고, 또 이야기의 역사성을 획득할 수 있었던 것이다.

역사가 실제로 있었던 개별적이고 특수한 사실이라면, 문학은 있을 수 있는 보편적이고 전형적인 사실의 기록이다. 이 동화에서 우리나라를 식민지화하는데 주역이었던 이토에 초점을 맞추어 그의 안경을 똥통에 처박아 넣음으로써 조금이나마 울분을 해소하려는 그 아이들의 행위야말로 민족적 감정을 그대로 드러낸 보편적 진실에 속한다. 바로 이 동화는 역사적 사실 중에서 이토와 관련된 중요한 사실과 사건만을 취택하여 재구성함으로써 일관된 주제를 드러낼 수 있었고, 문학이 현실 세계를 유추해낸 가공의 세계라는 것을 진실하게 보여줄 수 있었던 것이다. 곧 『분홍 언니』는 역사적 사실에서 하나의 일관성 있는 사건만을 강조해 엮어 나갔기 때문에 당시 사회를 총체적으로 반영하지는 못했지만, '분홍 언니'라는 민족적 감정을 대변하는 전형적인 인물을 창조해낼 수 있었다. 그러면서도 분홍이와 오복이, 영복이 등 인물의 상호 관계를 잘 보여주면서 일제에 대한 증오심을 이토의 안경이라는 하나의 사건으로 수렴하여 안중근 의사의 이토 저격 사건으로 마무리 지음으로써 통일성을 유지하며 이야기의 역사성을 획득할 수 있었다. 우리 동화문학사에서 일제에 의한 민족의 수난사를 성공적으로 그린 동화가 흔치 않다는 점에 비추어 볼 때 이 동화는 그 나름으로 하나의 수확이며 성과라 아니할 수 없다.

이와 같이 '21세기 신예 작가 특선' 기획 출판물을 통해 볼 수 있는 것은 디지털화와 지식정보화 시대에 나타나는 사회적 변동을 문학화하는 일이 결코 제재적 측면에 연루해 있는 것이 아니라는 사실이다. 무엇보다 장편동화 시대의 가능성은 전 시대보다 작품의 다양성이 심화 확대되고, 어느 만큼 작품의 새로움과 완성도를 가지고 있는가 하는 것에 놓인 문제이기 때문이다. 우리가 보다 더 새로운 캐릭터의 창조와 흡입력 있는 동화적 상상력, 그리고 우리 시대의 문제성 있는 장편동화의 출현을 기대해 보는 것도 그런 연유에서이다. 따라서 마르코라는 동화 속의 인물을 재등장시켜 리얼리티를 확보하는 『거꾸로 가는 기차』나 역사적 사실성과 동화적 허구성, 개성과 보편성의 조화로 새로운 인물을 창조해낸 『분홍 언니』는 새로운 장편동화 시대의 문학적 가능성을 보여주는 작품이라 해도 좋을 성싶다.

한국 동화문학, 서사론적 성찰의 필요성

— 강소천 동화를 중심으로

1

한 작가의 문학이 생전에는 주목받지 못하다가 사후에 높이 평가되는 경우와, 그와 반대로 생전의 작가적 명성에 비해 사후 제대로 평가받지 못하는 경우가 종종 있다. 아마도 강소천(1915~1963)은 그 후자의 경우에 속하는 작가일 듯싶다. 강소천에 대한 평가는 그가 편집위원으로 활동하던 잡지『아동문학』을 통해 즉각적으로 이루어졌다. 『아동문학』 5집(1963)에 그를 기리는 추모 특집을 곧바로 엮었고, 이듬해『아동문학』 10집(1964)에「소천의 인간과 문학」을 조명하는 특집을 실었다. 그리고 사후 2년, 1965년부터 현재까지〈소천문학상〉을 제정하고 운영해 왔다는 것은 분명 강소천의 작가적 위상을 입증하는 좋은 사례가 될 터이다. 하지만 그에 대한 평가는 사후 초기부터 긍정적인 면과 부정적인 면, 두 축으로 양극화되는 특징을 보여준다.

강소천 문학의 긍정적인 평가는 해방 이전 동요시집이란 이름으로 간행된 『호박꽃 초롱』(박문서관, 1941)에 쏠려 있다. 해방 전 윤석중의 동요·동시집 이래 유일하게 간행된 『호박꽃 초롱』은 확실히 그 한 권만으로도 한국 동시문학사에 빛나는 업적이다. 그 동시집이 일제 말기 혹독한 우리말 탄압 정책 아래 간행되었다는 점뿐만 아니라 당시 주류를 이루던 가창 동요의 형식과 내용을 완전히 탈피하고 새로운 시적 차원을 구축하여 해방 이후 우리 동시문학의 방향성을 제시해 준 까닭에서이다. 이 동시집을 두고 "빛나는 것"[1], "시인으로서의 일가를 다 이루었다"[2]거나, "본격적인 동시문학의 출현을 기약해 준 기념비적인 작품집"[3]이라는 찬사가 내려진 것은 당연한 일이다.

반면 강소천에 대한 부정적인 평가는 주로 6·25 이후에 쓰여진 소년소설에 몰려 있다. 그의 소년소설은 "소위 한국적인 '교육적 아동문학'의 주장이 나온 근원지"이며, "상업주의적인 통속독물로서 아동들을 끌어가는 교량적 소임을 하게 된 것"[4]이라는 혹평에서부터, "로만과 현실 긍정의 교육성"[5], "도덕에 대한 강한 집념"[6], "효용의 문학"[7] 등으로 이어졌다. 6·25 이후 강소천은 동화작가로서의 그 비중이 막대하여 동시문학에 대한 찬사는 자연히 가려지고, 교육성을 중시하는 대표적인 동화작가로 폄하되고 말았다.

이같은 강소천의 동화문학 평가에 새로운 검증의 필요성이 요구되는 것은 그의 동화 속에 풍부하게 발현된 꿈의 상징성에 의해서이다.

1) 이원수, 「소천의 아동문학」, 『아동문학』 10집, (배영사, 1964) p.76.
2) 김요섭, 「바람의 시 구름의 동화」, 『아동문학』 10집, (배영사, 1964) p.77.
3) 이재철, 『세계아동문학사전』(계몽사, 1989), p.5.
4) 이원수, 앞의 책, pp.75~76.
5) 이재철, 『아동문학개론』, (문운당, 1967), pp. 137~140.
6) 하계덕, 「모랄의 긍정적 의미」, 《현대문학》 170호, (1969. 2). p. 341.
7) 남미영은 강소천 동화문학의 총체적 분석을 통해 그의 문학적 특성을 '효용의 문학'과 '꿈의 문학'의 양면성을 지닌 것으로 파악하였다. 남미영, 「강소천연구」, (숙명여자대학교대학원 석사학위논문, 1980), pp. 60~71. 참조.

많은 동화작가들이 꿈을 문학적 기법으로 원용해 왔지만, 강소천만큼 인간의 심리적 현상인 꿈을 작품 자체로 받아들이거나, 그런 꿈을 다양한 서술구조로 활용한 작가는 드물었다. 그는 생전에 "'동화문학이 꿈을 추구하는 문학'이라든가, '있는 세계에서 있어야 할 세계로' 아동을 끌어올리려는 노력이 곧 동화가 목적하는 것"[8]이라는 주장을 펴왔다. 최근 강소천 동화문학 연구가 꿈의 상징성이나 환상성에 대한 의미 해석에 매달린 것[9]도 그런 점과 관련된 것이다. 하지만 그 꿈에 관한 연구가 강소천 동화문학의 본질에 접근하려는 노력의 하나이나 대체로 기능적, 주제적 측면에 편중되어 왔다. 곧 '무엇을 표현해 내었는가'의 연구 방향에 초점을 맞추어졌다는 것이다.

사실 강소천 동화문학에 발현된 꿈 모티프가 나름대로 작품의 내재적 질서를 구성하는 서술과정(narrative process)이자 작가 의식을 질서화하는 서술방식의 하나라는 점도 간과될 수는 없는 일이다. 그 점을 감안한다면, 강소천 동화문학에 발현된 꿈 연구는 기능면이나 주제적 측면에서보다 기법적 측면, 즉 서술방식, 서사구조의 발견에 눈을 돌릴 필요성이 제기된다. 곧 그 꿈 연구는 '무엇을 표현해 내었는가'보다 '어떻게 표현해 내었는가'에 주목해야 한다는 뜻이다. 그것은 강소천 동화문학의 유형적 특성이 "'잃어버린 것을 찾아 헤매는 것'이나 '사랑하는 것을 놓쳐 버린 것'에 대한 것들"[10]이란 상실과 찾음의 전형성을 띠고 있는 점과도 깊이 연관되기 때문이다.

분명 강소천의 동화세계는 일관성 있게 상실과 찾음이란 구도의

---

8) 강소천, 「동화와 소설」 『아동문학』 2집. (배영사, 1962 10.) p.17.
9) 김용희, 「소천 동화에 나타난 꿈의 상징성」, 사계이재철선생 화갑기념논총 『한국아동문학작가작품론』(서문당, 1991), 박상재, 「한국창작동화에 나타난 환상성 연구」(단국대학교대학원 박사학위논문, 1997) pp.65~85, 김명희, 「한국 동화의 환상성 연구」(전주대학교대학원 박사학위논문, 2000) pp.86~109 등.
10) 박목월, 「해설」, 『강소천아동문학독본』, (을유문화사, 1961). p. 6.

역정에 의지해 있다. 이때 강소천 문학에 나타난 꿈은 구성상 단순한 복선이나 인물과 플롯의 인과적 계기로 활용되어 동화의 의미를 조성해 가는 주제적 문제이기보다 문학작품에 고착적인 꿈의 속성들을 다양하게 배치시킴으로써 여러 가지 상징성을 유발해내는 기법상의 문제에 관여한다. 6·25 때 함경남도 고원군 미둔리 고향땅에 부모와 처자를 남겨둔 채 단신으로 월남했던 강소천에게 꿈 모티프는 단순히 실향의식에 젖은 그리움의 정서가 투영된 것일 수만은 없다. 그보다 더욱 절박한 상실과 찾음이란 상관 논리 속에 가치 있는 대상을 찾아가는 한 과정의 매재(媒材)인 것이다. 그러므로 강소천 동화문학 속의 꿈은 인간의 욕망 충족적 삶의 측면에 관여되기도 하겠지만, 그보다 인간의 궁극적 존재에 대한 물음이거나, 찾음이란 탐색 과정 속에서 필연적인 삶의 문제로 떠올린 핵심적이 서사적 장치로 볼 수 있는 것이다. 따라서 강소천 동화문학의 올바른 이해는 꿈을 형상화한 서술방식, 서사구조의 연구로부터 보다 가깝게 다가갈 수 있는 일이다.

2

강소천의 동화세계는 6·25를 전후하여 크게 두 부류로 나눌 수 있다. 그 중 6·25 이전을 대표하는 동화로는 1938년 『동아일보』에 발표하고 동요시집 『호박꽃 초롱』에 수록한 「돌멩이」이다. 강소천의 소년소설을 혹평한 이원수마저 "「돌멩이」가 지니는 문학성은 그 후의 많은 동화, 소설을 압도하는 빛나는 것"이며 "진실성을 가진 것으로서 「돌멩이」가 가장 대표작"[11]이라고 평가하였다. 무엇보다 강소천 동화문학에서 「돌멩이」가 차지하는 문학적 중요성은 작품에 드리운 서정성과 강소천 동화문학에 일관된 '상실과 찾음'이란 서사구조의 모태가 된다는 점에 있다. 「돌멩이」는 인물이나 사건에 초점이 맞춰져 있기보다 시점의 변화와 그에 따른 서술자(narrator)의 독백에 의해 이야기가 전달된다. 이 이야기는 주인물인 경구의 생각과 돌멩이의 생각이 서로 일치하고 동일화되면서 자연과 인간과의 교감을 온전하게 보여준다. 그 서술구조 안에는 돌멩이가 아들 차돌이를 잃고(상실) 그리워하다 다시 찾는(찾음) 이야기가 잠복해 있다. 다만 말을 못 하고 움직일 수도 없는 돌멩이가 아들을 찾는 과정이 전적으로 수동적일 뿐이다. 돌멩이를 제자리에 놓아주는 자는 작가의 허구적 대리인으로 내세워진 경구이다. 그런 경구의 마음은 동심의 순수한 본성에 대한 상징적인 이미지이기도 하다. 이때 자연(돌멩이)과 인간(경구) 간의 믿음이 구현되고 돌멩이의 내적 갈등도 순간 무화된다. 아이들의 선한 심성은 작가의 서정적 비전 안에서 비정한 현실을 넘어서고 포용해 버리며 돌멩이도 세계와의 갈등이 해소되고 서정적 합일의 순간을 이룩한다. 이러한 서술상황(narrative situation)에서 인간과 자연의 나누는 감정의 교류도 서정적으로 표현된다. 서정적 표현이란 대상적인 것과 심적인 것이 서로 침투된, 그때그때 고조된 감정의 알림이다.[12]

「돌멩이」에 지닌 서정성은 문체나 시적 이미지와 상징, 서술자의 독백 등에 나타나 있지만, 경구와 돌멩이의 입장이 서로 교차 진행되는 서술자 시점의 변화에 의한 서술 구조에서도 드러난다. 그 서술구조 안에는 돌멩이가 부싯돌이 된 차돌이와의 재회와 아이들이 성장하여 결혼하기까지의 시간성이 내재해 있고, 등장인물들이 간

---

11) 이원수, 앞의 글, p.76.
12) Kayser, Wolfgang, Das sprachliche Kunstwerk, Bern, M nchen:Franche, 김윤섭 역, 『언어예술작품론』(대방출판사, 1982) p.524.

직한 일관된 소망이 근원적인 순수성의 공간을 유지하며, 분열된 세계와의 서정적 합일을 이루고자 하는 강소천의 욕망이 집약되어 있다. 그러한 욕망이 6·25 이후 강소천 소년소설의 공간 안에서 다양한 꿈으로 대체되며, 능동적이고도 적극적인 모습으로 변용된다. 다시 말하면, 6·25 동란 이후 강소천 동화문학의 유형은 상실과 찾음이란 구도의 역정이 보다 더 심화되고 구체화된다는 것이다. 그것은 강소천에게 6·25로 인한 상실의식이 직접 체험화된 결과이기도 하다.

강소천은 「돌멩이」 이후, "나는 동화를 써야겠다고 생각했다. 동화에다 나는 일본 사람들이 우리 나라를 빼앗은 이야기며 그 때문에 우리들이 고생하는 이야기를 써 보고 싶었다."[13]고 고백한 바 있다. 그러나 6·25 동란 이후 1963년 타개할 때까지 쓴 대부분의 동화와 소년소설은 6·25로 야기된 참혹한 피해에 대한 복구가 요원했던 1950년대란 시대사적 명제를 안고 있다. 그가 일제강점기에 체험한 나라 잃은 고통스런 삶의 질곡을 숨김없이 털어 놓고 싶어 했지만, 그보다 고향과 혈육의 상실을 가져다 준 6·25의 충격이 더 근원적인 아픔으로 남았던 까닭이다. 문학이 한 시대의 갈등과 고뇌를 반영한다는 보편적인 인식을 간과하더라도, 6·25 이후 동화와 소년소설에 본격적으로 매달려 온 강소천 동화문학의 제반 내용은 6·25의 체험과 고착화된 분단의 영향을 배제할 수 없을 만큼 6·25의 충격은 강소천 동화의 발생론적 배경이 되었다. 강소천에게 6·25가 가져다 준 고향과 가족의 상실은 존재 의미를 감당하기 힘들 만큼 진정한 세계의 상실을 뜻하기 때문이다.

결국 강소천에게 1950년대란, 살아가야 하는 생존 그 자체도 문제

---

13) 강소천, 「돌멩이 이후」, 《동아일보》, 1960. 4. 3.

꿈의 작가 강소천

였지만 보다 근원적인 자신의 진정한 의미를 찾는 문제가 우선 과제일 수밖에 없었다. 삶의 의미를 차단한 분단의 벽을 당면한 현실로 받아들여야 한다는 고통스런 삶 인식에 의해서이다. 따라서 그의 의식은 '있는 세계'에서 '있어야 할 세계'로 지향할 수밖에 없었고, 이때 꿈은 '있어야 할 세계'에 반드시 수반되어야 하는 의미체였던 것이다. 6·25 이후, '현실/꿈'의 관계는 그의 동화나 소년소설에 중요한 서술구조가 되고, 현실세계와 환상세계와의 내적 거리 유지는 강소천 동화문학의 미학으로 간주되었다.

대체로 강소천 동화문학에 등장하는 인물 유형은 고향에 대한 집념을 버리지 못하는 인물, "어머니 향기"에 굶주리거나 "아버지를 잃은 쓸쓸함을 참지 못하는" 아이들로 채워져 있다. 그 모두가 강소천 자신의 처한 환경에 직접 혹은 간접적으로 투영된 그늘진 인물들이다. 이들은 한결같이 "어머니 사진마저 사변 중에 잊어버려" 잊혀져 가는 어머니의 모습을 안타까워하거나, 아버지를 잃고 가난에 빠져 신문팔이나 구두닦이를 하며 구차스럽게 살림을 이끌어 가는 어머니를 돕는다. 6·25로 부모를 잃은 운명적 상황이 그들에게 그늘진 환경을 만들어 놓은 것이다. 이런 어린 인물들은 각기 자신과 세계와의 불화를 경험하며 내적 분열을 겪게 마련이다. 따라서 강소천은 그들에게 처한 물질적 빈곤보다 상실의식에서 오는 애정적 결핍 현상을 더욱 가슴 아픈 현실로 받아들였다. 그 애정적 결핍은 어린 인물들이 어디에도 정을 붙이며 정착할 수 없게 만드는 방황의 근본 요인이자, 꿈을 잃게 하는 잠재적 위협이라고 판단했기 때문이다. 바로 6·25

이후, 강소천의 동화문학은 이러한 불우한 어린 인물들에게 진정한 삶의 의미를 찾아주고, 작가 자신에게는 삶을 성찰하는데 바쳐졌던 것이다.

3

강소천 동화문학의 서술구조적 특징은 가족을 상실한 불우한 인물을 등장시킬 뿐 비극적인 결말은 그리지 않았다는 점에 있다. 비극적인 결말을 그린다하더라도 꿈의 논리로 그 비극을 극복하고자 한다. 또 6·25전쟁의 파괴성에 대한 피해를 고발하거나 전쟁의 현장성을 사실적으로 그리는 법도 아예 없다. 늘 그늘진 인물의 진정한 인간성을 통해 전쟁이 가져다 준 내성화된 후유증을 드러내고 또 수습하고 있을 뿐이다. 그것은 강소천이 6·25 이후의 피폐한 사회 상황에 대한 수습의 과정만을 문학적 대상으로 문제삼고 있음을 말해 주는 것이다. 곧 상실의식을 아픔 그 자체로 드러내고자 한 것이 아니라 찾음이라는 인과적 논리성으로 새로운 생성의 방식을 마련하고자 했다는 것이다. 대부분 강소천의 동화나 소년소설에는 잃어버린 과거를 현재적으로 되돌리는 회복의 원리나 현재 속에 잠복해 있는 상처의 근원을 치유하는 극복의 한 방법으로 모든 인물이나 플롯이 설정되어 있다.

강소천 동화문학에 발현된 꿈은 이런 상처의 근원을 치유하는 과정 속에 놓인다. 그 꿈은 의식적이든 무의식적이든 그의 동화 속에서 세계와 자아가 화해하고 화합하는 서술구조에 동원된다. 따라서 강소천 동화문학을 인물 유형이나 서술방식 안에서 기능적 혹은 주제적 측면으로 바라보면 '교육적 아동문학'이라는 협의에서 자유롭지 못하게 된다. 하지만 그 꿈을 다양하게 활용한 서술방식이나 서사구조로 살펴보면, 그의 동화문학이 한국 동화문학의 기법적 수준을 한 차원 끌어올리는데 기여했음을 상기시켜 준다.

6·25 이후 강소천 동화문학은 「돌멩이」와는 또 다른 방식으로 미적이고 상징적인 화합의 비전을 통해 주관적인 내면성과 객관적 현실 사이의 근원적인 불일치를 해소하고, 자아와 세계의 단절된 관계를 회복하는 서정적 구조를 지니고 있다. 이때 꿈은 서사적 진행에 기여할 뿐 아니라 다시 서정적 합일의 세계로 복귀하는 역할에 관여한다. 따라서 강소천의 동화문학에 나타난 꿈은 단순히 환상세계를 끌어들이려는 의도적인 장치가 아니라 현실세계에서 서술자의 소망을 실현하거나 절박하게 '있는 세계'(현실세계)에서 '있어야 할 세계'(이상세계)로 나아가는 서사과정의 하나임을 알 수 있다. 그러므로 꿈은 한낱 환상으로 남지 않고 현실세계를 통합하는 길을 가능하게 열어준다. 그 꿈이 개방적이고 생산적인 성격을 본질로 하여 서사를 계속하여 재창조해내는 능력을 보유하고 있는 까닭이다.

누구보다 이러한 꿈 모티프를 다양하게 실험한 강소천은 분명 한국 동화문학의 서술구조의 확장에 크게 기여한 작가였다. 따라서 강소천 동화문학의 연구가 시점(서술상황)의 탐구, 서술자의 기능과 작품구조와의 관계, 꿈의 운용 양태와 내재적 원리 탐구 등 이른바 서사론적 성찰과 함께 심도 있게 이루어질 때 비로소 강소천 동화문학의 공과도 정당하게 이루어질 수 있고, 한국 동화문학 연구의 수준도 한 차원 끌어올릴 수 있게 된다. 강소천의 동화문학이 주제적 문제에 묶이고 교육성의 논란에 매여 있는 한 한국 동화문학 연구의 전망도 그만큼 기대할 수가 없다. 한국 동화문학의 서사론적 성찰은 한국 동화문학 연구의 장래와도 깊이 관련되는 일이기 때문이다.

혼돈의 시대사 속에서 자기 정체성 찾기

― 현길언의 소년소설론

1. 어린이에게 들려주고 싶은 이야기

아마도 자신이 태어나 자라온 고장의 이야기를 현길언만큼 집요하게 들려준 작가도 드물 듯하다. 제주도 출신인 그의 소설의 주무대는 제주도이다. 하지만 그가 부각하고자 한 것은 단지 자기 고장의 특수한 삶 이야기가 아니라 해방 직후 제주도에서 일어난 사건을 통한, 이데올로기의 폭력과 분단 상황의 비극으로 점철된 우리 민족의 불행한 삶 이야기이다. 그는 우리의 과거사에서 이데올로기라는 허명 아래 자행된 수많은 사건들이 얼마나 처참하고 허망한가를 이야기하고자 한다.

현길언(1940~   )이 우리 어린이에게 들려주고 싶었던 이야기도 결코 예외가 아니다.[1] 약 1년간의 시간적 간격을 두고 출간된 3권의 소년소설, 『전쟁놀이』(계수나무, 2001), 『그때 나는 열한 살이었다』(2002), 『못자국』(2003)도 어김없이 제주도를 배경으로 전개된다. 중심 이야기도 해방 전후부터 4·3사건을 거쳐 6·25동란에 이르는 가장 불행했던 우리의 과거사이다. 곧 『전쟁놀이』는 해방되기 일 년 전 여름부터 해방되던 그 해 여름까지 1년 간을, 『그때 나는 열한 살이 었다』는 해방 직후부터 4·3사건까지를, 『못자국』은 6·25동란 중에 일어난 일을 각각 다루고 있다. 그러나 이 3권의 소년소설은 개별적 이야기가 아니라 한 주인공을 중심으로 일관된 주제층위를 형성하며, 단위 이야기가 시간적 연쇄로 긴밀하게 연결된 형태적 특징을 지닌 연작이다. 이 연작에는 세철이라는 어린 인물이 국민학교를 일곱 살에 조기 입학하여 졸업까지 그 긴 성장 과정을 담고 있다.

이 연작소년소설이 주목을 끄는 것은 우리의 비극적인 역사 속에 내몰린 어린 인물이 자기 정체성을 찾으려 방황하는 모습을 진실하게 그린 성장소설적인 성격을 지닌다는 점이다. 일제 식민지에서 해방 공간을 거쳐 6·25동란에 이르는 그 극심한 이데올로기의 대립 과정이 어린 아이들을 어떠한 혼돈 속으로 몰아넣었는지, 또 그들에게 얼마나 많은 상처를 남겼는지를 명백히 보여준다. 하지만 이 연작 소년소설은 일제의 만행이나 전쟁의 폭력성을 직접적으로 제시하지는 않고, 어린 인물들이 왜곡된 현실을 수용하는 과정을 통해 간접적으로 드러낸다. 그들은 우리 역사에서 어른들이 저질러 놓은 가장 불행했던 시기에 합리적으로 설명될 수 없는 인과율을 경험하며, 어쩔 수 없는 혼란 속으로 빠져든다. 그 혼돈의 경험은 그들이 우리의 특

---

1) 『전쟁놀이』, 『그때 나는 열한 살이었다』, 『못자국』은 그가 처음으로 어린이들에게 읽히기 위한 본격적인 연작 장편소년소설이다. 사실 현길언이 어린이에게 들려준 이야기는 이 연작소년소설이 처음은 아니다. 1984년 『제주도 이야기』1, 2(창작과비평사)를 통해 제주도에 전래되어 온 설화나 민담을 가공하지 않은 채 들려준 적이 있다. 하지만 『제주도 이야기』는 제주도의 내력이나 그 척박한 땅에서 살아 왔던 제주도 사람들에 얽힌 이야기를 민속지적 차원으로 이야기한 전래동화에 속한다. 따라서 2권의 『제주도 이야기』가 개체적이고 고립된 이야기의 묶음이며 옛날부터 전해 오는 현시적인 대상을 탐색한 이야기라면, 『전쟁놀이』 등 연작은 한 인물을 대상으로 연속적이고 자아의 정체성 등 추상적인 대상을 탐색한 창작 소년소설이다.

수한 사회 현실에 편입해 가는 과정의 하나이며 통과의례와 같은 구실을 한다.

따라서 이 연작소년소설의 의미를 결정짓는 요소는 어린 인물들이 현실을 수용하는 단순한 방식과 사고, 미성숙한 인물들간의 충돌 과정으로 돌출되는 주체층위에 잠복해 있다. 곧 어린 인물들이 역사의 소용돌이 속에서 정신적 충격을 받거나 지각의 혼란을 겪으며 '이따금씩' 꾸는 꿈을 통해 심리상태나 잠재된 의식을 드러내게 된다. 여기서 꿈은 현실 인식이나 현실 대응 방식의 환유적 대체물이다. 그러므로 이 연작소년소설의 서술층위는 현실과 꿈이 서로 맞물리며 구조화된다. 이때 꿈은 환상의 세계로 나아가는 통로가 아니라 현실에 대한 각성 상태를 내밀화하여 서사적 긴장을 촉발하고 주제를 암시하는 장치이다. 이 꿈은 인물과 플롯의 인과성을 강화시켜 어린 친구들에게 낯설음을 극소화하고 보다 더 개방된 상상의 자유로움으로 인도하여 주는 동화문학의 서사적 특성과도 관련된다. 결국 이 연작소년소설에서 꿈은 어린 주인물의 내면 의식이나 성격 형성과 성장 과정을 살피는데 중요한 단초가 되어 준다. 현길언은 이러한 꿈을 통해 어린 인물들이 처한 현실 상황을 보다 극명하게 그려낼 뿐 아니라 어린이들에게 우리의 불행한 역사와 어린이의 삶을 진지하게 생각해 볼 수 있는 기회를 제공해 준다.

2. 불행한 현실 속에서 경험하는 혼란과 꿈

대체로 아이들은 세계를 인지할 때 선과 악이라는 이분법으로 단순화하는 경향이 있다. 주인물과 상대 인물 간의 선과 악이 분명하게 드러나지 않는 경우라도 그들은 어느 한쪽으로 자신의 감정을 이입시켜 선악의 대립구도로 인식한다. 이 연작소년소설에서도 현실 인지능력이 부족한 미성숙한 어린 인물들이 현실을 대립구도로 파악한다. 바로 우리 역사가 비극적이라는 것은 그들이 믿고 있던 선과 악의 세계가 어처구니없이 뒤바뀌면서 극심한 혼란을 초래하고 있다는 점과 깊이 관련된다. 이 연작소년소설은 어린 인물이 스스로 감내할 수 없는 현실 상황과 결부되어 세 차례에 걸친 정신적 충격과 그에 대응하는 꿈으로 우리의 불행한 현실을 부각한다.

세철이가 경험하는 그 첫 번째 충격은 『전쟁놀이』에서 제기된다. 태평양전쟁이 막바지에 이르던 시기, 일제는 제주도에 마지막 요새를 구축하고, 주둔한 일본군은 바닷가와 산에 굴을 파 놓는다. 이때 일제는 국민학생들까지 '근로 동원'이라는 명목 아래 전쟁 노동력을 강제해 왔지만, 일곱 살 세철이는 그런 일제의 만행을 알 리가 없었다. 그는 부농의 가정에서 막내로 태어나 어려서부터 몸이 허약하여 집안 어른들의 보호 속에 자라난 아이로, 읍내 군청에 근무하던 막내 삼촌을 막무가내로 졸라 일곱 살에 조기 입학할 만큼 고집이 센 개구쟁이이다. 그가 현실을 인지하기 시작한 것은 시각적 기재를 통해서이다. 그것은 국민학교의 입학 면접 때 복도 게시판에서 본 "머리에 뿔이 달린 도깨비 같은 미군"이 일본군에 쫓겨 달아나는 "이상한 그림"이다. 그 시각적 기재는 세철이에게 일본군을 선, 미군을 악으로 각인시키며 일본군에 대한 동경심을 심어 준다. 그 후 아침 조회 때마다 "일본 군대가 남태평양에서 적을 용감히 무찌르고 있다"는 교장 선생님의 반복된 훈화가 일본군을 천하무적으로 세뇌시킨다. 이런 시청각 기재들로 인해 세철이는 지각과 의식, 관념과 실재 간의 경계가 붕괴된 꿈을 유발한다.

길에서 어쩌다 기마병을 만나면 세철이는 그들이 한없이 부러웠다. 긴

가죽신을 신고, 어깨에 번쩍거리는 계급장을 달고 허리에는 칼을 찬 모습이 너무 멋있었다. 그래서 이따금 꿈에 군인이 되곤 했다. 깨어나면 한없이 서운했다.

— 『전쟁놀이』 35면

시각적 기제가 세철이의 눈앞에 실재한 것이 '기마병'이다. 그들의 '긴 가죽신', '어깨에 번쩍거리는 계급장', '허리에 찬 칼'은 그에게 일본군에 대한 멋진 환상에 빠져들게 한다. 그 환상은 "깨어나면 한없이 서운"한 꿈으로 발현되지만, 세철이는 학교 운동장에서 "삼촌 나이쯤 되어 보이는 군인들이 훈련하는 모습"을 흉내내며 동일화의 욕망을 채우곤 한다. 그 서운한 꿈은 "꿈의 내적 본질이 소원 성취"[2]라는 프로이트의 정의와도 일치한다. 세철이의 동일화 욕망을 대리 충족시켜 준 것은 막내 삼촌의 일본군 입대였다. 세철이는 일주일에 한 번씩 게시판에 나붙는 "눈이 파랗고 머리에 뿔이 달린 이상한 군인들을 벌벌 떨"게 한 장본인이 자기를 대신해 악을 무찌르고 있는 삼촌이라 여긴다.

그러나 얼마 안 되어, 무적 일본군에 대한 세철이의 환상을 무참히 깨뜨리는 충격적인 사건이 발생한다. 삼촌의 죽음과 곧이어 일어난 8·15해방이 그것이다. 이 일련의 일들은 세철이에게 선과 악의 인식을 교란시키는 중대한 사건이 된다. 해방은 신사에 불이 나 그곳에 모신 삼촌의 유골을 불타버리게 했고, 학교 복도에 걸린 삼촌의 액자 사진을 짓밟게 했을 뿐 아니라 늠름하던 일본군을 "여름 밭에서 김을 매다가 돌아오는 일꾼들"같이 변화시켰다. 이 낯선 현실은 그에게 "선이 어떻게 악에게 패할 수 있는가" 하는 심한 의구심을 갖게 했고,

---

2) 지그문트 프로이트, 김인순 옮김, 『꿈의 해석』(열린책들, 1997), pp.168~169

또 그를 깊은 절망감에 빠뜨렸다. 영웅시하던 삼촌이 개죽음이 된 것이 바로 여름 방학 전과 개학 사이의 짧은 시간적 거리를 두고 벌어진 일이었다. 그 사이 세철이가 믿고 있던 모든 사실들이 뒤바뀌면서, 그는 만화경을 잃어버린 아이처럼 극심한 정신적 공동 상태에 빠져든다. 이런 의식의 교란 현상은 그대로 꿈으로 나타난다.

   ① 무적이라고 생각했던 일본군에 입대한 삼촌이 죽고 나서도 세철이는 눈을 감으면 이상한 형상들이 눈앞에 몰려왔다. 미군 같기도 하고 일본군 같기도 한 사람들이었다. 그것은 꿈이기도 했고, 꿈이 아닌 것 같기도 했다. 내가 삼촌이 되기도 했고, 그래서 죽은 것은 삼촌이 아니라 나였다. 내가 죽은 것을 알고 있을 때도 있었다. 내가 죽은 것을 내가 무서워하고 슬퍼하기도 했다.

—『전쟁놀이』 126면

   ② 해방이 되고 삼촌의 유골이 모셔져 있는 신사에 불이 났다. 그 이튿날부터 세철이는 심한 열병에 자리에 눕게 되고 또 꿈속을 헤매었다. 삼촌의 모습이 눈앞에 어른거렸다. 총을 든 군인들이 내게 마구 달려오면서 총을 겨누었다. 그들은 전쟁놀이하던 아이들 같기도 했고, 교무실 복도 그림에서 본 코 크고 뿔 달린 미군 같기도 했다. 신사를 태운 불길이 내가 누워 있는 방을 삼켜 버릴 때도 있었다. 나는 무서워서 소리를 지르다가 꿈에서 깨어났다.

—『전쟁놀이』 143면

①과 ②는 삼촌의 죽음과 해방된 뒤에 꾼 꿈 현상이다. 죽은 자가 삼촌인지 세철이 자신인지, 혹은 총을 겨눈 자가 전쟁놀이하던 아이들 같기도 하고, 미군 같기도 한 현실과 꿈이 어렴풋하게 미분화되어

나타난다. 이런 꿈 현상은 의식의 가사상태를 반영한 것이며, 현실과 꿈 사이에 끼여든 낯선 세계에 대한 불안한 감정이 표출된 것이다. 프로이트의 꿈 이론에 비추어 보면 꿈은 시현된 내용과 잠재된 내용으로 나눌 수 있는데, 전자는 꿈으로 드러난 내용이며, 후자는 꿈의 시현된 내용의 원천 내지 재료로서 최근 경험의 잔영이다.[3] 세철이의 비몽사몽간의 꿈은 가장 최근 경험의 잔영이 그대로 반영된 것이다. 곧 그 꿈은 일방적인 훈화나 시각적 기제를 통해 세계를 수용해 온 어린 세철이가 뒤바뀐 새로운 현실로 인해 받은 충격의 잔영이다. 이렇듯 삼촌의 죽음과 그 유골이 불타는 충격적 사건은 세철이에게 한꺼번에 경이세계를 무너뜨리고 정신적 공동 상태를 가져다 준 것이다.

세철이가 두 번째로 겪는 정신적 충격은 『그때 나는 열한 살이었다』에서 이어진다. 이번에는 삼촌과 "쌍둥이처럼 지내는 친구"로 세철이가 선이라고 굳게 믿었던 고 선생님의 사상적 변신에서이다. 해방이 되고 징병에서 돌아온 고 선생님이 좌익의 우두머리가 되어 4·3사건 때 양민을 학살하는 악의 주동자가 된 것이다.

해방 공간에서 좌우익 이데올로기의 대립과 분단 상황을 세철이가 어렴풋이 눈뜨게 된 것은 어느 월남 가족의 비극을 그린 학예회 연극 연습 때이다. 연극을 지도하던 고 선생님이 학예회 총연습을 나흘 앞두고 불현듯 경찰에 끌려가고, 연극은 지도 선생님이 바뀌고 내용의 일부가 수정된 상태에서 상연된다. 곧 월남한 아이가 북쪽 친구가 그립다고 다시 삼팔선을 넘다 미군의 총에 맞아 죽는 장면을 소련군 총으로 수정된 것이다. 이 연극 사건 이후, 고 선생님은 또 남한만의 단독선거·단독정부 반대삐라 등사판 인쇄 사건으로 명환이 삼촌과 함

---

3) J. Laplanche, et J. B. Pontalis, Vocabulaire de la psycbanalyse(PUF, 1978). 서정철, 『인문학과 소설 텍스트의 해석』(민음사, 2002), p.58, 재인용.

께 고초를 겪다가 산으로 들어가 공비가 된다. 이즈음 세철이 아버지가 낯선 청년들에게 끌려가 죽는다. 제헌 국회의원 선거가 끝난 그 해 겨울에는 세철이네 마을이 공비의 습격을 받고 불바다가 된다. 이때 미처 피하지 못한 세철이와 어머니가 공비의 우두머리에게 발각되고도 목숨을 구한다. 공비에 대한 마을 사람들의 분노가 증폭될수록 세철이는 "온통 뒤엉켜 갈피를 잡지 못"할 만큼 선악의 구별을 교란하는 정신적 혼란에 빠져든다. 아버지를 죽인 자들도 공비였고, 자신과 어머니의 목숨을 살려 준 자들도 공비였던 까닭이다. 세철이의 정신적 혼란은 결국 현실에 대한 부적응 상태로 나타나며 잦은 학교 결석으로 이어진다. 그의 현실 부적응은 무의식적으로 누군가에게 의지하고 싶거나 그런 현실로부터 벗어나고 싶은 욕망으로 발현되는데, 이때 꾸는 꿈이 '누나 꿈'이다.

꿈 속에서 커다란 새 한 마리가 푸드덕 공중으로 날았다. 내가 그 새 등에 올라탔다. 새는 파도 치는 바다로 날아갔다. 갑자기 그 새가 미키코 누나가 되고, 바다는 운동장으로 변했다. 미키코 누나가 나를 업고 학교 운동장을 가로질러 교실로 갔다. 모여 선 아이들이 까르르 웃었다. 나는 부끄러워 미키코 누나의 등에서 내리려고 발버둥을 쳤다. 그때 미키코 누나가 다시 새로 변했고, 그 새는 날개가 부러졌다. 운동장도 다시 바다가 되면서 미키코 누나는 바다 위로 떨어졌다. 파도가 미키코 누나를 삼키려는 순간, 나는 소리를 지르면서 잠을 깼다.

—『그때 나는 열한 살이었다』 56〜57면

'누나 꿈'은 현실에 대한 부적응과 강박관념이 그대로 표출된 꿈 현상이다. 미키코 누나는 해방 직후 일주일 간 세철이네 집에 몰래 숨어 지냈던 교장 선생님의 딸로, 그의 엉뚱한 심술을 너그럽게 받아준 최초의 이성이었다. 새의 등을 타고 먼바다를 건너가는 이 꿈은 현실을 벗어나고 싶은 욕망이 대체된 것이다. 자유와 날아오름의 상징인 새는 현실로부터의 초월이나 일탈을 함의한다. 그 새가 갑자기 누나로 변신하는 바람에 세철이는 누나의 등에 업힌 상태가 되고, 또 운동장에 모인 아이들에게 노출되면서 난처한 상황에 처해진다. 당혹감과 수치심에 발버둥쳐 보지만 그 상황을 벗어나지 못한 채 다시 새로 변신한 누나와 함께 바다로 떨어져 새로운 곤경에 빠진다. 실제 바다는 세철이가 죽음 직전에 형에게 구출된 적이 있는 위험한 경험 공간이고, 최근의 운동장은 공비 가족을 처단하던 죽음의 장소였다. '새→누나→새→누나'로 반복되는 이 '누나 꿈'은 세철이가 누나로부터 보호받고 싶고, 또 보호하고 싶은 동시적 욕망이 분출된 꿈으로, 세철이의 정신적 혼란이 가중된 꿈 상황이라 할 수 있다.

세철이가 경험하는 세 번째 혼란은 『못자국』을 중심으로 전개된다. 이데올로기의 극심한 대립이 결국 6·25란 동족상잔의 비극적인 전쟁을 불러 오고 수많은 사람들을 공포와 절망 속으로 몰아넣었지만, 세철이는 6·25를 장애인이 된 형과 제주도로 피난온 아이들을 통해 간접적으로 경험한다. 전쟁이 일어난 후, 6학년인 세철이네 반에 서울에서 세 명의 피난민 아이들이 전학을 온다. 세철이는 그 중 덕수국민학교에 다니던 유원이에게 호감을 보인다. 그에게 유원이는 미키코 누나와 대체되는 이성으로, 그녀에 대한 호감은 사춘기 소년의 이성에 대한 눈뜨기이기도 하다. 세철이는 유원이가 피난길에서 폭격을 당한 사건을 통해 뜻밖의 혼란을 또 한 번 겪게 된다. 그녀의 부모가 우리편이라고 철저하게 믿었던 미군의 폭격에 의해 죽었다는 사실 때문이다. 그 사건이 미군과 소련군 중 누가 우리편이고 뿔 달린 도깨비인지, 다시 알다가도 모를 혼란을 가져다 준 것이다. 세철

현길언의 소년소설 『전쟁놀이』와 『그때 나는 열한 살이었다』

이가 그런 아픔을 껴안고 있는 유원이에게 동질감에서 더욱 애정을 품지만, 그럴수록 현실적인 혼란에 휩쓸려 가는 아이가 아니라 현실을 자가 판단하는 능동적인 아이로 변해 간다. 이것은 세철이가 그동안 혼란의 충격을 터득한 방법이며, 의식의 성숙으로 나아가는 과정이기도 하다. 따라서 『못자국』에서는 세철이가 타자에 대한 견제와 비교, 그리고 약은 행동으로 현실의 충격을 완화해 보려고 노력한다.

이렇듯, 어린 인물이 경험한 세 차례의 혼란은 미숙에서 성숙으로 옮겨가는 통과의례와 같은 것이며, 또 무지했던 어린 인물이 접하게 된 현실에서의 충격적인 체험에 의해 세계를 제대로 인식하게 되는 과정과도 일치한다. 결국 세철이는 이런 충격적인 경험들을 통해 "사람이 일으킨 전쟁에 사람이 죽는 일"이 반복될 뿐이라는 것을 각성하게 된다. 그것은 곧 전쟁이 내 편도 네 편도 없고 오직 상처받은 사람들만 남는다는 비극성 그 자체라는 사실이다.

3. 아이들 세계에서의 갈등과 꿈

어린이는 깨어 있는 호기심 덩어리이다. 늘 주변을 두리번거리면서 갖가지 사물들에 관심을 보인다. 자신이 멋지게 보이는 것들을 흉내내며 그것들을 놀이로 삼는다. 일본의 침략, 이데올로기의 극심한 대립과 전쟁으로 인한 불행한 그 시절에도 그들은 나름대로 자신의 세계를 만들어 가고 자신의 방식대로 놀이에 몰두하며 자란다. 일제의 침략 전쟁이 막바지에 이르던 시기, 세철이가 공부보다 더 재미있어 했던 놀이도 어른의 세계를 모방한 전쟁놀이였다. 전쟁놀이에는 역할에 따른 계급적 질서가 존재하기 마련이다. 어린 세철이는 언제나 일본군 대장 역할을 했고, 전쟁놀이에서 늘 승리했다. 그런 역할을 도맡을 수 있었던 것은 그가 학교에서 급장이며, 6학년인 형이 있고, 일본군에 입대한 삼촌 등 든든한 조력자들 덕택이다. 그러던 어느 날, 생전 처음으로 미군 노릇을 하는 아이들의 전술에 말려, 선이라고 믿던 일본군이 지는 "이상한 상황"이 벌어진다. 실제로 그런 놀이 상황이 현실에서 일어났는데, 그것은 8·15해방이었다. 그 후 해방공간의 극심한 이데올로기의 대립이 그들의 전쟁놀이도 공비를 토벌하는 놀이로 바꿔 놓는다. 공비를 잡아 처단하는 새로운 놀이는 세철이에게 아버지를 죽인 악을 복수하는 대리 체험의 즐거움까지 주었다.

무엇보다 해방이 세철이에게 가져다 준 커다란 충격은 자신의 지위를 명환이에게 빼앗긴 패배감이었다. 2학년이 되면서 그가 아프다는 핑계로 자주 결석을 하는 사이, 명환이가 급장이 되어 전권을 휘두르며 제멋대로 편을 갈랐다. 이러한 상황의 역전은 자기 뜻대로 해야 직성이 풀리는 세철이의 자존심을 건드리는 일이었다. 이때 세철이는 명환이를 이길 수 있는 어떤 강력한 힘을 소원하게 되는데, 그 소원은 명환이만 볼 수 있는 "수소처럼 단단하고 날카로운 뿔"을 가진 아이였다. 바로 억눌린 욕망이 표출된 것이 '뿔꿈'이다.

> 명환이가 뾰쪽한 돌멩이로 내 머리통을 쳤다. 그러자 갑자기 내 머리에서 뿔이 돋아나더니 그 돌멩이를 산산이 부숴버렸다. 명환이와 내 싸움을 구경하던 아이들이 무서워 도망쳤다. 나는 기분이 좋아 손으로 머리를 만져 봤다. 내 머리에는 밭가는 소처럼 단단한 뿔이 솟아 있었다.
> "아니! 이거?"
> 나는 소리지르다가 깨어났다.
>
> ─『그때 나는 열한 살이었다』 71~72면

뿔은 사물을 찌르는 형상으로 능동적이고 남성적인 세계의 강력한 힘을 상징한다. 세철이에게 뿔은 명환이의 물리적 힘에 대한 방어 기제이다. 이 '뿔꿈'은 명환이에 대한 처절한 패배감에서 발현된 꿈 현상으로 세철이의 "억압되고 억제된 소원의 위장된 성취"[4]이기도 하다. 그 후 공비가 된 삼촌으로 인해 어쩔 수 없이 일 년 간 학교를 쉬며 숨어 지냈던 명환이가 공비 가족이라는 굴레에서 벗어나기를 염원한다. 이럴 즈음 운동장에 잡혀 온 공비 간부들 중 자기 삼촌이 끼어있는 것을 보고 명환이가 돌팔매질을 하게 되는데, 이때 세철이는 명환이에게서 자신이 소원하던 그 뿔을 목격한다.

> 그때 그의 이마에 솟아 있는 날까로운 뿔을 보았다. 언젠가 내 이마에 솟아 있던 명환이만 볼 수 있었던 뿔처럼 내 눈에만 보이는 뿔이었다.
> '아니, 너? 그 뿔?'

---

4) 지그문트 프로이트, 김인순 역, 『꿈의 해석』(열린책들, 1997), p.226.

나는 하마터면 소리를 지를 뻔하다가 주춤했다. 명환이는 손을 다 씻고 일어나서는 놀란 내 표정을 보더니 씩 웃고는 큰길로 달아나 버렸다. 명환이의 뒷모습이 사라져 버렸는데도, 내 앞에는 아직도 이마에 뿔이 달린 명환이가 버티어 있었다. 그제야 명환이가 왜 뿔을 달고 다녀야 했는지 알 것 같았다.

— 『그때 나는 열한 살이었다』 170~171면

이 대목은 자기 삼촌에게 돌팔매질을 하고 나서 손을 씻던 명환이의 이마에 뿔이 난 것을 보고 세철이가 놀라는 장면이다. 여기서 명환이의 돌 던지는 행위는 공비 가족이라는 멍에를 벗기 위한 자기 부정에 속한다. 손을 씻는 행위는 가족을 부인한 자기 행동에 대한 속죄의식이라 할 수 있다. 이때 세철이가 볼 수 있었던 '뿔 달린 아이'의 경험은 기시감(旣視感)이다. '뿔 달린 아이'는 세철이가 실제 한 번도 경험한 일이 없는 현실이지만, 언제, 어디에선가 이미 경험한 것처럼 친숙하게 느껴지는 자기 감정이었기 때문이다.

졸업반이 된 세철이는 급장 자리를 되찾았지만, 자신의 위치가 언제 또 위협받을지 모르는 불안감은 여전히 잠복해 있었다. 세철이에게 그런 불안감이 표출되기 시작한 것은 6·25로 피난민 아이들이 전학을 오고부터이다. 그들은 비록 피난중에 부모를 잃었지만, 선생님과 아이들의 관심이 컸고 공부도 잘 했으며, 전쟁 구호품으로 옷차림도 말쑥했다. 세철이는 그런 아이들이 자신이 되찾은 지위를 위협하는 새로운 방해자로 인식되었다. 따라서 그는 피난민 아이들에게 텃세와 급장이라는 힘의 논리로 견제하기 시작한다. 그의 견제 심리에는 강박관념과 현실 부정이 함께 배태되어 있었다.

세철이의 견제 심리는 비교를 통해 현실의 상황을 인지한다. 곧 복도 게시판에 붙은 전쟁 상황판과 일본군의 승전 그림, 유원이와 미키코 누나, 조회대에서 연설하는 다리를 잃은 형과 일본군으로 입대할 때 연설하던 고 선생님 등 현재의 상황과 과거의 경험을 비교하며 현실을 인식하려는 것이다. 그러나 현실 부정이 내재된 그런 상황 비교는 분별력 있는 현실의 성찰이기보다 자기 방어를 위한 편법을 부른다. 따라서 그 비교는 교활한 꾀를 불러 오고 더 큰 부정성을 낳는다. 세철이가 피난민 아이들에게 일등 자리를 빼앗기지 않기 위해 선생님의 시험지를 훔쳐 본다거나, 유원이의 손수건이 탐이 나 어머니의 돈을 몰래 훔치는 행위로 이어진다.

그런 사실이 결국 형에게 모두 발각되면서 잘못한 횟수만큼 헛간 기둥에 쇠못을 박는 벌이 내려진다. 세철이는 못을 박으면서도 반성하기는커녕 형에 대한 미움만 키워가고, 쇠못의 수가 늘어나면서 반항아로 변해간다. 형은 착한 일을 한 만큼 못을 빼도록 하는 면죄부를 주지만, 그래도 쇠못은 줄지 않는다. 마침내 세철이는 고의로 쇠못을 모두 뽑아버리고 못자국 위를 자귀로 깎아낸다. 하지만 그 자리엔 못자국보다 더 선명한 자귀자국이 남는다. 그 자귀자국은 타인에 대한 미움에서 다시 자기 자신에 대한 미움으로 전이되는 자기 각성을 불러온다. 이때 세철이가 꾼 꿈이 '불꿈'이다.

학교에서 돌아와 보니 집에는 아무도 없었다. 헛간 문 앞에 서서 안을 들여다보았다. 못이 박혀 있는 기둥이 내 눈에 들어 왔다. 그것을 바라볼수록 부끄러움이 울화로 변했다. 얼른 부엌으로 들어가 아궁이에 있는 불씨로 불을 피웠다. 그리고 외양간에서 건초단을 갖다가 불을 붙여서, 그것을 지붕 위로 내던졌다. 바람이 불길을 잡더니, 순식간에 헛간이 불길에 휩싸였다. 나는 그 광경을 보면서 깔깔 웃었다. 못이 박혀 있는 기둥이 한 번 요동도 쳐보지 못하고 불길에 무너져 버렸다. 그때 나들이 가셨던 어머니가 들어오다가 소리를 지르셨다.

"불이야! 불아야!"

― 『못자국』 147~148면

이 '불꿈'은 파괴의 욕망이 반영된 것으로, 모든 자국을 지워 버리고 싶은 충동이 분출된 꿈 현상이다. 사물을 변형시키는 불은 과거의 시간을 소멸하고 모든 것을 무로 만들려는 욕망을 암시한다. 하지만 불은 파괴와 소멸로 표상되는 악의 형식만 있는 것은 아니다. 변형과 재생, 뜨거운 활력으로 표상되는 선을 포괄한다. 곧 불은 물질적 파괴와 정신적 결정을 표상하는 양가적 상징을 지닌다.[5] 세철이의 '불꿈'도 모든 부정성에 대한 파괴와 소멸, 그리고 재생의 의지가 담긴 양가적 욕망의 꿈 현상이다. 자기 자신의 미움까지 모두 지워 버리고 무화시키고 싶다는 것은 다시 새롭게 시작하고 싶다는 감정을 배태하고 있기 때문이다. 이 '불꿈'에는 모든 갈등과 자기 불만족, 자의식 등을 다 불살라 버리고, 새로운 질서에 진입하고자 하는 욕망이 잠재해 있다. 따라서 못자국과 자귀자국은 고통이 심화되면 될수록 진정한 삶의 의지가 새롭게 획득되기를 바라는 상징성을 담고 있고, 세철이의 가슴속에 쌓인 어두운 혼란의 기억들을 모두 씻어버리고 새로 태어나고자 하는 통과의례의 한 과정인 것이다.

4. 또다시 헤쳐나가야 할 삶의 질곡

현길언의 연작소년소설은 이처럼 현실의 세계와 아이들의 세계란 두 개의 서술층위가 서로 직조되어 의미를 드러낸다. 전자는 어른이

---

5) 이승훈 편저, 『문학상징사전』(고려원, 1995), pp.234~236, 참조.

현길언의 소년소설 『못자국』

주체가 된 세계이며 아이들이 어쩔 수 없이 받아들여야 하는 객관 현실이다. 이때 아이들은 수동적인 인물이 되어 어른들에 의해 외상을 입기도 하고 치유되기도 하는 미성숙한 자일 뿐이다. 후자는 아이들만이 가지는 고유의 세계이다. 그들 나름으로 자신들이 만들어 놓은 공간 속에서 자기 정체성을 찾아가는 자의적 세계이다. 여기서는 아이들이 능동적인 인물이 되어 적극적으로 어른의 세계를 모방하며 나름대로 삶의 방식을 정립해 간다. 하지만 이 두 서술층위는 따로 분리된 것이 아니고, 서로 직조되어 일관된 하나의 주제층위를 형성한다. 주제층위를 이루는 중요한 장치 중의 하나가 바로 어린 주인물이 이따금씩 꾸던 꿈이었다. 그 꿈에는 '얼마쯤씩 있다가 가끔'이라는 뜻을 지닌 '이따금'이라는 시간 표지가 의미하듯, 어린 인물이 성장하는 과정이 내재해 있다.

이 연작소년소설에는 그런 꿈 현상에 반해, 실제 어린 인물의 경험 현장을 상징하며 주제층위를 형성하는 또 하나의 중요한 장치가 제시되어 있다. 바로 운동장이다. 운동장은 처음부터 끝까지 비극적인 우리 역사의 현장을 시현하는 개방된 공간이다.

나는 운동장 한가운데 서서 모여드는 사람들을 한 사람 한 사람 눈여겨 보았다. 그리고 여기에서 일어났던 많은 일들을 생각했다.

아침마다 동쪽을 향하여 절하던 일, 삼촌이 입대했을 때와 죽어서 돌아왔을 때 몰려들었던 그 많은 사람들과 그들의 고함소리, 이 운동장에서 훈련하던 일본 군인들의 발자국 소리. 해방이 된 다음 해 삼일절 기념씩때 연설하시던 고 선생님, 국회의원 유세, 빨치산을 처형했던 이 운동장. 보건 시간에나 조회 때마다 부르던 군가, 목발을 짚고 다니던 형의 하모니카 소리, 반공 애국 조회 때 형에게 보낸 학생들의 박수……

그런 것들이 한꺼번에 눈앞에 펼쳐지고 귓가로 몰려들었다. 생각할수록 가슴이 답답하고 혼란스러웠다.

〔…중략…〕

나는 묵을 메우고 있는 울음덩이를 삼키려고 애를 썼다. 운동장의 그 많은 사람들 가운데 나는 혼자 서 있었다. 운동장은 넓은 바다가 되면서, 나는 그 바다를 헤엄쳐 가고 있었다.

— 『못자국』 166~169면

이 대목은 국민학교 졸업식을 마친 세철이가 운동장 한가운데 서서 회상하는 과거 경험의 잔영들을 압축적으로 제시한 부분이다. 여기서 운동장은 일제에 의해 왜곡된 시대로부터 이데올로기의 대립과 전쟁으로 점철된 현재에 이르기까지 지나온 경험의 현장이다. 세철이에게는 선과 악이 뒤바뀌는 정신적 혼란을 가져다 준 충격의 장소이자 놀이 공간이었다. 그러므로 운동장은 그에게 소용돌이, 생기와 질투, 삶과 죽음을 총체적으로 보여준 경험의 세계가 된다.

국민학교의 졸업식을 마치고 수많은 사람들이 썰물처럼 빠져나간 텅 빈 운동장에 혼자 서 있는 세철이는 또다시 통과의례를 위해 입사의 과정에 들어선 입사자의 모습이 된다. 그런 의미에서 운동장은 그가 앞으로 또 헤엄쳐 나가야 할 미지의 바다요, 또 다른 경험의 시작인 것이다. 세철이가 겪어 온 혼란이 새로운 질서를 창조하는 씨앗이 되듯, 졸업도 끝이 아니라 새로운 경험을 향한 출발이기 때문이다. 그러므로 세철이에게 운동장은 새로운 삶에로 힘차게 달려갈 출발점이며, 입사의 과정으로서 고난의 여로를 대표한다. 이런 운동장은 또 개체적이고 고립된 세계에서 개방된 세계로 나아가게 하는 중요한 경험의 현장이었던 것이다. 결국 꿈의 원천 내지 재료로서 경험의 세계인 운동장과 그 경험이 시현된 내용인 꿈 현상이 어린 인물의 단계적 성장을 보여주는 이 연작소년소설에서 서사의 핵이 된다.

이와 같이 이 연작소년소설은 구조나 서술에 있어서 처음부터 끝까지 어린 주인물에 초점을 맞추고, 현실 상황에 따른 성격의 변화 등 한 인물의 성장해 가는 과정을 진실하게 그려나간 이야기이다. 그렇다고 어린 주인물이 당대 현실의 부조리를 비판하고 그 모순들을 극복하며 새로운 대안을 모색하는 문제적 인물은 아니다. 현길언은 극심한 이데올로기의 대립 속에서 아이들이 어떻게 살아왔고, 또 그들이 그 세계를 어떠한 눈으로 바라보며 성장하는가를 어린이의 "가장 맑은 눈"으로 편견 없이 보여줄 뿐이다. 이 이야기 속에서 문제 해결 과정이란 결국 어린 인물이 현실에 대한 적응 과정인 것이다. 따라서 이 연작소년소설은 한 어린 인물이 혼돈 속에서 진정한 자아를 찾는 과정을 통해 사회화 속에 개별화를 발견해내는 일을 제기했다는 점에서 그 의미가 자못 크다.

『주체문학론』에 나타난 아동문학 접근방법 비판

1. 서론

주지한 바와 같이, 1990년대 들어 우리는 두 가지 커다란 경험을 동시에 겪었다. 하나는 이념의 와해로 인한 세계적 질서의 재편 현상이었고, 다른 하나는 우루과이라운드 협정과 WTO(세계무역기구)체제의 국경 없는 세계 경제에 대비해야 했던 우리의 현실이었다. 이 두 가지 대내외적 상황은 우리 작가들의 인식적 지반을 크게 변화시켰다. 곧 전자는 동구사회주의권의 몰락으로 이념 대결이 와해되면서 체제 선택에 대한 편향적 목소리가 잦아들게 했고, 후자는 시장경제의 개방 속도가 가속화되면서 거센 개방화와 세계화의 물결에 휩쓸리게 했던 점이다. 그야말로 90년대는 80년대적 사회의 대립항이 무너지고, 고도의 자본주의 사회와 대중문화를 몰고 왔다. 그 결과 우리의 아동문학에서도 장르 이탈, 전문성 해체, 상업성 등으로 창작 방향에 새로운 징후를 보이며 뚜렷한 변환기를 보여주었다.

그렇다면, 90년대 동구사회주의권의 몰락과 개방 경제가 북한 사회에 끼친 영향은 어떠했을까? 아마도 우리 이상으로 엄청난 충격에 휩싸이게 했을 것이 분명하다. 역시 조홍국은 "1990년대는 당과 혁명, 인민의 투쟁에서 영원히 잊을 수 없는 참으로 간고하고도 준엄한 력사적시기였다. 동유럽사회주의가 런이어 무너지고 자본주의가 복귀된 엄중한 사태와 그것을 기회로 하여 감행되는 제국주의들과 반동들의 광란적인 반사회주의, 반공화국책동은 우리 혁명 앞에 커다란 난관을 조성하였다."[1]라고 그때의 충격을 전하고 있다. 이렇듯 90년대는 북한을 사회 역사적 전환기에 직면하게 했고, 이에 따른 '북한식' 사회주의를 한층 강화해야 하는 사회적 기제가 절실해진 시기라 할 수 있다. 바로 1992년에 출간된 김정일의 『주체문학론』(조선로동당출판사)은 그런 북한 사회의 내부적 결속을 다지는 일종의 상징적 기제였다.

『주체문학론』에서 가장 주목할 만한 것은 '아동문학'일 듯하다. 북한에서는 이 『주체문학론』을 두고, "주체문학의 빛나는 성과와 풍부한 경험, 불멸의 업적에 토대하여 자주 위업 수행에 참답게 이바지하는 문학, 새 시대가 요구하는 인민대중중심의 문학을 건설하고 발전시키는 관점과 원리와 방법들을 새롭게 천명하고 전일적으로 체계화하였으며 전면적으로 집대성한 인류문예학상 류례없는 불멸의 문학이론총서"[2]라고 극찬하였지만, '아동문학'을 보면 북한 내부적 속사정을 짐작할 수 있다. 곧 "우리의 아동문학에서는 혁명문학의 본성에도 배치되고 우리 나라 어린이들의 정신상태와 요구에도 맞지 않는 반동적인 창작경향이 들어오지 못하게 하여야 한다."[3]거나, "백

---

1) 조홍국, 「1990년대 아동단편소설에 형성된 위대한 령도자 김정일동지의 숭고한 풍모」, 『조선 어문』(2002년 3호), p.6.
2) 리수립, 「자주시대문학의 앞길을 휘황히 밝혀주는 불멸의 대저작 《주체문학론》」, 『조선문학』 (1992년 10호), p.22.

지와 같이 정결한 우리 어린이의 마음에 자그마한 티도 앉지 않게 원쑤들의 반동적 영향과 낡은 사상이 스며들지 못하도록 하여야 한다."[4]는 강경한 주장들이 90년대 절체절명의 상황을 압축적으로 보여준다.

김정일의 『주체문학론』은 모두 7장 32개 절로 이루어져 있는데, 제6장 「문학형태와 창작실천」에 시, 소설과 함께 아동문학이 중요하게 다루어져 있다. 이 주체아동문학론은 김일성이 1972년 1월 24일 아동문학 창작에 대한 강령적 교시를 내린 이래, 80년대까지 주체사상화하는 혁명적 아동문학에 관한 지침들을 통합 정리해 놓은 것이어서 전혀 새로울 바가 없다. 하지만 그 주체아동문학론은 90년대 급변하는 국제정세에 대한 민감한 대응이라는 점에서 눈길을 끈다. 특히 자라나는 새 세대인 어린이들은 혁명위업의 계승자들이며, 사회주의의 전도와 주체혁명위업의 운명이 그들을 어떻게 키우는가에 전적으로 달려 있다고 단언해온 북한이어서 아동문학에 대해 관심은 그만큼 각별하다. 주체아동문학이 어린이들에게 공산주의적 인간 육성사업을 위한 중대한 당 정책을 가장 손쉽고도 충실히 구현해낼 수 있는 매체였던 까닭이다.

조선로동당출판사의 『주체문학론』

따라서 이 글은 『주체문학론』의 「문학형태와 창작실천」에서 강조하고 있는 아동문학의 본질적 문제를 검토하고, 그 주체아동문학론이 조선작가동맹 중앙위원회 기관지인 『아동문학』지에 실제로 어떻

---

3) 김정일, 『주체문학론』(조선로동당출판사, 2002), pp.250~251.
4) 김정일, 앞의 책, p.253.

게 반영되었는지를 살펴보고자 한다. 북한에서 발간되고 있는 유일한 월간문예지인 『아동문학』지가 지향하는 경향성은 주체아동문학론에 의해 결정되기 때문이다.

2. 주체아동문학론의 성격과 기능

북한에서는 주체아동문학을 새 세대들이 혁명적 수령관을 확고히 세워 김일성과 김정일에게 끝없이 충성을 다하며 자신의 힘을 믿고 자기 운명을 자주적으로 개척함으로써 주체의 혁명위업을 대이어 완성하는 투쟁의 계승자로 자라나도록 하는데 이바지하는 문학이라고 정의하고 있다. 이런 주체아동문학은 김정일을 전면에 내세우면서부터 창작 실천의 면모를 갖추기 시작한다. 곧 1954년 4월 김정일이 인민학교 시절에 직접 썼다는 동시 「우리 교실」이 『아동문학』지(1954. 6)에 실리면서 주체아동문학은 그 형상적 모습을 드러내게 된 것이다.

아름다운 교실
언제나 재미나는 교실
앞에는 원수님 초상화
환하게 모셔져 있지요

오늘 아침도 기쁜 마음으로
우리 교실에 들어서니
언제든지 반가운 듯이
우리 보고 공부 잘하라고……

추운 겨울은 지나가고
봄바람에 실버들 푸르렀네
우렁찬 건설의 노래와 함께
원수님을 우리는 받드네

노래하자! 원수님을
우리는 승리하였네
행복한 민주의 터전은 건설되네
노래하자! 우리의 원수님을……

우리의 교실은 알뜰한 교실
언제든지 책상에 앉으면
너그럽게 웃으시며 말씀하시네
새 나라 착한 아이들 되라고…
우리는 언제나 받드네 원수님을…

원수님의 가르침을 따라
새 나라 일군이 되자!
항상 준비하자!

— 김정일 「우리 교실」 전문

「우리 교실」은 북한에서 지금까지 불후의 명작이라 불리며, 혁명적 아동문학 창작 실천의 표본이 된 작품이다. 이 동시가 주체아동문학이 나아갈 방향성을 시사해 주는 것은 바로 수령의 형상 창조를 시적 주제로 삼았던 점이다. 주체아동문학 형성 미학의 조건은 수령의 형상을 문학작품으로 어떻게 창조해내는가에 달린 문제였다.

그 후 김정일은 직접 아동문학의 혁명 과업을 실현시켜 나간다. 김일성의 청소년 시절과 공산주의적 풍모를 형상화한 장편소설『만경대』등은 그 대표적인 산물이다. 이 외에도 김정일은『아동문학』지에 김일성이 들려주었다는 이야기를 동화로 옮기는 사업을 발기하고 이끌어 간다.『나비와 수탉』,『놀고 먹던 꿀꿀이』,『두 장군 이야기』,『황금덩이와 강냉떡』,『날개달린 룡마』,『이마 벗어진 앵무새』,『미련한 곰』등은 혁명적 아동문학의 본보기 동화들이다. 김정일은 더 나아가 자신이 들려준 이야기를 옮긴 동화『까치와 여우』,『징검다리가 된 돌부처』,『호랑이를 이긴 고슴도치』,『원숭이 형제』,『며느리와 좀다레나무』,『봉선화』,『달나라 만리경』등을『아동문학』지에 발표하며 주체아동문학의 전형적 모형을 제시해 주기도 했다.

무엇보다 김정일은 김일성의 교시를 계승하여 어린이들과 청소년들을 혁명적으로 키우는데 이바지하는 아동문학에 깊은 관심을 갖고, 그들의 나이와 심리적 특성에 맞게 창작해야 한다는 점을 강조한다.[5]『주체문학론』의 아동문학 창작 실천에도 '아동문학은 어린이의 심리적 특성에 맞게 창작하여야 한다'는 것을 표제로 삼고 있다. 이것은 성인문학과 구별하기 위한 아동문학의 문예학적 특성을 지적한 말이 아니다. 바로 북한식 아동문학 창작 실천의 실현 과제인 것이다.

사실 아동문학은 대상 독자가 어린이라는 특수성으로 인하여 보는 시각과 관점에 따라 문학적 기능이 달라진다. 주체아동문학은 어린이의 타고난 천성을 존중하는 문학이 아니라 어린이의 후천적인 성격 형성을 중시하는 문학이다. 그러므로 주체아동문학에서는 어린이의 천성을 존중하는 순수아동문학을 "자라나는 새 세대들을 사회와

---

5) "아이들을 가르치는 것도 어디까지나 그들의 나이와 심리적 특성에 맞게 하여야 합니다." (『김일성 저작집』 20권, p.537)라고 한 김일성의 교시를 김정일은 그대로 계승하고 있다. 이 교시는 아동문학의 이론적 토대가 되는 강령적 지침 중 하나이다.

담을 쌓고 시대와 혁명 앞에 무기력한 인간으로, 반동적인 숙명론의 포로로 만드는 길"[6]이라 하여 반동적 부르주아 문학이라 부른다. 악을 경계하고 선을 지향하도록 고무하는 권선징악적인 문제를 통해 어린이를 착하고 부지런하고 훌륭한 인간으로 키우는 것을 목적으로 하는 진보적인 아동문학도 경계의 대상이다. 어린이에게 도덕적 품성을 갖추도록 하는 것은 사회적 존재로서의 인간이 갖추어야 할 긍정적 자질의 한 측면에 불과한 것이지 어린이 후대들을 힘있는 사회적 존재로 키우기 위한 교양 내용의 전부가 될 수 없다[7]는 이유에서이다. 주체아동문학에서는 사회를 계급 관계의 견지에서 분석 파악하고 선과 악을 피착취 계급과 착취 계급의 관계로 이해하는 계급주의적 아동문학도 비판한다. 그것은 주체아동문학에서 중시하는 당성, 혁명성은 고려되지 않고, 단지 경제적 처지로 유산자는 무조건 나쁘고, 무산자는 무턱대고 좋다고 하여 사람에 대한 정확한 분석 평가를 내릴 수 없게 할 뿐 아니라, 어린이들이 수령에 대한 견해와 관점을 어떻게 가져야 하는가라는 문제도 밝혀 주지 못하는 결점을 지니고 있기 때문이다.

북한에서는 주체아동문학만이 이러한 한계를 완전히 극복하고, 주체시대의 요구를 철저히 실현할 수 있는 가장 높은 단계의 아동문학이라고 주장한다. 주체아동문학만이 "후대로 하여금 혁명적 수령관을 튼튼히 세우는 것을 핵으로 한 주체의 혁명관을 바로 세워 위대한 수령님과 친애하는 김정일 동지에 대한 충성심을 신념화, 량심화, 도덕화, 생활화하고 오직 우리 당이 가르쳐 준 대로만 사고하고 행동하는 주체형의 새 인간의 풍격을 갖추도록 하는데 이바지"[8]한다고 믿는 까닭이다. 이러한 주체아동문학론은 북한식 아동문학의 이론적

---

6) 김정일, 앞의 책, p.250.
7) 장영·리연호 공저, 『동심과 아동문학창작』(문학예술종합출판사, 1995), p.6.

토대가 되었고, 또 북한 아동문학의 존재 근거가 되었다. 결국 '아동 문학은 어린이의 심리적 특성에 맞게 창작하여야 한다'는 뜻은 아동 문학의 기능면을 중시한 것으로 어린이들의 후천적인 성격 형성의 중요성을 강조한 말임을 알 수 있다.

3. 주체아동문학 창작 실천의 본질적 문제

『주체문학론』에 제시된 주체아동문학 창작 실천의 주된 내용은 아동 시점의 문제와 동심의 구현문제로 집약된다. 이 두 가지는 아동문학의 형태적 특성과 문학적 구현의 문제에 속한다. 먼저 아동 시점의 문제란 어린이들의 눈높이에 맞게 그들의 생활이 반영되어야 한다는 것을 의미한다. 곧 어린이의 외형적 삶의 모습을 실감나게 그려내는 일이다.

"아동문학은 어린이를 상대로 하여 그의 시점에서 형상을 창조하는 문학이다. 아동문학은 묘사 대상보다 묘사 시점에서 고유한 특성이 나타난다. 인간의 생활을 어린이의 시점에서 보고 평가하고 그린다는데 아동문학의 기본 특징이 있다. 아동문학에서는 주로 어린이를 내세우고 어린이의 생활을 묘사하지만 가끔 어른의 생활도 어린이의 시점에서 그리게 된다. 아동문학에서는 모든 생활이 어린이의 시야에 비껴든 것이어야 하고 그의 시점에서 체험된 것이어야 한다."[9]

북한에서도 아동문학 창작 실천의 문제에 대해 몇 가지 측면에서

---

8) 장영·리연호 공저, 앞의 책, p.10.
9) 김정일, 앞의 책, p.249.

제기되어 왔다. 학교 교육과의 관련 속에서 어떤 내용을 담아야 하는가의 문제로부터 아동문학이 어린이의 인식 수준에 맞게 형상을 창조해야 한다는 전제 하에 구성이 단순해야 한다든가, 이야기가 풍부해야 한다는 것 등 구성과 내용에 관한 문제들이었다. 하지만 주체아동문학에서 창작 실천의 본질적 문제는 어린이의 묘사 시점을 바로 세우는 데 있다.

어린이의 묘사 시점이란 어린이가 주체가 되어 그의 눈으로 인간의 생활을 탐구하고, 보고, 그리고, 형상화한다는 뜻이다. 어린이의 시점을 바로 세울 때 이야기는 자연히 단순해지고 명확하며 활동적인 성격이 등장하게 되고, 어린이 심리에 맞는 뚜렷한 묘사가 설정[10]된다고 한다. 주체아동문학에서 묘사 시점의 문제를 중요시 여기는 것은 아동문학이 주로 어린이의 생활 체험을 담는 문학이기는 하지만 어른을 주인공으로 내세울 수도 있는 까닭이다. 이때의 어른도 어린이의 시점으로 평가하고 그려내야 하는 것이다.

창작 실천에서 외형상 어른의 시점으로 아이들의 생활을 묘사하거나 반대로 어른의 생활을 어린이의 시점으로 그릴 경우, 작가가 대상과의 교감 과정을 반드시 동심으로 그려내야 한다. 동심으로 파악하면, 어른의 시점으로 생활을 그린 것도 어린이의 심리와 정서로 생활 국면들을 펼쳐 놓을 수 있어서 어린이가 공감할 수 있다. 어린이의 시점으로 어른을 그릴 때 어른의 형상이 문학적으로 뚜렷하지 못하면 미담에 그칠 우려가 있다. 어린이의 시점으로 어른의 생활을 보여줄 때 작가의 기량은 어린 주인공과 어른을 생활적으로 밀착시켜 놓고 주인공의 시점에 비긴 어른의 생활을 예리하게 포착하여 그것을 형상으로 실현하는데서 나타나게 된다[11]고 한다. 여기서 형상화되는

---

10) 정룡진, 「아동문학의 형태적 특성에 대한 옳은 리해와 그 구현에서 나서는 문제」, 『조선문학』(1994. 1. 루계 555호) p.35.

어른이란 주로 김일성·김정일 부자이다. 주체아동문학에서 묘사 시점의 문제가 강조되었던 것은 이처럼 수령 형상 창조의 문제와 깊이 관련되어 있음을 의미한다.

주체아동문학 창작 실천에서 중요하게 제기되는 또 하나의 문제는 동심의 구현이다. 이것은 말 그대로 어린이의 동심 세계, 곧 어린이의 진실한 내면 세계를 그려내야 한다는 뜻이다.

아동문학작품은 어린이를 대상으로 하여 씌여지는 것만큼 그 예술적 가치는 동심 세계를 잘 그리는 데 있다. 어린이의 동심에 맞지 않는 아동문학작품은 문학으로서의 가치가 없다. 아동문학은 혁명적인 내용을 어린이의 년령심리적특성과 수준에 맞게 보여주어야 한다.[12]

아동문학에서 동심 세계를 잘 그려내야 하는 일은 아동문학 독자가 전적으로 어린이들이고, 그들이 지니고 있는 천진성에 연유한다. 따라서 동심의 구현 문제에는 표현 효과와 언어 형상, 동심적 어휘 활용 문제와 같은 형상 방법이 밀접하게 연관된다. 특히 동시에서는 어린이들의 생활을 반영한 생활적 어휘, 입말체 어휘의 활용을 강조하고 있다. 입말체 어휘는 어린이들의 눈앞에 구체적인 사물 현상이 선명하게 떠오르도록 생활을 개성적이고 구체적으로 묘사하는 데 효과적인 표현수단이다.

동화나 아동소설 창작의 경우에도 필수적으로 요구되는 것이 아이들의 정서, 동심 세계의 탐구와 언어 형상의 창조이다. 어린이들은 생기발랄하고 활동적이며 변화무쌍한 것을 좋아한다. 그들은 남의 모범에 쉽게 감동하고 모험심도 강하며, 환상도 풍부하여 엉뚱한 것

11) 정룡진, 앞의 글, p.37.
12) 김정일, 앞의 책, p.249.

을 곧잘 한다. 동심은 어린이의 천진스러운 행동을 통해 구체적으로 발현된다. 특히 아동소설에는 어린이의 이러한 행동적 특성을 잘 살려 간결하고 생동감 있게 그릴 것을 강조하고 있다.

주체아동문학의 미학적 원칙은 어린이의 연령 심리적 특성과 그들의 수준에 맞게 단순하면서도 깊은 혁명적 내용을 보여주는 형상의 창조에 있다. 아무리 사상적으로 좋은 내용이라도 그것이 어린이들의 정서에 맞지 않고 그들에게 공감을 주지 못한다면 아동문학으로서의 가치를 잃게 마련이다. 주체아동문학은 어린이들을 공산주의 건설의 후비대로, 주체혁명위업의 믿음직한 계승자로 키우는 수단이기 때문에 거기에는 언제나 교양 목적에 맞게 혁명적 내용이 담겨 있어야 한다. 하지만 어린이들은 지적 미성숙으로 스스로 사회의 복잡한 여러 현상을 분석 판단할 능력이 부족하여 그들의 수준에 맞게 단순화할 수밖에 없다. 이때 단순화한다는 것은 이야기를 간단하게 꾸리는 것이 아니라 선한 것과 악한 것, 옳은 것과 그릇된 것, 고운 것과 미운 것에 대한 심오한 인간 문제를 어린이들이 알기 쉽게 단순화, 명백화하여 형상의 통속성을 보장[13]하는 것이다.

이러한 주체아동문학론과 우리 아동문학론과의 이질성은 동심, 그 자체의 해석 차이에서부터 비롯된다. 주체아동문학론에서의 동심은 불변하는 것이 아니라 시대나 사회 변천에 따라 변하는 문학적 주제처럼 사회 역사적 환경과 시대적 성격에 따라 달라진다. 문학적 주제가 시대 및 사회변천에 따라 변하는 것은 작가가 살고 있는 시대나 사회적 배경이 문학적 주제에 영향을 미치고, 그 시대나 사회상이 문학에 반영되기 때문이다. 주체아동문학론에서는 동심도 과거 어린이의 동심과 현대 어린이의 동심이 같을 수 없고 현대에 이르러서도 사

---

13) 장영, 리연호 공저, 앞의 책, pp.18~19.

회주의 사회 어린이의 동심과 자본주의 사회 어린이의 동심이 같을 수 없다고 한다. 그러므로 동심에 대한 연구는 일률적으로 진행할 것이 아니라 그 어린이가 어느 시대, 어느 사회적 환경에서 자라고 있는가 하는 것부터 먼저 파악한데 기초하여 사회력사적 환경과의 호상관계 속에서 고찰하여야 그 특성을 정확하게 파악할 수 있다[14]고 주장한다. 이것은 주체아동문학이 어린이의 타고난 품성을 문학적 바탕으로 삼으면서도 어린이의 후천적인 성격 형성에 가치를 두고 있는 것에 연유된다. 주체아동문학론은 이렇듯 사회 역사적 환경과 시대적 성격에 따라 변화하는 동심에 기초하여, 이에 합당한 북한 어린이들의 특성을 잘 알고 동심을 구현하는 북한식 아동문학 창작 실천의 토대가 되었던 것이다.

4. 『아동문학』지의 문학작품에 반영된 주체아동문학론

그렇다면, '자주시대문학의 앞길을 휘황히 밝혀주는 불멸의 대저작'이라고 하는 『주체문학론』이 출간된 이후 90년대 북한의 아동문학 창작 현실은 어떻게 변했을까? 실제로 주체아동문학론의 지침 내용이 조선작가동맹 중앙위원회 기관지인 『아동문학』지에 즉각적으로 반영되어 있어 우리의 눈길을 끈다. 그동안 모든 편집 체제나 내용에 아무 변화 없이 일관되게 발행하던 『아동문학』지가 『주체문학론』이 나온 그 이듬해인 1993년 3호(루계 455호)부터 큰 변화를 보여준다.

1993년 6호에 주체아동문학과 관련성이 없는 방정환의 「만년 샤쓰」가 게재되고, 1995년 8호에는 '조선해방50돐기념' 특집과 함께

---

14) 장영, 리연호 공저, 앞의 책, p.21.

1923년 『어린이』지(11월호)에 발표되었던 고한승의 「백일홍이야기」가 재수록되는 이변을 보인다. 그뿐 아니라 예술 산문이라고 하는 수기나 실화, 수필의 지면도 다양해진다. 이것은 새것을 좋아하는 어린이의 지향과 요구에 맞게 내용과 형식이 다채로워야 한다[15]는 주체 아동문학론의 반영일 수 있다. 하지만 그보다 『아동문학』지에서 특별히 주목되는 것은 독자의 '년령심리적 특성을 살려 쓰는' 어린이 연령별 발달 단계에 따른 창작 실천면이다.

> 아동문학작품창작에서는 유년기와 소년기의 일반적인 년령심리적 특성을 잘 살리는 것이 매우 중요하다.
> 유년기와 소년기에는 흔히 사고가 단순하고 솔직하며 생기발랄하고 행동이 빠르며 잠시도 가만히 있지 못하는 활동적인 성미를 가지게 된다. 그들은 모든 것을 사진기처럼 그대로 받아들이고 모방하기를 좋아한다. 유년기와 소년기에는 사고와 행동이 민첩한 대신 지속성과 인내성이 부족하고 감성과 정서에 민감한 대신 추상적인 사고가 약하며 섬세하고 엉뚱한 대신 시야가 좁은 특성을 가진다. 어린이라 하여도 유년기가 다르고 소년기가 다르다. 학령 전 어린이와 학생소년들의 특성에 따라 작품의 수준과 질이 달라져야 한다.[16]

어린이의 발달 단계란 어린이가 점차 나이가 들면서 미성숙한 상태에서 성숙한 상태로 진보하는, 성숙의 변화 과정을 말한다. 아동문학은 성인문학과 달리 어린이의 발달 단계에 따른 단계적 적용을 고려하지 않을 수 없는 문학이다. 어린이는 연령에 따라 활동성이나 행동, 사고나 지적 수준 등에 현격한 차이를 보이는 까닭이다. 주체아

---

15) 김정일, 앞의 책, p.256.
16) 김정일, 앞의 책, p.254.

동문학론에서도 이러한 어린이의 연령별 발달 단계의 중요성을 새롭게 인식하고 유아기와 소년기의 특성에 따라 작품과 질이 달라져야 할 것을 강조하고 있다.

북한에서 소년기는 어린이들이 공산주의 건설의 후비대로 믿음직하게 준비되어 가는 중요한 시기이며, 자주적인 사상 의식과 창조적인 능력을 키워 사회적 인간으로의 품격과 자질을 갖추는 단계의 시기[17]이다. 『아동문학』지가 『주체문학론』 출간 이전까지는 줄곧 소년기의 학생 독자층을 대상으로 편집 발행되어 왔다. 그러나 1993년 3호부터 『아동문학』지는 편집 체계에 큰 변화를 보인다. 그것은 『아동문학』지에 〈유년기문학〉란이 신설되어 독자층을 학령 전 어린이에게까지 확대시켰던 점이다.

소년기를 대상으로 하는 문예작품은 〈유년기문학〉란이 차지하는 비중만큼 줄어들었을 뿐 그 작품의 갈래나 내용면에서 달라진 것은 별로 없다. 따라서 『아동문학』지의 주요 내용은 기존에 있던 소설·산문, 동요·동시, 동화·우화 외에 〈유년기문학〉란에 실린 유년동요, 유년동화, 유년소설이라는 새로운 갈래와 작품이 더 늘어났다. 특기할 만한 것은 유년기 어린이의 수준을 고려하여 유년동시는 별도로 두지 않고 유년동요로 동시문학을 대체하고 있다는 점이다.

4살부터 6살에 이르는 유년기 어린이들은 학교 교육을 받을 수 있는 육체적 정신적 준비를 갖추는 시기이다. 5~6세가 되면, 점차 사회 정치적 현상들에 대해 인식하기 시작하여 어린이들은 벌써 김일성과 김정일의 혁명력사와 령도의 현명성, 크나큰 사랑과 배려를 알게 되고 그에 충성과 효성으로 보답하려는 마음, 고마움과 흠모감을 지니게 된다[18]고 주장한다. 이에 따라 작가들은 아동들의 연령적 특

---

17) 장영, 리연호 공저, 앞의 책, p.27.

성에 맞게 아동문학의 갈래를 다양화하면서 사상 정서 교양, 혁명 교양, 계급 교양을 위한 주체아동문학 작품들을 창작했다.

유년동요는 유년기의 동심을 생동감 있게 표현하는 동시문학의 하위 갈래이다. 특히 유년동요는 감정이 예민하고 모든 것을 감성적인 형태로 받아들이는 유년기 특성과 미감에 맞게 감각적이고 운율감을 고려하여 창작해야 한다. 유년동요에는 요적 속성에 천진성, 명랑성, 생기 발랄성 등 동심에 맞는 아기자기한 형상의 묘미와 어린이의 기특한 마음이 잘 담겨 있어야 한다.

> 백두산 밀영에
> 둥근달 뜬 밤
> 지도자선생님
> 생각하셨죠
>
> 나는야 저 달을
> 실에 꿰여다
> 사령부 귀틀집에
> 달아놓을래
>
> 기름 한번 안쳐도
> 꺼지지 않고
> 밤새도록 밝고 환한
> 등잔불 되게
>
> — 림금단 「둥근달아」 전문(『아동문학』, 1993, 3)

---

18) 장영, 리연호 공저, 앞의 책, p.24.

방울방울 수도가
눈물 흘려요
물새는 걸 막지 못해
울고 있어요

내가 얼른 꼭지를
막아줬더니
아유 좋아 제격
눈물 멈췄죠.

아기울 땐 엄마가
제일이지만
수도한텐 내가내가
엄마인걸요.

— 리정남 「엄마인걸요」 전문(『아동문학』, 1996, 5)

　림금단의 「둥근달아」는 『아동문학』지에 〈유년기문학〉란이 신설되고, 첫 번째로 발표된 유년동요이다. 이 동요는 기름 한 번 안 쳐도 밤새도록 꺼지지 않고 환히 밤을 밝히는 둥근달을 사령부 귀틀집에 달아 놓고 싶다는 어린이의 기특한 마음을 잘 드러내었다. 그 기특한 마음이란 세계에서 가장 우월한 인민 대중 중심의 사회주의 제도의 품속인 북한에서 행복하게 자라나고 있다는 어린이의 주체적 감정이다. 리정남의 「엄마인걸요」에도 기특한 마음이 잘 그려져 있다. 시적 화자가 수돗물이 방울방울 새는 것을 수도가 눈물 흘리는 것으로 가슴 아파하고, 얼른 달려가 우는 아이를 달래주는 엄마처럼 수도꼭지를 막아 주었다는 표현에서 그것을 읽을 수 있다. "수도한텐 내가내가/엄마인걸요"라는 구절은 시적 화자의 자부심이 담겨 있고, 유년기 어린이의 정서적 면에서도 잘 부합된다. 이런 유년동요의 문학적 가치는 유년기 어린이들에게 내 조국을 더욱 부강하게 꾸리는 데 자신들도 할 일 있다는 것을 은연중 깨닫게 하는 데 있다. 그것이 김일성과 김정일에 대한 충효심과 북한 사회가 제일이라는 생각, 아버지, 어머니, 형님, 누나처럼 내 나라, 내 조국을 더욱더 부강하게 꾸리는 데 한몫 하려는 기특한 마음[19]인 것이다. 대체로 유년동요는 이러한 교양 덕목을 뚜렷이 하는 내용들을 노래하고 있다.

유년동요의 아기자기한 형상의 묘미는 그들이 쓰는 말투 형식의 언어 형상과 행동을 알맞게 표현하는 형상 방법에 달려 있다. 모든 사물 현상과 말을 주고받을 수 있는 물활론적 사고가 가장 발달된 이 시기 어린이의 특성 때문이다.

우리우리 유치원에
동화동산 펼쳐졌죠
지도자선생님
보내주신 그림책

꽃나비는 나풀나풀
꿀벌은 윙 윙
깡충이 꼬마곰도
재롱부리죠

웃음동산 춤동산

---

19) 박영철,「유년동요에서 아기자기한 형상의 묘미」,『문화어학습』(1997년 제4호), p.29.

피여나는 유치원
지도자선생님의
한품속에 안겼죠

— 김영민의 「재미나는 그림책」 전문(『아동문학』, 1993, 3)

유년동요는 주로 행동성과 율동감이 강한 인상적이고도 특징적인 언어를 사용한다. 이때 빼놓을 수 없는 것은 본딴말이라는 의성어와 의태어이다. 본딴말은 사물 현상의 소리나 모양을 본따 나타낸 어휘들이다. 사물 현상들의 모양새, 움직임, 색깔까지도 생동감 있게 드러내는 본딴말은 사유 능력이 부족한 유년기의 어린이들에게 이해력과 상상력을 넓혀주는데 효과적이다. "꽃나비는 나풀나풀", "꿀벌은 윙 윙" 등의 표현은 음악성과 율동감까지 제공해 준다. 따라서 북한의 유년동요에 널리 쓰인 시어는 꽃, 나비, 새 등이다. 꽃동산, 고운 꽃, 고운 새, 꽃나비, 꽃글자, 효성의 꽃, 충성의 꽃 등은 어린이들의 동심에 맞는 활동적인 어휘이며, 김일성과 김정일을 잘 따르는 어린이들의 충성과 효성의 감정을 그들 정서에 맞게 생기발랄하고 명랑하게 표현해 주는 의미어들이다.

유년동요의 언어표현에 이같은 명랑하고 밝은 이미지만 쓰이는 것은 아니다. 적개심을 부추기거나 야유하는 표현도 보인다.

날아가던 메뚜기
이마에 맞고서
원쑤놈은 아이쿠
눈을 감고 자빠졌대

정말 그 꼴 우습구나

인민군대 총알에
맞았다고 아이쿠
싸움터에 자빠졌대

그래도 제일 쎄다
우쭐대는 원쑤놈
어디 다시 와봐라
진짜 총알 먹일테다!

— 라경호 「원쑤놈은 겁쟁이」 전문(『아동문학』1993. 7)

   증오의 마음이 담겨 있는 이 「원쑤놈은 겁쟁이」도 유년동요로 발표된 작품이다. 이 유년동요는 원쑤들에 대한 원한과 증오를 안고 복수심에 불타는 시적 화자의 분노의 감정을 풍자적으로 전달하고 있다. 그 분노의 감정은 된소리, 거센소리를 적극 활용함으로써 보다 강렬한 감정을 부추긴다. 또 전투적이고, 분노에 잠긴 시적 화자의 모습을 통해 사상 정서를 적극적으로 전달해 주게 된다. 밝고 발랄하고 귀여운 맛을 주는 언어 형상 문제를 남달리 강조해 온 북한의 유년동요에서 이같은 천박한 비어 사용은 어린이들을 "혁명적 본성에 배치되는 반동적 영향과 낡은 사상이 스며들지 못하게 하려는" 의도화된 문학적 행위의 일례일 터이다.

   주체아동문학에서 동화문학의 첫째 조건은 동화의 내용이 가치 있는 것, 즉 교양적이어야 한다는 점이다. 동화문학은 어린이를 사상 교양하는 대표적인 양식임에서이다. 심오한 내용을 어린이에게 자연스럽게 이해시키는 방법으로 의인화와 환상 및 과장의 수법을 꼽고 있다. 이것은 흥미진진하고 아기자기하게 이야기를 전달해 주는 형상의 묘미라고 판단한다. 간결미와 함축미는 동화 문장에서 빼놓을 수 없는 중요한 언어 형상 수단이다.

　　새별을 이고 나가서는 땡볕에서 김매다가 달을 이고야 돌아왔습니다.

　　이 동화의 문장은 주체아동문학에서 내용을 함축적으로 표현한 모
범적인 언어 형상의 하나이다. 이 문장에는 「빚값」이라는 동화 제목
이 의미하는 바와 같이, 하루 아침에 양부모를 모두 잃고 빚에 쪼들
려 어느 지주의 머슴으로 끌려가 노동에 시달리는 주인공의 생활이
압축적으로 표현되어 있다. '새별', '땡볕', '달'이라는 어휘는 하루
종일 노동에 시달리는 시간성을 함축적이고도 간결하게 전달해 주
고, "새별을 이고 나가서는" "달을 이고 돌아왔다"는 인상적인 표현
은 흥미를 자극하며 어린 독자를 동화 속으로 끌어들이는 흡인력을
지닌다. 곧 이것은 주체아동문학에서 근본으로 삼고 있는 계급적 원
칙을 철저히 지켜 지주와 자본가 계급을 끝없이 미워하고, 착취제도
를 뒤집어엎기 위한 투쟁적 사상을 간결하게 그려내는데 성공한 동
화 문장이다. 이와 같이 유년동화는 복잡한 것 속에서 주가 되는 것,
본질적인 것을 이끌어내는 일이 좋은 작품의 조건이 된다.
　　유년기 어린이들은 생기발랄하고 사고가 단순하며 남을 따라하기
좋아하고, 환상도 풍부하여 엉뚱한 것을 곧잘 생각해낸다. 유년동화
와 유년소설도 그런 연령 심리적 특성에 맞추어 흥미 있는 내용과 변
화무쌍한 행동을 아기자기하게 엮어내야 한다는 것이다. 특히 유년
동화는 줄거리가 간결하고 선명해야 할 뿐 아니라 흥미 있고 함축적
이며 호기심을 불러 일으켜야 한다.

　　어느 따스한 봄날이었어요.
　　옥이와 금이가 유치원 앞뜨락에 꽃씨를 심고있었어요.

옥이는 흙이불을 꽁꽁 덮어주며 말했어요.

《꽃씨야, 꽃씨야, 내가 심은 진분홍꽃씨야. 얼른 커서 우리 꽃동산을 곱게 해주렴.》

금이도 흙이불을 다독여주며 말했어요.

《꽃씨야, 꽃씨야, 내가 심은 연분홍꽃씨야. 얼른 커서 우리 꽃동산을 곱게 해주렴.》

주인들이 하는 말을 듣고 두 꽃씨앗은 저마다 이런 생각을 하였답니다.

《난 금이 꽃씨보다 더 곱게 필테야.》

《난 옥이 꽃씨보다 더 먼저 필테야.》

그 다음날이었어요.

통통통… 발자국소리가 들려왔어요.

진분홍씨앗이 흙이불을 살짝 들치고 내다보았지요.

그랬더니 옥이가 솔솔이를 들고 통통 뛰여오고 있었어요.

《옥이로구나! 헤헤! 난 마침 목이 마르댔는데》

아이참, 그런데 옥이는 금이가 심은 연분홍한테로 달려가는 것이 아니겠어요?

진분홍은 안타까와 소리쳤어요.

— 리복순 「쌍동이꽃」 서두 부분(『아동문학』1993. 3)

「쌍동이꽃」은 따스한 봄날 옥이와 금이가 유치원 뜰에 꽃씨를 심었는데 그 꽃씨들은 서로 주인의 뜻대로 곱게 피어나겠다고 다짐을 한다. 하지만 이 유년동화는 주인들이 이상하게도 자기가 심은 꽃씨에 먼저 물을 주지 않고, 다른 사람이 심은 꽃씨에 물을 준다는 서두의 의아성으로부터 호기심을 불러일으킨다. 또한 유년동화의 특성을 잘 살려 의인화와 반복, 대조에 의한 표현기법과 '꽁꽁', '통통통', '솔솔이' 등 의성어와 의태어도 잘 구사하여 표현 효과를 한층 높여

준다. 유년동화 창작에는 이처럼 대상의 참신성, 동심을 그대로 살린 언어 형상, 잘 짜인 운율 조직 등 독특한 표현수법을 잘 활용해야 한다. 유년동화에도 동심의 특성에 맞도록 될 수 있는 대로 흥을 돋구는 음악적 율동감을 주는 언어 표현을 살려 쓰도록 하고 있다.

> 그날 저녁이였어요.
> 해가 지자 둥근 달이 둥실 솟아올랐어요.
> 알락이는 엄마 박새와 함께 달구경을 하면서도 낮에 있었던 일이 자꾸만 생각나서 종알거렸어요.

> 잠꾸러기 잠꾸러기
> 낮잠 자는 잠꾸러기
> 건달새 건달새
> 놀구먹는 건달새

> 《건달새라니? 너 누구한테 또 까불어댄게 아니냐?》
> 엄마 박새가 걱정스럽게 물었어요.
> — 리성철 「까불대던 알락이」 일부(『아동문학』1993. 3)

「까불대던 알락이」는 간결한 내용에 흥을 돋우는 동요를 삽입하여 음악적인 율동감까지 높여 주고 있다. 이 유년동화는 낮에 낮잠꾸러기라고 놀려댄 부엉이 아저씨가 그날 밤 구렁이의 공격을 받는 알락이네를 구해 주었는데, 알락이가 엄마 박새에게 부엉이 아저씨가 밤을 꼬박 새며 나쁜 쥐나 뱀을 잡는 좋은 새라는 얘기를 듣고, 낮에 철모르고 까불대던 자신의 잘못을 뉘우친다는 것이 내용의 전부이다. 인용된 이야기는 낮에 어린 박새 알락이가 낮잠을 자고 있는 부엉이 아저씨를 잠꾸러기 건달새라고 놀렸던 일이 생각나서 다시 종알거리고 있는 대목이다. 「까불대던 알락이」에는 철없는 알락이의 자기 반성이란 교육적 효과를 주면서도, 유년기 어린이의 정서에 맞도록 삽입 동요를 활용하였다. 하지만 유년동화에도 아기자기하고 고운 말만 쓰는 것은 아니다.

"알락아, 부엉이아저씨는 밤마다 두 눈에 불을 켜고 큰 일을 하신단다. 몹쓸놈의 쥐새 끼들을 잡아없애구 사나운 뱀들까지 잡아족치느라구 꼬박 밤을 새우군 하지."

에서처럼 유년동화에서도 적대적인 대상에는 "몹쓸놈", "잡아족치느라구" 등의 비어를 써서 적대 감정을 최대한 끌어내는 북한식 이중적 언어 표현의 속성을 그대로 보여준다. 이밖에도 주체아동문학론에서는 유년동화에 환상, 의인화 수법을 시대적 미감에 맞게 구현할 것을 강조하고 있다.

주로 현실적인 문제를 다루는 유년소설에서는 유년동화보다 직접적으로 김일성과 김정일의 풍모를 감동 깊게 형상화하고 그들을 따르는 어린이들의 티 없이 맑고 깨끗한 충실성을 그리고 있는 것이 보편적이다. 유년소설에서도 연령에 맞게 김일성과 김정일의 풍모를 표현해내는 언어 형상 창조가 창작 실천의 관건이다. 그만큼 주체아동문학론에서는 동심을 연령 심리에 맞게 단계별로 잘 살려 쓸 것과 작품의 진실성, 형상의 기발성, 독창성의 문제가 중요하게 제기되었다. 한마디로 주체아동문학은 어린이를 주체혁명위업의 미더운 계승자로 키우는데 이바지는 문학임을 내세워 어린이들에게 어려서부터 김일성과 김정일을 잘 따르는 충성심과 효성을 일깨워 주며 수령 제일주의 정신을 심어 주고자 했다. 바로 『주체문학론』 출간 이후 북한 아동문학은 〈유년기문학〉을 통해 유년기 어린이에게까지 이러한 사상교양을 강화시켜 나갔던 것이다.

5. 결론

분명 90년대의 북한은 사회 역사적 시련기였다. 동구 사회주의의 몰락과 개방화의 물결, 거기에다 연이어 일어난 수령의 죽음과 극심한 경제난 등의 난관들이 북한 사회에 던져준 충격은 가히 짐작되는 일이다. 이러한 준엄한 역사적 시기에 나온 김정일의 『주체문학론』은 사회 내부적 충격을 수습하고, 인민 대중을 보다 강력하게 결집하는 상징적 기제로 그만한 효용성을 지닐 듯하다. 특히 시련기에 주체아동문학론은 "낡은 사회의 표상과 혁명투쟁의 시련에 대한 체험"이 없는 어린 세대들에게 변화하는 시대의 요구에 맞는 북한식 사상교양을 구현하는 데 효과적일 것이다. 주체아동문학론은 문학 이론이기 보다 90년대 이후 북한 아동문학이 나아갈 창작 실천 방향성을 설정한 강령적 지침에 해당되기 때문이다.

주체아동문학론에 제기된 "아동문학은 어린이의 심리적 특성에 맞게 창작하여야 한다"는 창작 실천 지침도 북한 어린이들의 특성을 잘 알고 그에 맞게 형상화해야 한다는 당 정책의 실현 과제인 것이다. 동심은 불변하는 것이 아니라 사회 역사적 환경과 시대적 성격에 따라 달라지는 특수한 기능을 함으로써 북한 어린이들의 특성에 맞는 '우리식 아동문학'이 가능할 수 있었다. 『아동문학』지는 주체아동문학론의 지도적 지침에 준수하여 〈유년기문학〉란이 신설되고, 학령전 어린이에게까지 김일성과 김정일의 풍모를 감동 깊게 받아들이도록 하는 수령제일주의 정신을 심도 있게 심어 주고자 했다.

제2부 동시문학의 새로운 인식

동요문학의 연구 과제
— 윤석중 동요를 중심으로

1. 윤석중의 동요를 바라보는 시각

'동요'하면 '윤석중' 이름 석 자를 떠올릴 만큼, 윤석중(1911~2003)은 한국 동요문학사에 커다란 족적을 남긴 시인이다. 그럼에도 윤석중에 대한 연구는 미미할 뿐 아니라 그나마 이루어진 평가도 초기 동요나 일부 작품에 한정되어 편향적으로 이루어지거나 그의 동요의 영향력과 작품성을 별개의 문제로 다루어 온 형편이었다. 대체로 윤석중 동요문학은 "현실을 무시한 낙천주의"[1], "낙천적 초현실주의"[2], "어린이를 상대로 한 어른의 유희적 취미물"[3] 등으로 평가되어 왔다.

윤석중에 대해 본격적인 학위논문으로 다루기 시작한 것은 그가

---

1) 송완순, 「아동문학의 천사주의」, 『아동문화』 제1권(동지사, 1948), p.30.
2) 이재철, 「윤석중론」, 『아동문학개론』(문운당, 1967), p.113.
3) 이오덕, 『시정신과 유희정신』(창작과비평사, 1977), p.179.

동요를 창작한 지 70년이나 된 1990대의 일이다. 노원호[4]를 필두로 최명숙, 임영주, 안지아, 문선희, 김보람[5] 등이 늦게나마 그의 문학적 면모를 밝혀내고자 했다. 특히 처음 학위논문으로 다룬 노원호는 그동안 단편적으로 이루어진 윤석중에 대한 평가의 편향성을 극복하기 위한 시도로 그의 작품 전모를 통해 작품 속에 구현된 작가 의식과 시적 정서를 살피는데 주력했다. 그 후 재론된 「윤석중은 과연 초현실적 낙천주의 시인인가?」[6]라는 글도 윤석중의 그릇된 평가에 대한 반론적 성격을 강하게 지니고 있다. 하지만 그 글은 윤석중에 대해 옹호적 입장을 취했다기보다 그동안 그의 연구에서 전적으로 간과되어 왔던 현실 인식 문제를 부각시키는데 주안점을 두었다.

무엇보다 윤석중 동요문학에 드리운, 가장 두드러진 부정적 시각은 일제강점기에 쓰인 동요들이 현실을 무시한 '어른의 유희적 취미물'에 지나지 않는다는 명에였다. 거기에는 '짝자꿍 동요'라는 유아적 동심과 현실성의 부재라는 비난이 함께 내포해 있다. 곧 우울하고 어둡고 궁핍한 시대에 쓴 그의 대표적인 동요들이 낙천적이며 언어유희적 성격을 지닌다는 점에 연유된 것일 터이다.

사실 윤석중은 낙천적인 성격이 형성될 만한 행복한 유년 시절을 보내지 못했다. 두 살 때 어머니를 여의고 부모의 사랑을 받지 못한 채 혼자 사시던 외조모 손에 자라나야 했던 까닭이다. 그러나 그의 동요에는 자신의 삶 체험과 무관하게도 밝고 희망적이고 낙천적 생

---

4) 노원호, 「윤석중 연구」(한국외국어대학교 교육대학원 석사학위논문, 1991)
5) 최명숙, 「윤석중 동요 연구」(동덕여자대학교 대학원 석사학위논문, 1992)
   임영주, 「윤석중 동요·동시 연구」(경원대학교 대학원 석사학위논문, 1993)
   안지아, 「윤석중 동시 연구」(서울여자대학교 대학원 석사학위논문, 1995)
   문선희, 「윤석중 동요 동시 연구」(경희대학교 교육대학원 석사학위논문, 1997)
   김보람, 「윤석중과 이원수 동시의 대비적 연구」(제주대 교육대학원 석사학위논문, 2002)
6) 한국아동문학학회, 『한국아동문학연구』 제10집(제8회 아동문학연구 발표대회 자료집, 2004), pp.55~76.

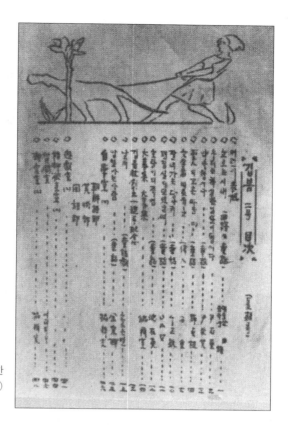

1925년 손수 써서 발행한
등사판 잡지 『김븜』(기쁨)
의 여름치 차례

활관이 담겨 있다. 그것은 전적으로 그의 동요가 시적 대상(poetical object)을 수용하고 현실에 대처하는 시인의 인식 구조에 기인한다는 점을 의미한다. 그가 일제강점기의 어두운 현실에서도 아이들을 통해 밝은 희망을 발견해내고자 했고, 자신이 처한 절망을 절망 그대로 받아들이지 않고 그 속에서 희망을 찾아내고자 했다는 뜻이다. 그는 도리어 어두운 시대, 어른들의 근심과 걱정, 불안과 시름을 '짝자꿍' 동요로 달래 주고자 했다. 그가 《꽃밭사》라는 글벗모임을 《기쁨사》라고 고쳐 부르기도 한 것은 어른들이 물려준 청승맞은 짓이나 징징

우는 꼴을 몰아내기 위한"[7] 의도화된 문학적 행위였다고 술회한 바 있다. 바꿔 말하면, 소위 그의 '짝자꿍' 동요라고 하는 것에는 어린이가 슬픔과 시련에 잠긴 어른들을 달래주고자 한 골계의 정신이 내재해 있었던 것이다. 따라서 윤석중 동요에 드리워진 부정적 평가는 그의 동요 전체를 세세히 살피지 않고 피상적으로 바라본 결과라 할 수 있다.

2. 편향적 평가의 요인

윤석중 동요문학에 대한 평가가 편향적으로 흐르게 된 주된 요인의 하나는 '동요란 무엇인가'에 대해 진지하게 성찰하지 못한 점에 있다. 곧 그의 동요 연구에서 음악으로서의 동요라는 면을 도외시하거나 배제해 왔다는 점이다. 윤석중은 동요시, 동시, 동화시 등 동시문학에 새로운 시형을 처음 시도했던 시인이지만, 그를 대표하는 문학은 단연 동요였다. 그의 동요는 노래로서의 동요와 노랫말로서의 동요가 함께 연구되어야 할 복합적 성격을 지니고 있다.

윤석중의 문학적 출발은 노랫말로서의 동요로부터 시작된다. 그가 1921년 교동공립보통학교에 들어가서 생전 처음 배운 노래가 '하루[春]가 기다(봄이 왔네)'라는 일본 창가였다고 한다. 이때 그는 "우리나라에도 버젓한 봄이 있는데도 '하루'라는 일본 노래를 불러야 하는가'라는 분한 생각에서 '봄'이라는 작품을 지어 『신소년』지에 투고 입선했다고 한다.[8] 그 후 그는 보통학교에 다니며 글동무를 모아 《기쁨사》라는 모임을 만들어서 작곡되어 노래로 불러질 것을 목적으로

---

7) 윤석중, 『노래가 없다면』(전집 20, 웅진출판주식회사, 1988), p.32.
8) 윤석중, 앞의 책, p.17.

한 동요를 창작했고, 쉴새없이 윤극
영, 박태준, 홍난파 등 당대의 쟁쟁
한 작곡가들을 찾아다녔다. 윤극영
의 「흐르는 시내」, 「제비 남매」, 박
태준의 「맴맴」, 「중중 때때중」, 「오
뚝이」, 홍난파의 「낮에 나온 반달」,
「퐁당퐁당」, 「달마중」, 「휘파람」,
「꿀돼지」 등 그의 동요가 이때 주옥
같은 멜로디를 만나서 널리 애창될
수 있었고, 20년대 동요황금시대를
여는 견인차 역할을 하였다. 1932

대우 동산에서 윤석중 시인

년에 나온 우리 나라 첫 창작동요집
인『윤석중 동요집』은 이러한 노력의 산물이었다.

　해방 이후 순수한 우리말 찾기에 앞장 선 의식적인 어린이 노래의
노랫말도 어김없이 윤석중에 의해 지어졌다. 해방이 되고 처음 발간
된 어린이 신문 첫 면에 특집으로 실린 「새 나라의 어린이」(박태준 곡)
가 그렇고, 1946년 봄 해방 후 첫 졸업식에 우리말로 불려진 「졸업식
의 노래」(정순철 곡)나 밝고 맑은 어린이 세상의 미래를 기원하는 「어
린이날 노래」가 그렇다.

　그러면, 동요란 무엇인가? 동요는 어린이들이 부르는 노래, 곧 아
동가요가 어원이다. 우리 나라에 서양 음악이 들어온 것은 기독교의
복음을 전파하기 위해 선교사들이 퍼뜨린 찬송가에서 비롯된다. 그
당시 찬송가의 멜로디에 나라를 사랑하는 내용의 가사를 붙인 애국
의 노래가 널리 불러지게 되는데 이것이 창가의 시초이다. 쉽게 퍼져
나간 애국 창가는 가사만 우리 나라 사람이 지은 것이지 곡조는 모두
외국 것이다. 그 후 일제의 탄압이 강화되면서 애국 창가가 쇠퇴한

대신, 일본 창가를 본따서 일본 가사를 번역한 노래가 유행하게 되었다. 그런 창가가 어른, 학생, 어린이 구별 없이 함께 불러 오다가 1920년대 들어「희망가」와 같은 대중가요,「봉선화」같은 예술 가곡,「반달」같은 어린이가 부르는 동요로 확연히 구분되었다.

그 동요는 노래를 전제로 하여 지어진 동시문학의 하위 갈래이다. 동요는 형식적 면에서 외형률에 의한 분절과 대구로 형성된다는 것과 내용적인 면에서 동심을 담고 있다는 것이 특징이다. 분절은 노래의 단위로 작곡을 위한 요건의 하나이다. 대구는 한 개의 절을 기준으로 둘째 절과 대칭이 되도록 글자 수를 맞추어 놓은 구성적 방법이다. 동요의 묘미나 동요 창작에 따르는 제약의 요소는 얼마나 좋은 대구를 이루어 놓는가에 달려 있다. 동요는 노래를 위한 운문이기 때문에 형식도 그렇지만, 내용에 있어서도 노래에 가까워야 한다.

동요가 노래로서 갖는 중요한 특성은 친숙함이다. 친숙함의 전제 조건은 쉬워야 한다는 점에 있다. 시는 어렵더라도 여러 번 다시 읽고, 여러 가지 뜻으로 의미를 따져 보면 이해가 가능해질 수 있지만, 노래는 그렇지 못하다. 멜로디에 노랫말을 따라 듣다가 중간에 의미 파악을 놓치면, 그 뒷부분을 앞의 내용과 연결시켜서 이해하기가 쉽지 않기 때문이다. 그만큼 노래는 시간성과 전달성의 제약을 받는다. 그래서 동요는 동시처럼 이미지, 상징, 은유가 깊이 개입될 여지가 없다. 보다 전달에 용이한 이야기의 성질을 띠고 있어야 한다. 이것은 동요의 숙명적 체질이다. 좋은 동시가 선명한 이미지나 정서, 혹은 의미로 남듯이, 좋은 노랫말은 노래하는 동안 그 내용이 이해되고 마음으로 전달된다. 동요는 딱딱하다거나 현실을 직설적으로 제시한 내용, 깊이 생각해야 알 수 있는 내용 등은 배제될 수밖에 없다. 반면, 자연물에 대한 재미, 동적이며 즐겁거나 경쾌한 내용, 정서가 쉽게 밖으로 발산되는 동요는 작곡가에 의해 쉽게 작곡된다. 노래로서의 동요는 이렇듯 전달성을 생명으로 삼는다. 따라서 동요는 짤막한 내용 속에 상상이 가능한 풍부한 이야기가 잠복해 있으며, 자아와 세계가 동일화되기를 갈망하는 문학 양식인 것이다.

윤석중 동요에서 혹평의 대상이 되었던 유아적 동심관과 현실성의 부재란 이러한 동요의 숙명적 체질에 기반된 문제인 것이다. 현실 문제가 직접으로 노출된 윤석중의 동요는 대체로 작곡되지 않았다. 작곡되지 않은 동요나 작곡되어도 불려지지 않는 동요는 동요로서 생명을 유지할 수 없다. 그것은 노랫말로서의 동요가 갖는 한계의 운명이다. 그러므로 윤석중의 동요는 전체적 면모를 애써 살피지 않는 한, 그에 대한 편향적 평가의 여지는 그대로 남게 마련이다.

3. 피상적 내용 파악과 의미 훼손

윤석중에 대한 평가가 편향적으로 흐르게 된 또 하나의 요인은 작품 전체를 세세히 살피지 못한 피상적 내용 파악과 의미 훼손에 있다. 그것은 동요 안에 잠복된 이야기성이 무시되고 돌출된 짧은 글줄의 내용에 한정된 피상적 평가의 결과이다. 널리 애창된 윤석중의 동요 중에서 현실 문제가 겉으로 표출되지 않고 내면화한 것이 의외로 많다. 특히 노랫말로서의 동요가 작곡될 때 전체가 노랫말로 채택되지 않고 2연만 취하는 경우나, 그 작곡된 동요가 노래될 때 전부 다 부르지 않고 1절만 부르고 마는 경우가 흔하다. 전체 속에 의미가 내재해 있는 동요의 경우 어느 한 부분만 노래될 때 전체의 의미가 훼손되기 십상이다. 이와 같은 내용적 의미 훼손은 곡조를 중시하여 노래되는 동요가 지닌 어쩔 수 없는 현상이요, 생리이기도 하다.

애들아 나오너라 달 따러 가자.
장대 들고 망태 메고 뒷동산으로.

뒷동산에 올라가 무동을 타고
장대로 달을 따서 망태에 담자.

저 건너 순이네는 불을 못 켜서
밤이면은 바느질도 못 한다더라.

애들아 나오너라 달을 따다가
순이 엄마 방에다가 달아 드리자.

— 「달 따러 가자」 전문(『윤석중 동요집』, 1932)

기찻길 옆 오막살이
아기 아기 잘도 잔다.
칙칙폭폭 칙칙폭폭
기차 소리 요란해도
아기 아기 잘도 잔다.
칙칙폭폭 칙칙폭폭

— 「기찻길 옆 오막살이」 1절 (『초승달』, 1946)

「달 따러 가자」의 경우, 1절만 부르면 전달 내용이 완전히 훼손되
는 대표적인 동요이다. 이 동요가 노랫말로 붙여진 1절은 1연과 2연
이다. 그 1절만 보면 화자가 뒷동산에 올라가 무동을 타고, 장대로
달을 따다가 망태에 담아 오자며 동네 아이들을 불러내고 있다. 하늘
의 달을 딴다는 이 발상이 얼마나 허망한 환상인가. 당시의 처절한

식민지 백성의 현실과 그 속에 굴하지 않는 아이들의 눈물겨운 사랑이 담긴 2절이 무시되면 이 노랫말의 의미는 완벽하게 변질되고 만다. 바로 이 동요에는 불도 못 켜고 삯바느질로 연명해야 하는 순이네 집의 현실이 잠재해 있기 때문이다. 따라서 「달 따러 가자」는 나머지 3, 4연 곧 2절까지 다 부르고 나면, 장대로 달을 따서 망태에 담아 오겠다는 허황된 환상의 노래가 아니라 가난한 동무의 집에 불을 켜 주고 싶어 하는 동네 아이들의 사랑과 온정이 담긴 동요라는 것을 알게 된다.

「기찻길 옆 오막살이」에는 철길가에 늘어선, 집 안이 훤히 들여다보이는 판잣집 마루에서 기차의 기적 소리에도 아랑곳없이 배를 드러내 놓고 낮잠을 자는 아기가 노래되고 있다. 실제로 이 동요는 그가 스물여덟 살 때 일본 유학길을 경부선 완행열차로 오가면서 기찻길 옆 오막살이에서 요란한 기적 소리에도 잠을 잘 자는 어린이의 모습을 보고 지은 것이라고 했다. 이 동요에는 당시 현실이 기차의 기적 소리처럼 시끄럽고 철길가처럼 부산스러워도 아이들은 잘 키워내야 한다는 시적 화자의 염원이 담겨 있는 것이다.

> 아기가 잠드는 걸 보고 가려고
> 아빠는 머리맡에 앉아 계시고.
> 아빠가 가시는 걸 보고 자려고
> 아가는 말똥말똥 잠을 안 자고.
>
> — 「먼길」 전문(『초승달』, 1946)

윤석중 스스로 첫 손을 꼽는 대표작 「먼길」에도 실제 1944년 일본에서 징용 통지서를 받고 한국으로 피신해 이곳저곳을 다녀야 했던, 자신에게 처해진 절박한 현실이 잠복해 있다. 말똥말똥한 눈망울로 아빠의 얼굴을 쳐다보는 아기와 아기가 잠들기를 기다리는 아버지의 모습이 그저 재미있는 발상의 동요로만 보이는 「먼길」에 그러한 기막힌 사연의 숨겨져 있는 것이다. 그가 이 동요를 무엇보다 아꼈던 까닭은 "자신의 마지막 동요가 될지 모른다"는 당시 절박한 현실적 상황과 관련이 있었다.

윤석중 동요에서 가장 두드러지게 부정적 시각을 제공해 준 동요로는 단연 어른의 유희적 취미물이라는 '짝자꿍 동요'의 대명사가 된 「짝자꿍」이다. 하지만 이 「짝자꿍」은 노랫말로서의 동요가 작곡될 때 전체를 노랫말로 채택되지 않고, 단 2연만 취해지면서 자연히 전체 내용이 훼손되고 의미가 왜곡된 대표적 사례의 동요였다.

엄마 앞에서 짝자꿍.
아빠 앞에서 짝자꿍.
엄마 한숨은 잠자고,
아빠 주름살 펴져라.

들로 나가서 뚜루루.
언니 일터로 뚜루루.
언니 언니 왜 울우.
일하다 말고 왜 울우.

우는 언니는 바아보.
웃는 언니는 자앙사.
바보 언니는 난 싫어,
장사 언니가 내 언니.

해님 보면서 짝자꿍.

도리 도오리 짝자꿍.

울던 언니가 웃는다.

눈물 씻으며 웃는다.

— 「짝자꿍」 전문(『윤석중 동요집』, 1932)

「짝자꿍」은 모두 4연으로 이루어진 동요로, 일터에서 힘들게 일하는 언니를 위로하는 노래이다. 이 동요는 1929년 색동회 회원이던 정순철이 본격적으로 작곡 활동을 시작할 때 작곡된 것으로, 유치원 어린이들에게 적합한 노래로 고쳐졌다. 유치원 어린이들은 동요만 부르는 것이 아니라 율동도 함께 배우는 동요가 절실했는데, 이 동요의 1연은 그것을 만족시켜 주기에 충분했기 때문이다. 따라서 이 동요의 작곡에 노랫말로 취해진 부분은 1연과 4연으로, 그 두 개의 연이 1절과 2절로 차용되었다. 이때 유치원 어린이를 고려해 고쳐지면서 2절인 4연의 내용 일부가 바뀌었다. 곧 4연의 3행과 4행 "울던 언니가 웃는다/눈물 씻으며 웃는다"는 부분이 "우리 엄마가 웃는다/우리 아빠가 웃는다"로 1절과 대구가 되도록 고쳐졌던 것이다. 결국 4연으로 이루어진 이 「짝자꿍」은 고된 노동에 시달려 눈물을 보이던 언니를 위로한 노래에서, 부모 앞에서 어리광부리고 재롱떠는 유아적이고 유희적인 동요로 변형된 것임을 알 수 있다. 이같이 「짝자꿍」의 주제가 원래 창작 의도와는 달리 전적으로 작곡가의 의도에 따라 재롱의 노래로 바뀌면서 어른의 유희적 취미물인 '짝자꿍 동요'의 표본이 되었던 셈이다. 윤석중 동요 연구에 나타난 "현실을 무시한 낙천주의", "낙천적 초현실주의", "어린이를 상대로 한 어른의 유희적 취미물" 등 현실 부재라는 부정적 시각은 이처럼 의미 내용에 대한 피상적인 파악이거나 그로 인해 본래 의미의 훼손을 간과한 데서 온 평가 결과이다.

그렇다면, 윤석중 동요에서 제기할 수 있는 중요한 시 정신은 무엇일까? 그것은 해학성을 골간으로 하는 언어유희이며 골계의 정신이다. 최근 윤석중 동요의 해학성을 문제삼고 있는 값진 연구물[9]을 만날 수 있어서 매우 고무적이다.

4. 윤석중 동요문학 연구의 남은 과제

한국문학의 중요한 특성 중 하나가 평민적 미의식인 골계미이다. 일반문학에서는 1920년대 서구 일본 문학의 영향을 적극적으로 수용하여 이룩한 번역체 신문학에 대한 반성으로서 민족적 전통에 대한 탐구가 주창되었고, 그 일환으로 구비 문학을 계승하자는 시도가 나타났다. 아동문학에서는 전래동화와 전래동요를 통해서 현대적 계승이 시작되고 이루어졌다.

윤석중의 동요는 그 출발부터 골계의 정신을 골간으로 하고 있다. "책상 위에 오뚝이 우습구나야./검은 눈을 성 내어 뒤룩거리고,/배를 불쑥 내민 꼴 우습구나야."로 시작되는 「오뚝이」는 1924년 『어린이』에 입선된 작품으로 그가 열네 살 때 어린이의 마음을 몰라주는 어른을 빗대 놓고 지은, 대상을 희화화한 동요이다. 곧 1연은 어른들의 거드름을, 2연은 술기운을 빌린 으스댐을, 3연은 안 아픈 척하는 어른들의 위선을 풍자한 것으로, 그것은 당시 어린이 눈에 비친 어른의 모습이다. 거기에는 그런 어른들로 인해 일제에게 나라를 빼앗겼다는 망국의

---

9) 염희경, 「윤석중 · 전래동요의 해학성을 잇는 세계」, 『한국예술총집 Ⅴ』, 한국예술원, 2001.
   이정석, 「윤석중 동요 동시의 해학성 탐구」, 『아동문학평론』, 2004 봄.

근원적 인식까지 내포해 있다. 곧 나라는 어른들이 망쳐 놓고 슬픔은 어린이에게 떠맡기는 어른들에 대한 반항의 의미까지 담겨 있는[10] 동요가 「오뚝이」이다. 무엇보다 윤석중의 골계의 정신은 우리말의 특성을 잘 살린 언어유희와 기지로 발휘된다.

조기 조기 조 도령 글 읽는 도령/소리소리 듣기 좋게 잘도 읽는다.

— 「제비 남매」, 1~2절(『윤석중 동요집』, 1932)

한 개, 한 개, 머이 한 개./할아버지 쌈지 속에 부싯돌이 한 개//두 개, 두 개, 머이 두 개./갓난아기 웃을 때 앞 이빨이 두 개//

— 「한 개 두 개 세 개」 1절(『잃어버린 댕기』, 1933)

"장님 장님./보시지도 못하면서/등불은 왜 드셨나요?" // "허, 모르는 소리다./ 눈 뜬 사람이 나 한테/부딪칠까 봐 그런다." //

— 「장님과 등불」 전문(『노래 동산』, 1956)

새신을 신고/뛰어보자, 팔짝/머리가 하늘까지 닿겠네.//새신을 신고/달려보자, 획획/단숨에 높은 산도 넘겠네.

— 「새신」 전문(『노래 선물』, 1957)

네 말로 서는 건/밥상 다리/세발로 서는 건/지겟다리/두 발로 서 있는 건/사닥다리/한 발로 사 있는 건/바지랑대.//

— 「다리」 전문(『카네이션은 엄마 꽃』, 1967)

---

10) 윤석중, 앞의 책, p.32.

강 강 강아지 우리 아기를/누가 와서 건드리면은 멍멍멍.//

— 「강 강 강아지」 1연(『카네이션은 엄마 꽃』, 1967)

이와 같은 동요들에는 고전과 현대를 잇는 골계의 정신이 그대로 계승되어 있다. 곧 윤석중 동요는 생활면, 자연 친화성, 교훈성, 연모성, 해학성, 비판 정신, 염원성, 명쾌성, 건강성 등에서 전래동요의 성격을 그대로 이어받고 있다. 특히 언어유희는 우리말의 활용 효과면에서 어린이들에게 언어 능력을 신장시키는데 도움이 된다. 일제강점기 시대에 잃은 아름다운 우리말을 손쉽게 습득하는데 큰 효과를 주었던 것이다. 또한 그의 건강한 골계의 정신이 담긴 언어유희는 어른의 유희적 취미와는 전혀 무관할 뿐 아니라 구비문학과 현대문학 사이의 전통의 연속성이라는 면에서 중요한 가치를 지닌다. 골계의 정신은 구비문학을 계승함으로써 민족문학을 새로운 차원으로 발전시키고자 하는 노력의 하나이기 때문이다. 이것은 그의 동요에서 가장 빛나는 업적이 아닐 수 없다. 그런 면에서 윤석중은 표면적으로는 무관한 듯하면서도 동요를 통해 구비문학의 미학을 깊이 있게 계승한 시인이었다. 그는 골계의 정신을 골간으로 당시 동요에 흐르는 정적이고 애상적인 것을 극복하고 동적이고 희망적이며 적극적인 동심을 심어 주려 했던 것이다.

또 하나 윤석중의 동요에서 간과할 수 없는 것은 아직도 애창되어 현재성을 지니고 있는 노랫말의 긴 생명력이다. 20~30년대에 지어진 그의 초기 동요는 지금까지 불려져 70~80여 년이란 생명력을 유지하고 있다. 그 동요들이 현재에 불리어질 때 현재 작곡된 노래처럼 느껴지게 마련이다. 곧 윤석중의 동요는 한 시대의 산물이 아니라 세대를 거쳐서 새로운 노래처럼 불리는 그 긴 생명력이 때로는 부정적 평가의 요인이 되기도 했다. 처음의 창작 의도와 전혀 다르게 노래되었던 「짝자꿍」처럼, 그것은 이미 동요가 지어졌을 때의 시적 정황(詩)은 사라지고 노래(謠)만 남은 결과이다.

윤석중은 천재적인 노랫말 작가이자 당대 최고의 동요 시인이다. 윤석중 동요문학의 올바른 이해를 위해서는 동요 음악사(노래의 역사)와 함께, 그리고 구비문학을 계승한 민족문학의 차원에서 연구되어야 한다. 한 시인에 대한 피상적이고 편향적인 연구가 한국 동시문학 자체를 그릇되게 평가하는 일이라는 사실을 그동안 윤석중 동요 연구가 잘 말해 주고 있다. 이제 한국 동요문학은 또다시 새로운 도약을 필요로 하고 있다. 그 도약은 윤석중 동요의 생명이 쇠퇴하는 길에 달려 있다. 바로 한국 동요문학의 발전은 앞으로도 새로운 동요들이 많이 창작되어 윤석중 동요만큼 널리 애창되는 그 지점에 놓인 일이 되기 때문이다.

동시조의 동시문학사적 의미
— 〈쪽배〉 제3동인집을 중심으로

1. 동시조의 문학적 위상과 〈쪽배〉 동인

시조라 하면 먼저 떠오르는 것이 고루하다거나 예스럽다는 일반의 선입관이다. 그런 관념은 자연 시조를 비현대적인 양식이고, 시의 부수적인 갈래로 폄하하려는 인식으로도 작용된다. 분명 오늘날 현대시조는 시의 주변문학으로써 독자로부터 유리된 채 소외되어 온 것이 사실이다. 그렇다면 어린이에게 읽히는 동시조의 문학적 위상은 어떠할까?

동시조는 1940년 동화작가인 이구조가 일간지에 「아동 시조의 제창」(『동아일보』 5. 29)이라는 글을 발표하면서 어린이 문학 논의로는 처음 그 필요성을 제기하였다. 그 후, 1964년 이석현은 「아동문학의 미개지」(『아동문학』 10집)라는 글을 통해 아동문학가들이 개척해야 할 분야로 동화시, 동시극, 그림동화와 함께 동시조를 정식으로 거론하고, 이들 아동문학의 황무지 계발을 적극 제안하였다. 그리고 1968

년 박경용에 의해 이론과 실제를 겸한 「동시조 이야기」(『가톨릭 소년』 3~5월호)가 어린이 문예지에 연재되면서 동시조가 문학적 관심사로 부각되었다. 박경용의 「동시조 이야기」는 동시와 시조 부문, 그 두 관문을 모두 통과한 전문 문인에 의해 동시조의 문학적 가능성이 타진되었다는 점에서 특별한 의미를 지닌다. 이에 고무되어 그 해 가을, 『가톨릭 소년』(11월호)에 시조시인 5인 곧 하한주, 정완영, 박경용, 김월준, 정하경 등이 의기투합하여 '동시조 특집'을 마련하고 동시조 운동에 박차를 가했다. 정완영의 동시조집 『꽃가지를 흔들 듯이』(1979)와 박경용의 연작 동시조집 『별 총총 초가집 총총』(1980)은 그런 동시조 운동의 산물이었다. 그 이후 동시조 창작에 동참하는 시조시인과 동시인이 점차 늘어났고, 동시조의 가편들도 대거 창작되었다.

동시조는 형식면에서 일반 시조와 전혀 다를 바 없지만, 내용면에서는 확연히 다르다. 동시조는 어린이의 마음, 어린이의 생각을 담아내는 정형동시로 복잡한 사상보다는 단순한 감정이나 묘사로 이루어지고, 순수와 진실, 경이와 동경, 소박한 꿈 등이 무리 없이 담겨 있어야 한다. 무엇보다 동시조의 매력은 전통적인 우리 가락 안에 동심을 담고, 시적 형상화한다는 점에 있다. 그러므로 시조나 동시 그 어느 한쪽만을 잘 쓴다해서 훌륭한 동시조가 창작되는 것은 아니다. 동시조는 이 둘의 조화를 이루어내야 하는 창작적 어려움 때문에 전문적으로 이에만 매달리는 시인도 드물고, 또 문학적 필요성이 제기될 때마다 한번쯤 관심사로 떠오르다 금방 시들해지기 일쑤이다. 그만큼 동시조는 동시의 그늘에 가려 장르의 허약성을 면치 못하고 있는 동시문학의 한 갈래이다.

소외된 문학 양식을 지키고 가꾸려는 시인들이 존재한다면 그 얼마나 다행하고 아름다운 일인가? 마침 1992년 『아동문학평론』(가을호)에서 마련한 '동시조 특집'이 계기가 되어, 이에 참여했던 시인들이 정기적인 모임을 갖기로 결의를 했었다. 이들은 모임 이름을 〈쪽배〉라 정하고, 매월 한 차례씩 모여 동시조 합평회를 열었다. 지금까지 몇 차례 동인집도 간행하였다. 이들은 오로지 동시조에 지순한 애정을 갖고 그 허약한 양식에서 지고의 가치를 찾으려 한 시인들이며, 시조에 동심을 심고 가꾸자는 우리 나라 초유의 동시조 동인회이다.

아직도 동시조를 떠올리면 청초한 풀꽃이 연상된다. 돌보아 주는 이 없어도 스스로 꽃 피우는 그 질긴 생명력, 반겨 주는 이 없어도 늘 한결 같은 그 맑고 순수한 울림, 밝은 색조 속에도 어딘지 모를 쓸쓸한 자아의 내면을 환기시켜 주는 그런 작은 풀꽃이다. 그 작은 풀꽃에서 아름다움을 느끼는 것은 그 같은 자족적인 깨달음에서인지도 모른다. 한국문학의 그늘에서 풀꽃같이 자생하는 이러한 동시조를 생각하다 보면, 남달리 그 작은 것에 애착하는 그들, 〈쪽배〉 동인이 떠오른다. 1997년 들뜬 연말, 그들이 첫 동인집 『어린 달과 어울리려』(가람출판사)를 출간하고 청진동 청수다방에서 조촐히 출판기념회를 갖던 날, 그때 그들의 상기된 표정에서, 나는 문득 산을 오르다 무심코 발견한 풀꽃 더미 속에서 생명의 고귀함을 느껴보던 그런 기분을, 여전히 잊지 못하고 있는 까닭에서이다.

〈쪽배〉 동인들은 한결같이 풀꽃 같은 순수서정을 노래한다. 그들이 즐겨 찾는 시적 대상은 산과 땅과 바다에 산재한 모든 물상이며 자연 그 자체이다. 이때 자연은 그들에게 관조의 대상이거나 내면 심리를 투사하여 동심을 환기시키려는 대용물이 아니다. 그 자체가 동심으로 통하는 현존의 세계이다. 그래서 〈쪽배〉 동인집에는 저마다 독특한 개성으로 자연을 노래하고 있기보다 세사에 때묻지 않은 순수 정열로 그 자연과 한 몸이 되기를 갈망하고 있다. 그들은 자연을 내면화하여 얻은 자족적 깨달음을 시조라는 일정한 형식에 명징한 이미지로 포착해낸다. 동시는 자유분방한 상상력으로 정형의 틀을 깨뜨려 왔지만, 동시조는 그 틀 속으로 동심을 가둬 두려는 무모함을 보여준다. 그러면서 진정으로 〈쪽배〉 동인이 우리에게 보여주는 것은 그 정형의 틀에서도 동심이 얼마나 자유분방한 상상력을 지닐 수 있는가 하는 놀라운 사실이다. 하지만 우리가 그들을 다시금 주목하는 것은 한국동시문학사에서 동시조가 갖는 중요한 시적 의미 때문이다. 바로 이 글은 〈쪽배〉 제3동인집 『산길 · 메아리 · 탑 · 파도 · 수평선』(선우미디어, 2001)을 통해 동시조가 지닌 동시문학적 의미를 확인해 보고자 하는 데 있다.

2. 〈쪽배〉 제3 동인집과 독특한 시적 개성

1) 허일의 자연에 대한 순박한 애정과 천진한 호기심

허일(許鎰 1934~   )은 1977년 『시조문학』과 1979년 『조선일보』, 『한국일보』 신춘문예를 통해 시조로 등단한 이후 다수의 시조집을 상재한 중견 시조시인이다. 하지만 1996년 동시조집 『나는요 청개구리래요』(가람출판사)를 간행하고, 쪽배 동시조 동인에 가담한 이후부터 그는 시조보다 동시조에 더 큰 애착과 남다른 열정을 보여 왔다. 허일은 주로 사계절과 동물을 소재로 천진무구한 시적 감흥을 이미지화해 왔다. 특히 의성어와 의태어를 능란히 구사하여 운율을 살리며 시적 정황을 생동감 있게 그려내었다. 그가 동심과의 천진한 시적 교감을 이룰 수 있었던 것은 온전히 자연에 대한 순박한 애정에 의해서이다. 허일의 시적 상상력은 그런 자연에 대한 순박한 애정으로 생성된 천진한 호기심과 동경에서 비롯된다.

앞바다에
띄엄띄엄
흩어 놓은 섬과 섬을

징검다리 건너듯
하나 둘
밟고 가면

맞닿은
하늘과 물의 자리
수평선을 넘겠네.

— 「다도해에서」 전문

이 동시조는 다도해의 원경을 독특한 시각으로 포착하여 천진난만
한 동심을 표출해낸 작품이다. 이때 동심은 시조의 정형화된 공간을
벗어나 열린 공간으로 나올 듯한 광활한 상상력의 근원이 된다. 그런
상상력은 종장의 "맞닿은/하늘과 물이 자리"를 '넘겠네'라는 가정
어법에 의해서 더욱 시적 감흥을 북돋운다. 다도해는 말 그대로 섬이
많은 바다라는 뜻이다. 하늘과 물이 맞닿은 자리는 동경심을 유발하
는 아득한 미지의 세계이다. 이 동시조는 그런 하늘과 물이 맞닿은
수평선일지라도 다도해서만은 쉽게 넘을 수 있으리라는 시인의 호연
지기를 드러내고 있다. 많은 섬이 띄엄띄엄 흩어져 있는 다도해에서
섬과 섬을 징검다리인양 밟고 가면 아득하게만 느껴지던 수평선도
단번에 넘을 수 있으리라는 천진성에 근거한다. 이처럼 「다도해에
서」는 가정 어법을 활용하여 동심의 천진한 상상력을 가능하게 하고
시적 호기심을 충족시켜 주고 있다. 「산길」에서도 "맨 처음/누가 길

을 냈을까"라는 천진한 질문과 더불어 각 장마다 자수를 맞춘 '구불구불' '쉬엄쉬엄' '자국자국' 등의 특정부사를 통해 호기심과 동경심을 극대화한다. 이러한 동심적 상상력은 자연에 대한 순박한 애정에서 비롯되어 자연과 일체를 이루어내며 동시조를 빚어내는 원동력이 된다.

허일 동시조의 세계는 과거로부터 재생된 기억들을 이미지로 재현하거나 회고적 정서로 제시되는 법 없이 늘 현재의 세계에 머물러 있다. 그가 시조라는 틀 안으로 이끌어들인 동심은 그래서 늘 해맑고 생동감이 넘친다.

2) 서재환의 고도의 상징성과 주제적 가능성

서재환(徐在煥 1961~)은 의욕과 집념이 강한 시인이다. 그는 1988년 『동아일보』 신춘문예에 시조가 당선되고, 다시 1997년 『동아일보』 신춘문예에 동시가 당선되면서 동시조의 창작 기반을 구축하기에 이른다. 1999년 동시와 동시조를 함께 묶은 『번갯불 한 덩이 천둥 한 덩이』(아동문예)를 간행한 그는 선이 굵고 직관적이며 남성적 색채를 강하게 풍기는 작품 세계를 보여준다. 그러면서도 그는 고도의 상징성에 의한 시적 실험으로 동시조의 문학성에 도전한다.

겨우내 소매 속에 감춘
우리 아가 뽀얀 주먹손

젖가슴 더듬던 손
햇볕 한줌 쥐고 있나

궁금증
한껏 부풀려 놓고
빈손 활짝 펴 보인다.

—「목련·2」 전문

　「목련·2」는 고도의 상징성을 통해 한층 동시조의 문학성을 끌어
올린 작품이다. 이 작품에 담긴 고도의 상징성이 어린 독자에게는 결
코 편안히 읽혀지지는 않을 법하다. 그것이 아이들의 상상력이 미치
기 힘든 선에까지 확장되어 그들 스스로 유추가 어려운, 시인 자신의
독자적인 개성의 깊이에까지 몰입해 간 듯 보이기 때문이다. 하지만
이 작품을 찬찬히 읽어 보면, 자연을 대하는 시인의 개안에 감탄하게
된다. 「목련·2」는 목련의 순수하고 신성한 개화의 과정을 주먹 쥔
아가의 빈손을 활짝 펴는 모양으로 형상화해 놓은 동시조이다. "겨
우내 소매 속에 감춘/우리 아가의 뽀얀 주먹손"엔 무엇이 쥐어져 있
을까? 이런 "궁금증/한껏 부풀려 놓고"는, 봄이 되면 비로소 '뽀얀
빈손'을 활짝 펴 보이는 맑고 순수한 꽃, 그 목련은 봄의 전령이다.
이 동시조는 목련의 개화 과정과 더불어 아가의 건강한 성장을 바라
는 순수한 소망과 봄을 고대하는 풋풋한 희망을 하나로 포개어 고도
의 상징성을 구축해 놓은 것이다. 어쩌면 이토록 시조의 공간 안에
하얀 목련의 피는 과정을 동심으로 신성하고도 참신하게 그려 놓을
수 있었을까? 그것은 세사에 때묻지 않은 순수한 마음과 자연이 합
일되어 이루어낸 것이 분명하다.
　서재환은 이런 자연과의 순수 합일의 세계와 함께 우리에게 보여
주고 있는 것은 시대 현실에 대한 주제적 가능성이다. 비 오는 날, 비
를 맞고 가는 아이에 대한 안쓰러움을 표출한 「비 맞는 아이」나 약수
터 오르는 길에서 껍질이 벗겨져 있는 상수리나무를 보고 가슴 아파

하는 「상처 입은 나무」, IMF 체제 이후 생활의 어려움을 겪으면서도 꿈을 잃지 않으려는 「아빠의 꿈」 등이 바로 그것이다. 그는 아픈 현실을 과감히 시적 주제로 끌어들이면서도, 강한 목소리로 현실에 대한 절망과 분노를 드러내기보다 낮은 목소리로 아픔을 일깨우며 희망을 노래한다. 그의 동시조가 선이 굵고 남성적 색채를 강하게 풍긴다는 것은 시대 현실이란 거시 담론을 시적 현실로 수용하고 있다는 사실과도 무관하지 않다.

3) 신현배의 활달한 상상력과 시적 진정성

신현배(申鉉培 1960~)는 활달한 시적 상상력과 이미지 처리에 능숙한 시인이다. 그는 1982년 『소년』지와 1986년 『조선일보』 신춘문예에 동시가 당선되어 문단에 나왔으나, 다시 1991년 『경향신문』에 시조가 당선되고 나서 동시조에 남다른 관심을 기울인다. 1996년 그동안 발표한 동시와 동시조를 함께 담아 『거미줄』(시간과공간사)을 출간한 그는 독창적인 가진술을 바탕으로 자연과의 동화된 세계를 보여준다.

부처님 사리탑이
서 있는 절 마당에

아이가 엄마 앞에서
독사진을 찍는다

때마침 독경 소리가
배경으로 찍힌다.

정으로 돌을 쪼듯
내리쬐는 볕 따가워

셔터를 누르기도 전에
눈감아 버리는 아이

저만치 솟은 미륵불도
따라 눈을 감는다.

— 「사진 찍기」 전문

　「사진 찍기」는 가진술의 독창성에 의해 감각적 새로움을 보여주는
작품이다. 첫째 수에서 독경 소리의 청각 현상을 시각적으로 처리하
고 있다는 점이나 둘째 수에서 미륵불이 경외의 대상이 아니라 동심
의 교감으로 아이와 똑같은 친근한 대상으로 수용하고 있다는 점이
그렇다. 가진술은 우리의 상식적 경험을 뛰어넘으면서 시적 진실을
추구하려는, 중요한 시적 표현 방식의 하나이다. 아이의 독사진을 찍
는 순간, 때마침 들려오던 "독경 소리가/배경으로 찍힌다"는 진술은
분명 우리의 상식을 뒤엎는 표현이다. 우리의 상식으로는 그저 절마
당의 풍경이 그 배경이 되어야 마땅할 터이다. 여기에 "셔터를 누르
기도 전에" 먼저 "눈감아 버리는 아이"와 "따라 눈을 감"는 미륵불이
서로 교감하고 동화되어 친밀감을 더해 주면서 동시조를 읽는 즐거
움을 선사한다.
　신현배는 이러한 가진술에다 활달한 시적 상상력을 결합하여 우리
에게 시조의 고정된 틀에서도 얼마나 자유롭게 시적 사유의 폭을 넓
힐 수 있는가를 확인시켜 준다. 그것은 「바다 낚시」나 「범종」 등에

잘 드러나 있다. 곧 갯바위 낚시에서 "잽싸게 릴을 돌리면∥미끼를 삼킨 파도가/줄줄이 끌려"오고, "갯바람, 뱃고동 소리가/하루 종일 낚이고∥수평선 너머로 지는/둥근 해도 걸려 든다"(「바다 낚시」)는 것이나 천 년을 견딘 범종 소리가 아직도 맑은 하늘빛을 닮은 까닭이 "날마다 하늘을 깨웠"(「범종·2」)기 때문이라는 범상치 않은 진술 등이 그러하다. 이러한 표현법은 가장 허구적이면서도 사실적이어서 환상적 가능성과 현실적 개연성을 동시에 인지시켜 주며 그만한 재미성을 지니게 마련이다. 신현배의 동시조 세계에 담긴 자연에 몰입된 광경은 어린 독자를 끌어들이는 힘이 된다.

4) 진복희의 섬세한 감정과 내면 의식의 표출

진복희(晉福姬 1947~)는 여성 특유의 섬세한 감성을 지닌 시인이다. 그는 1968년 『시조문학』을 통해 문단에 나온 중진 여성 시조시인이지만, 문단 데뷔 28년 만인 1996년 첫 시조집 『불빛』(동학사)을 내놓을 정도로 과작의 시인이다. 박경용에 의해 1970년대부터 동시조에 관심을 갖기 시작한 그는 내면으로부터 표출된 정갈한 명상의 언어로 시적 이미지를 새롭게 환기시킨다.

천둥에
흩어지는
버섯구름을 불러와

목마른 풀섶에서
소나기 맞는 달개비꽃

햇살에
알몸 씻기운
산골 아이 닮았다.

— 「달개비꽃」 전문

「달개비꽃」에는 세상의 때문지 않은 풀꽃의 순수로부터 그 정결함
과 싱그러움이 느껴진다. 이 동시조는 시인의 눈에 비친 순수 자연을
그대로 시조라는 일정한 형식으로 옮겨와 명징한 이미지로 재현시킨
신선한 작품이다. 여기에는 "소나기 맞는 달개비꽃"의 자태와 순수
한 생명을 대하는 시인의 섬세한 감성이 함께 드러나 있다. 한바탕
쏟아지는 소나기를 맞고 있는 청초한 한 떨기 달개비꽃은 분명 "햇
살에/알몸 씻기운/산골 아이"와 닮아 있다. 그 달개비꽃에서 산골 아
이를 연상할 수 있다는 것 자체가 시인의 순수한 내면을 환기하기에
충분하다. 이 동시조가 지극히 맑고 보다 순수하게 느껴지는 것은
"산골 아이를 닮았다"라는 확정적 구절에서 의미화되고 있듯, 달개
비꽃을 닮고자 하는 시인의 내밀한 의식이 투명하게 투영되어 있기
때문이다. 곧 「달개비꽃」은 자연과 한몸이 되고자 하는 시인의 순수
한 내면세계가 절제된 감정과 정갈한 명상의 언어로 표현된 동시조
라 할 수 있다.

이렇듯 진복희는 여성 특유의 섬세한 감성과 언어로 독특한 내면
의식을 표출하며, 남성 시인들이 다루지 못한 부분들을 형상화해내
고 있다. 그것은 "속마음을/환하게 담은 거울"인 편지를 "가슴에 꼭
품는"(「편지」) 까닭이라든지, 엄마의 사랑으로 장맛을 익힌다는 「초
가을」, 할머니의 미더운 마음을 닮은 「뚝배기」 등에서 잘 간취된다.
그 뿐만 아니라 "겨우내 눈 부비던/햇살들 다퉈 앉아/연분홍 뜨개질
/아슬한 산등성까지/볕바른/산마을 소식/해종일 피어납니다"(「복사

꽃 마을」)에서 보듯, 산골 마을의 서경에까지 여성 특유의 정감이 그대로 묻어 있다. 여기에 쓰인 '연분홍 뜨개질'이란 시어는 고향 어머니의 바쁜 손놀림을 연상시키며 그리움을 정겹게 떠올려 주는 효과를 자아낸다. 진복희의 시적 사유는 명상적 정결함으로 그리움을 북돋으며 진지한 내면 의식을 고양하는 서정의 아름다움을 지닌다.

5) 박경용의 투철한 실험 정신과 다양한 시적 성취

박경용(朴敬用 1940~)은 한국문학의 미개지이던 동시조를 개척하고, 끊임없는 실험정신으로 문학적 깊이와 폭을 확장한 시인이다. 그는 1958년『동아일보』와『한국일보』신춘문예로 문단에 나온 원로 시인으로, 이미 60년대 동시집『어른에겐 어려운 시』(새벗사, 1969)로 형상동시 운동을 실천하였고, 80년대에는 동시조집인『별 총총 초가집 총총』(서문당, 1980)을 선보이며 동시조의 문학적 가능성을 열었다. 그는 시조의 정형성을 하나의 패턴으로 인식하면서 끊임없이 시적 효과를 극대화하는 동시조의 다양한 시적 변용을 과감히 시도한다.

섬

섬 섬

돌섬

바위섬

사이

사이를

누비며

물놀이가 한창인
발가숭이 애파도들.

자맥질
처음 익히는
새내기도 겁이 없네.

—「파도·10」 전문

「파도·10」은 시조의 정형을 최대로 누리면서 시적 효과를 극대화하고 있는 작품이다. 그것은 초장의 인상적인 행 배열에서 잘 드러난다. 초장 행 배열의 자유로움은 시각적인 효과를 극대화한 의미 전달 체계와 회화적이면서도 동적 효과를 충실히 거둬들이고 있다. "발가숭이 애파도들"이 겁도 없이 섬과 섬 사이를 누비며 다녀 바다가 쉼없이 출렁이는 듯한 현장감을 시원스럽게 전달해 주고 있기 때문이다. 그의 시적 실험성은 끊임없는 이미지의 발굴과 시적 상상력의 확장으로 이어진다. 그가 시조의 형식을 하나의 패턴으로 받아들이며 자유로운 시적 변용을 꾀하고, 동시조 연작을 자연스럽게 배태할 수 있었던 것도 그의 탁월한 시적 상상력에 의한다. 파도는 '바다의 발'(「파도·2」)이며, '기립 박수하는 손'(「파도·15」)이기도 한 그의 「파도」 연작은 상상력의 확장을 실천적으로 보여준 일례이다. 그리고 "모래톱을 헤살놓다/헛걸음치는 발, 발, 발……"(「파도·2」)에서 보듯 리듬도 파도를 타고 유연하게 흐르며 생동감을 높여준다. 긴 호흡과 유연한 리듬, 행 배열의 자유스러움과 시적 효과의 극대화는 모두 시인으로서의 천부적 자질과 투철한 시 정신에서 온 결과이다.

박경용의 시적 실험은 이러한 시조의 형식과 내용에 머물지 않고, 새로운 소재 발굴에도 주력하며 동시조의 폭을 확장시킨다. 옴니버

스형 동시조 「쓸모」 연작이 그 대표적인 예라 할 수 있다. 「쓸모」 연작에 쓰인 제재는 세월의 손때가 묻은 옛 물건이거나 별로 귀중하게 여기지 않는 일상의 소모품이지만, 없으면 금세 불편을 느낄 만한 물건들이다. 박경용은 그런 물건들의 요긴한 쓰임새를 포착하여 적소에 합당한 제자리를 찾아 주거나 그 물건들의 효용성을 새롭게 부각시켜 놓는다. 허허로운 삶의 한 겹을 벗겨내고 초연히 삶을 돌아보는 시인의 눈으로 쓸모의 소중한 부분들을 회복시켜 놓는 것이다. 거기에는 고전과 현대의 적정한 조화미로 동시조의 품격이 유지되고, 사물을 바라보는 시인의 정밀감과 집중성을 실감나게 보여준다. 이런 사물의 쓰임새를 새롭게 되돌아보는 행위야말로 사물에 대한 진정한 애정에서 비롯되듯이, 그가 동시조의 형식과 내용에 다양한 변용과 확장을 가능하게 할 수 있었던 것도 오로지 자연 물상에 대한 순수 열정에 의한 일이다.

3. 동시조의 동시문학사적 의미

〈쪽배〉 동인은 이렇듯 저마다 제각기 다른 독특한 개성을 갖고 자신의 시적 세계를 구축해 왔다. 굳이 그들에게서 공통점을 찾는다면 그늘진 동시조에 대한 순수한 열정과 문학적 새로움에 도전하는 패기가 아닐까 한다. 그러한 패기는 형식적 실험과 내용의 확장을 낳았으며, 시조의 제한된 양식으로도 천진한 동심을 자유자재로 담을 수 있다는 또 다른 가능성을 보여주었다. 분명 그들의 시적 상상력이 시조라는 정형의 틀 안에서도 얼마나 폭넓게 지향해 갈 수 있는지를 새삼 헤아리게 하는 일이다.

오늘날 동시는 천진한 어린이의 태도나 어조를 모방한 어린이의

쪽배 3호 『산길·메아리·탑·수평
선·파도』 표지

일상적 화법 형식의 산문적 진술체 경
향으로 자꾸 흘러가고 있다. 그것은
어린 독자와 거리를 좁히려 한 의도에
서 이미지를 추구하기보다 이야기 방
식을 선호한 결과이다. 동시의 확장은
동화적 상상력을 통해 이야기의 재치
를 담거나 자연 현상이나 사물의 속성
에 의미를 부여하고자 하는 데까지 이
르렀다. 이에 비해 동시조는 시적 이
미지와 표현 기교를 중시하는 엄연한
시적 현실을 따르고 있다. 시조란 그
정형의 속박에서 시인의 시적 상상력
을 원활히 하기 위하여 다양한 표현
기법과 이미지에 의존하지 않으면 안
되었던 까닭이다.

바로 동시문학사에서 동시조가 갖는 중요한 시적 의미는 동시가
동화적 상상력을 좇아 이야기 방식으로 흐르며 시의 본령과 차츰 결
별해 가고 있는 자리를 동시조가 메워 주고 있다는 점이다. 동시조는
고루하고 예스럽다는 시조에 담긴 일반의 선입견과는 달리, 짧은 시
형에 재치 넘치는 동심적 상상력을 시적 이미지로 빚어낸 양식이라
는 점과 그 속에 우리의 가락을 담고 있다는 점에서 동시문학에서 차
지하는 독자적인 가치는 실로 크다. 거기에다 동시조는 짧은 시를 선
호하는 어린 독자들에게 수월하게 외울 수 있게 하여 낭송의 매력까
지 지닌, 작으면서도 큰 울림을 주는 문학 양식인 것이다.

분명 〈쪽배〉 동인의 제각기 다른 개성적 목소리가 하나로 화음이
되어 나온 제3 동인집 『산길·메아리·탑·파도·수평선』는 그런 시

의 본령을 찾는 일이었다. 〈쪽배〉 동인들은 한편으로 시조라는 우리 문학의 정통성을 계승하면서, 다른 한편으로 동시의 시적 본령을 지키는 전사들이었던 것이다. 어느 날, 산을 오르다 무심코 발견한 풀꽃 더미에서 문득 생명의 고귀함을 느껴보던 때처럼, 〈쪽배〉 동인들의 동시조에서 그러한 건강한 시적 생명력과 장르적 가치를 다시금 느껴 볼 수 있다는 것은 얼마나 다행한 일인가? 그것은 온전히 동시조를 향한 그들의 순수한 열정이 빚은 값진 결과라 할 터이다.

막막한 황야에 정신의 집 짓기
― 이준관론

1. 동심과 시심의 상보성

우리 현대시사에서 동시와 시, 그 두 영역을 시인이 삶의 필연성에 의해 써 오고, 또 그 두 영역에서 모두 인정받은 시인은 매우 드물다. 동시도 엄연한 서정 문학에 속하기는 하지만 시와는 사유 방법 자체부터 다르기 때문이다. 작시(作詩)의 주체는 어른이고 대상은 어린이라는 점에서 그 주체와 대상 사이에 순수하게 공감되는 삶과 미적 체험이 엄존해 있다. 그래서 동시의 형상미학은 어린이의 순수 지각 작용으로 다시 기존의 사물을 새롭게 보아야 하는 문제가 전제된다. 동시가 시문학에 예속되면서도 엄연히 시와는 또 다른 차원의 독자적인 미학을 보유한 것은 이런 까닭이다. 그러므로 어른과 어린이의 서로 다른 삶 체험과 관점을 내밀히 조절해 가며 동시 쓰기와 시 쓰기를 병행해 나가는 일은 결코 쉽지 않다.

이준관(李準冠 1949~)은 동시가 어린이의 정신적·정서적 가치에 충실하면서도 시가 되어야 한다는 문학적 자각에 의해 동시 쓰기를 시작하여 현실의 문제를 고통스럽게 숙고하면서 시 쓰기를 병행해 왔다. 그는 지금까지도 동시 쓰기와 시 쓰기를 꾸준히 병행해 오며, 그 두 영역에서 모두 인정받아 온 70년대 선도적인 시인이다. 처음 그는 1971년『서울신문』신춘문예에 동시「초록색 크레용 하나로」가 당선되어 문단에 나온 이후 1973년 동시「대추나무 대추 열매 속에는」등으로 제1회 창주아동문학상을 수상하고, 첫 동시집 『크레파스화』(을지출판사, 1978)로 한국아동문학작가상과 대한민국 문학상 아동문학부문 우수상을 받으며, 이미 그의 문학적 가능성을 인정받았다. 창주아동문학상을 받은 그 이듬해인 1974년에는『심상』지에 시「안개 속에서」등으로 신인상을 받고 시단에도 등단하여 자신의 문학적 역량을 넓혀 오다, 1991년에 제2회 김달진문학상을 수상하였다. 80년대 들어, 그는 1983년 첫 시집『황야』(신문학사)를 출간하고, 다시 4년 뒤 1987년에 제2동시집『씀바귀꽃』(아동문예사)을 상재한다. 90년대 들어서도 시와 동시, 그 두 영역을 꾸준히 모색해 나가며 두 권의 시집과 두 권의 동시집을 출간한다. 곧 제2시집『가을 떡갈나무 숲』(나남, 1991)과 제3시집『열 손가락에 달을 달고』(문학과지성사, 1992), 그리고 제3동시집『우리 나라 아이들이 좋아서』(대교출판, 1993)와 제4동시집『3학년을 위한 동시』(지경사, 1999)를 간행하며, 자신의 확고한 시와 동시 세계를 구축하기에 이른다.

마치 우리 인간이 꿈과 현실을 함께 살아가는 존재인 것처럼, 이준관은 동심과 시심, 그 두 의식의 세계를 자연스럽게 이행해 가며 자신의 문학적 세계를 부단히 확장해 나간 시인이다. 그에게 그 두 의식 세계가 상보할 수 있었던 것은 아마도 그의 이력과 무관하지 않을 터이다. 그는 1949년 전북 정읍에서 태어나 고등학교를 중퇴

제2시집 『가을 떡갈나무 숲』(나남)　　제3동시집 『우리 나라 아이들이 좋아서』(대교출판)

할 만큼 아주 어려운 가정 환경 속에서 자랐다. 그런 가정 형편 속에
그가 현명하게 선택한 진로는 가장 빨리 안정된 직업을 구할 수 있
는 교육대학이었다. 고등학교를 중퇴한 그는 곧바로 대입자격 검정
고시를 통해 전주교육대학에 진학했고, 1969년 그의 모교인 이평초
등학교에 첫 부임하여 교사 생활을 시작한다. 곤고한 학창 시절 시
창작을 하며 자신의 삶을 위안삼던 그는 초등학교 교사가 되어 아이
들에게 글짓기 지도를 하면서 본격적으로 동시를 써 온다. 그가 중
등학교 준교사자격검정고시를 통해 중학교로 근무지를 옮길 무렵,
그는 동시뿐 아니라 시를 통해 자신의 삶을 성찰하며 실존의 고뇌를
극복하고자 한다. 그 이후 서울로 올라와, 다시 고등학교로 근무지
를 옮기고 또 대학의 강의도 맡아 다양한 학생층을 접하며, 삶의 경
험과 함께 문학의 폭도 넓혀 나간다. 아마도 그가 삶의 경험에 따라
자신의 의식 세계를 부단히 확장해 나가고자 했다면, 그는 초등학교
교사 시절 이후부터는 줄곧 시만을 고집스럽게 써 왔을 법하다. 그

러나 그는 어떤 규정처럼 동시에서 시로, 다시 시에서 동시로 자연스럽게 이행해 가며 자신의 의식 세계를 구축해 나갔다. 그것도 시 쓰기가 심화될수록 그는 보다 더 어린이의 삶 체험 속으로 깊숙이 들어가 그들의 삶을 자기화하는 데까지 보여준다. 우리는 그의 첫 시집 『황야』의 「책머리」에서 그런 연유를 어느 정도 감지할 수 있게 된다.

어른이 되었을 때, 나는 사람들이 무서워지기 시작했다. 살아가는 일도 마찬가지였다. 세상은 냉혹하게 변해 버렸다.
그걸 깨달은 후부터 나는 좌절을 배웠고, 절망을 배웠고, 분노를 배웠다.
그리고 시를 알았다.
그로부터 시는 나의 유일한 친구가 되었고 동지가 되었다.
아직도 나는 동심의 세계를 그리워한다. 그래서 나는 동시를 쓴다.
동시. 그 환상의 나라로의 여행.
그러나 꿈을 깨면, 습기로 눅눅한 현실 속에 유기되어 있는 나 자신을 발견하곤 더욱 참담해진다. 현실 속에 유기된 한 인간의 명세서, 그것이 바로 나의 시다.

이준관에게 동시 쓰기와 시 쓰기는 삶의 필연성이라는 특별한 의미가 내정되어 있긴 하지만, 그 둘의 규칙적인 병행에는 이렇듯 현실의 문제가 깊숙이 개입해 있다. 곤고한 학창 시절을 보낸 그가 세상의 이치를 깨달은 어른이 되면서 비로소 불의의 권력과 냉혹하게 변해 버린 비정한 세상사를 알게 되었을 터이고, 그런 현실에 대해 무기력한 자기 존재의 발견이야말로 세상에 '유기'된 듯 느껴졌을 것이다. 그리고 스스로 좌절하고 절망하고 분노했을 터이고, 그때의 참담했던 정서를 시로 표현하고 싶었을 것이다. 우리를 억압하는 모든 현실 속에 부대끼던 실존의 고통이 그의 시였다면, 결국 그의 시 쓰기는 참담했던 현실에 대응한 자신의 또 다른 삶이었던 셈이다. 첫 시집 『황야』는 이런 현실에 반응한 '명세서'라 할 만하다. 그래서 『황야』는 구성 자체부터 특이하다. 이 시집은 모두 5부로 나누어져 있는데, 제1부는 1974년 등단부터 1976년까지, 제2부는 1977년부터 1979년까지, 제3부는 1980부터 1981년까지, 제4부는 1982년, 제5부는 1982년부터 1983년까지 시를 시간적 순서대로 간추려 묶었다. 시를 쓸 당시의 상황과 그때그때 자기 감정의 추이를 분명히 밝힐 의도였다. 그렇다면 '황야'란 무엇인가. 그야말로 거친 들판이요 무질서한 땅이며, 우리 현대사의 비극적인 현장이다. 그는 자진하여 황야로 가서 '목마름'과 '배고픔', '버림받은 인간의 뼈'와 '천길 낭떠러지'를 만나 "내가 울부짖는 소리를/나 혼자 처절하게 듣겠다"(「황야」)라고 비장하게 토로하고 있다. 다시 말하면, 그는 시집 『황야』를 통해 유신 시대부터 신군부 시대에 이르는 어두운 시기에 곤고했던 자신의 삶을 돌아보며 그때그때 일었던 좌절과 절망과 분노를 시간적 추이에 따라 표현하고 싶었던 것이다. 그러나 그가 시로 자신의 격정을 드러내었던 틈새 그 사이마다 그는 '환상의 나라로의 여행'이라는 동시를 시보다 절실하게 쓰고 있었다. 두 권의 동시집 『크레파스화』와 『씀바귀꽃』이 그 집적물이다. 이준관은 동시를 『황야』의 현실 체험과 다른 '환상의 나라로의 여행'이라 했지만, 사실은 현실의 상처를 스스로 위무하고 동심을 회복하려는 또 다른 삶의 체험이었다. 그가 현실에서 참담함을 느끼면 느낄수록 동심의 세계로 나아가 순수한 인간의 원형을 복원하고자 하는 욕망이 강렬해졌다는 뜻이다. 바로 현실의 냉혹함과 불의의 권력에 대응하는 방편이면서 자기 감정을 조절하고 정신적 균형을 조화롭게 유지하는 길목에 그의 동시가 놓여 있었던 것이다. 곧 그의 동시는 현실의 도피나 의식의 퇴행이 아니라 자기 극복의 한 과정이며 인간성을 회복하려는 시인의 정신적 고양으로 기능하는 또 다른 삶의 양태이다.

이렇듯 이준관은 70년대부터 우리 사회의 격동적 시기에 어떤 규정처럼 번갈아 가며 동시와 시를 써온 시인이다. 그의 동시와 시는 정신의 평형을 이루며 현실에서 상실된 부분들을 서로 위무하고 또 서로의 가치를 고양하는 상보의 관계를 충실히 유지해 왔다. 그의 시가 우리의 비극적인 현대사에 대한 직접적인 감정의 배출구 역할을 담당했다면, 동시는 그 반대편에서 격정을 정제하고 인간을 회복하려는 승화의 기능을 감당해 왔다. 그는 시의 세계에 매달릴수록 순수한 동심의 세계로 돌아가고자 하는 욕망이 커지고, 동심의 세계에 몰입할수록 다시 시의 세계에 대한 미련이 강렬해진다. 그의 시가 비극적인 현실의 문제에 반응하는 힘을 갖는 만큼 그의 동시는 인간의 본질을 찾아가는 힘을 응축한다. 동시와 시가 평형성을 유지하면서 각기 고유한 가치를 고양하는 상보의 기능을 보유한 것은 오직 이준관의 탁월한 시적 능력의 소산이다.

이준관의 동시 세계는 이처럼 시대 현실의 변화와 시의 방향성에 따라 소재나 주제면에서, 혹은 시적 상상력에서 뚜렷한 변화를 보이며 보다 새롭게 지향해 간다. 곧 제1동시집 『크레파스화』에서는 탁월한 이미지 추구를 통해서, 제2동시집 『씀바귀꽃』에서는 따뜻한 시선으로 상실된 동심을 복원하고자 하는 주제적 면에서, 제3동시집 『우리 나라 아이들이 좋아서』는 어린이의 일상성 속으로 깊숙이 들어가 그들의 삶과 체험을 자기화하고 있는 활달한 동화적 상상력에서 모두 새롭다. 제4동시집 『3학년을 위한 동시』는 제1동시집부터 제3동시집까지 모색한 자신의 문학적 세계관을 조화롭게 통합한 동시집이다. 이들 동시집마다 보여주는 새로운 모형은 '현실 속에 유

기된 한 인간'이 세상을 목도하는 명세에 따라 동심의 순도와 시적
상상력의 놀라운 변화를 가져다 주고 있다. 그러므로 이준관의 동시
는 시와 함께, 또 시는 동시와 함께 읽을 때 비로소 그의 진정한 문학
적 면모를 만날 수 있게 된다.

2. 『크레파스화』, 그 페이소스적 연민

이준관의 시와 동시, 그 서로 다른 의식 세계를 자연스럽게 연결해
주는데 기여하는 심상은 '새'이다. 특이하게도 5부로 짜여진 첫 시집
『황야』(1983)에는 가장 초기 시를 모은 제1부에 새의 심상이 집중적
으로 등장한다.

바람이 분다. 저녁에
벌레들이 울고 어둡다
어둡다 어둡다 흔들리는 풀.
멎었다 다시 흐르는 물소리.
아아 침묵하라 침묵하라
아무도 돌아오지 않는 길 위에
늦은 산 위에, 캄캄하게
흩어져 가는 새들.
아니면 논바닥에 힘없이
발가락을 떨어뜨리는 새들.

— 「바람이 분다」 전문

그의 초기 시들은 「바람이 분다」에서처럼 참담한 현실이 주는 어

두운 분위기가 주를 이룬다. 이런 참 담한 공간에는 어김없이 새가 등장한 다. 아니 새를 통해 참담한 공간을 형 성했다고 함이 더 옳을 성싶다. 그의 새는 "아무도 돌아오지 않는 길 위에/ 늦은 산 위에, 캄캄하게/흩어져 가는 새들./아니면 논바닥에 힘없이 발가 락을 떨어뜨리는 새들"이거나 "풀이 죽은 새들"(「더 암담한 가을」)이다. 혹 은 "이지러진 달을 다시 이지러지게 하는 새들"(「탱자나무 울타리」)이거나, "어둠 속을 조심조심 날으는 새들"이

이준관의 첫 동시집 『크레파스화』

며, "더러는 대열 밖으로 처지는 새"(「다시 겨울」)들이다. 그 새들은 "어둠에 낯익은 날개들"을 하고 "벌판을 가"(「귀뚜라미 몇 마리 깨어 울 다」)기도 하고 "서릿발에 아린 발가락으로 산을 넘고/가끔 구름장에 가리는 울음소리 하나로/저문 하늘을 가"(「가을 기러기」)거나 한밤중 에 "서쪽으로도 가고" "북쪽으로도"(「저녁 들길」)간다. 그런 새들은 바 람이 불어 암담한 가을이나 을씨년스러운 겨울, 혹은 저녁 무렵이거 나 어두운 밤이면 여지없이 나타난다. 첫 동시집 『크레파스화』가 나 올 무렵까지 풀이 죽어 있거나 더러는 대열 밖으로 처지는 안쓰럽고 가련한 새들이 집중적으로 등장하는 것이다. 새들은 "다시 이 마을 에는 밤이 오고/개들이 짖"(「말뚝」)는 소리에 놀라 서로 흩어질 뿐 어 두운 공간을 벗어나는 멋진 비상을 전혀 보여주지 못한다.

새는 자유롭게 비상하여 어디든지 자유자재로 도달하는 존재이 다. 그러나 이준관의 새는 참담한 현실에서 억눌린 고독한 존재일 뿐이다. 적막한 공간에 갇혀 날아도 갈 곳이 없고, 방향 잃어 지치고

무기력한 새들이다. 이준관의 초기 시에서 만나는 그 새들은 마을에서 흔히 볼 수 있는 작은 생명체라는 점에서 왜소하고 힘없는 민중이자 시인 자신을 대변하는 상징물일 터이다. 곧 70년대 중반부터 80년대 초반에 이르는 우리 사회의 격동적 시대를 살아오며, 무지한 권력이 힘쓰던 비정한 세상에 유기된 왜소한 민중이자 그 속에 귀속된 시인 자신이다. 그들은 "이 나라 슬픈 기러기"(「가을 기러기」)가 되었다가 더 깊은 겨울을 만나면 "맹목적인 슬픔"(「더 깊은 겨울」)속으로 걷잡을 수 없이 빠져들고 만다. 군사 독재의 서슬 퍼런 시대에 곤고한 삶을 버텨내야 했던 이준관에게 희망이란 참담한 겨울의 벽일 수밖에 없었던 것이다. "아이들이 내다 버린 꿈들"이 "하늘에 드문드문 떠 있다 사라지"는 "이 깊디 깊은 겨울 속에서" "헛되이/헤매임만 오락가락 어두운 눈발이"(「더 깊은 겨울」) 되어 내려도, 그는 "눈송이들아/뭣 하러 내려오니?"(「눈」) 하며 한탄만 할 뿐이다. 눈이 닿는 지상은 우리의 꿈들을 얼어붙게 하는 암울한 현실인 까닭이다. 그래도 이준관은 마을에 저녁 연기가 오르면 다시 마을로 돌아가야 한다고 되뇐다.

　　마을에 저녁 연기 오르면
　　우리는 돌아가야 한다.
　　토끼처럼 순한 귀를 가진 사람들과
　　사슴처럼 순한 뿔을 가진 사람들이 사는
　　마을로 돌아가야 한다.
　　〔…중략…〕
　　마을에 저녁 연기 오르면
　　우리는 돌아가야 한다.
　　강가에 앉으면

우리들이 나무인 줄 알고
우리들 온몸에 잎사귀처럼 나붙는 물소리와
하늘에 맺히는 이슬을 따먹고 사는
새떼들이 있는
마을로 돌아가야 한다.

— 「저녁 연기 오르면」 일부

첫 시집 『황야』는 "아침 안개 피어 오르는 이 가을 아침에/부질없이 우리는 젖을 뿐이다"(「안개 속에서」)로 시작하여 "마을에 저녁 연기 오르면" "새떼들이 있는/마을로 돌아가야 한다"(「저녁 연기 오르면」)로 끝맺고 있다. 시적 화자는 안개 피어 오르는 아침부터 부질없이 젖어 좌절과 절망과 분노를 배우다 결국 저녁 연기가 오르면 힘없는 발걸음으로 그나마 자신을 닮은 사람들이 사는 마을로 돌아가고자 한다. 그가 돌아가는 마을은 "토끼처럼 순한 귀를 가진 사람들과/사슴처럼 순한 뿔을 가진 사람들이 사는" 곳이며, "하늘에 맺히는 이슬을 따먹고 사는/새떼들이 있는/마을"이다. 참담한 현실에서 그나마 안주할 곳은 그 마을뿐임에서이다. 이렇듯 첫 시집 『황야』는 70년대에서 80년대에 걸쳐 우리를 억압하는 모든 현실에 절망하고 분노하던 시적 화자가 결국 돌아가야 할 곳은 자신을 닮은 사람들이 사는 마을뿐임을 아프게 이야기한다. 이준관은 이런 자기 비애와 실존의 고뇌를 새의 심상을 통해 고양시켰던 것이다.

그러면서도 한편으로 새는 참담한 현실에 절망하고 돌아오는 시적 화자를 맞아 연민의 동반자가 되는 고귀한 존재였다. 이준관에게 연민의 동반자가 되어 준 새는 바로 '혼자 놀고 있는 아기 새'이다. 아기 새는 '환상의 나라로의 여행'에서 만나는 동심의 형상체이자 현실의 상처를 스스로 위무하고 순수한 인간의 복원을 꾀하는 또 다른 현실인 것이다.

> 길을 가다 문득
> 혼자 놀고 있는 아기 새를 만나면
> 다가가 그 곁에 가만히 서 보고 싶다.
> 잎들이 다 지고 하늘이 하나
> 빈 가지 끝에 걸려 떨고 있는
> 그런 가을날.
> 혼자 놀고 있는 아기 새를 만나면
> 내 어깨와
> 아기 새의 작은 어깨를 나란히 하고
> 어디든 걸어 보고 싶다.
> 걸어 보고 싶다.
>
> —「길을 가다」 전문

　이준관의 초기 시에서 중심 소재로 빈번히 등장하던 '새'는 동시에서도 이처럼 중요한 심상으로 떠오른다. 하지만 아기 새는 그의 시속에 등장하던, 대열을 이루며 무리 지어 나는 세사에 찌든 가련한 새들과는 전혀 다르다. 아기 새는 그저 혼자 놀고 있으면서도 외롭지도 가련하지도 않는 순수 생명체이다. 그는 첫 동시집 『크레파스화』(1978)의 「책머리에」서 "수줍고 외로운 것은 나의 천성"이며 "아이들 곁에서 나는 즐거웠고 내 순수하고 깨끗한 생명의 목소리를 들을 수 있었다"고 고백하고 있다. 그가 아기 새와 만나는 길목은 순수한 생명의 목소리를 들을 수 있는 동심으로 들어가는 통로이자 정신적 안식이다. 아기 새는 '수줍고 외로운' 시인의 천성과 닮은 친화의 심상이자 "습기로 눅눅한 현실 속에 유기된" 자화상의 다른 표현인 것이다. 그가 "혼자 놀고 있는 아기 새를 만나면" "어깨를 나란히 하고/ 어디든 걸어보고 싶"은 충동을 느끼는 것도 자신과의 동류의식으로 발원하는 정신적 안식이 되기 때문이다. 하지만 아기 새는 자신과 닮은 천성의 새이면서도 또 자신과는 달리 외롭지도 무기력하지도 않은 존재였던 것이다. 아기 새가 혼자 놀고 있는 공간은 시인의 곤고한 삶의 현장과도 또 다른 어떠한 억압도 미치지 않는 자연이다. 곧 시인이 추구하는 이데아 혹은 절대 순수 그 자체인 것이다.

따라서 이준관은 곤고한 삶의 현실로부터 지쳐 돌아오는 길목에서 아기 새를 만나고 '환상의 나라로의 여행'이라는 동심의 세계로 떠나게 된다. 그곳은 어떠한 권력도 미치지 않는 화해로운 자연이며, 순수하고 깨끗한 생명의 목소리를 들을 수 있는 유일한 세계이다. 그렇다고 그 동심 세계로의 여행이 계획적이고 또 의식적으로 이루어지는 것은 아니다. 예정도 없이 예기치 않은 상태에서 갑자기 '문득' 환기된다. "길을 가다 문득/혼자 놀고 있는 아기 새를 만나면" "작은 어깨를 나란히 하고/어디든 걸어 보고 싶"어진다고 했듯이, '문득' 만난 아기 새에게 '가만히' 다가가 실존의 고뇌나 시름을 잊고 자신도 따라 아기 새가 되고 싶어지는 것이다. 이준관 초기 동시의 미적 특성에 이같이 '문득', '혼자', '가만히' 등의 특정 부사를 활용하여 정적 미감을 조성하고 있는 점이 주목된다.

문득 어둑어둑 저물어 오는/아이들 소리

　　　　　　　　　　　　　—「마른 잎새들이 나무 끝에서 내려 오고 있을 때」

가을은 문득/근심스런 얼굴을 드러냅니다.

　　　　　　　　　　　　　　　　　　　　—「가을」

<u>혼자</u> 두리번거리며/숲에서/마을 쪽으로 내려오고 있다.

—「숲에서 마을 쪽으로」

<u>혼자</u> 개울까지 갔다가 돌아온/아기 눈을 보면

—「아기의 눈」

<u>가만히</u> 손을 내밀어 주었습니다

—「아침 눈길」

<u>가만히</u> 다가와/이마를 짚어주던/구름이랑……

—「탱자 나무」
(밑줄 필자)

　첫 동시집 『크레파스화』에 '문득', '혼자', '가만히' 등의 특정 부사
가 많이 쓰이는 것은 '수줍고 외로운' 그의 천성과도 닮은 체질적 몸
짓이기도 하지만 동심의 세계로 조심스럽게 복귀하는 상징적 의미를
가진다. 이 특정 부사가 '눅눅한 현실' 속에 유기된, 시인과 닮은 동
류적 연민이자 동심을 유발해내는 정조를 지닐 수 있는 것은 그런 까
닭이다. 이준관은 동심의 여행에서라면 해질 무렵에도 "호젓한 산길
에서/가을의 새와 만나"(「가을의 새」)기를 갈망한다. 그 시간에 만난
새에게 "내 마음 꼬옥 쥐어주고", "휘파람 소리도 내지 말고/조용히
돌아오자"고 다짐까지 한다. 그의 다짐은 새, 곧 순수한 생명의 목소
리에 대한 한없는 애정의 표현이며 또한 자기 연민이기도 하다.
　이렇듯 이준관의 새는 그의 기억 속에 남아 있는 고향 마을과 유년
시절, 혹은 시대 현실을 각인하는 강렬한 심상이며, 시심과 동심을
넘나드는 실마리 역할을 한다. 어린 새가 혼자일지라도 외롭지 않고

누구에게 억눌림 받는 법도 없이 마음껏 화해로운 자연을 떠다닐 수 있었던 것은 순진무구 때문이다. 인간 부재, 인간 상실이라는 어두운 현실에서 아기 새의 순진무구함은 연민과 인정의 아름다운 세계로 조화롭게 나아가고자 하는 시인의 정신적 고양감을 부추기는 근원이 되어 주는 것이다.

풀벌레
풀벌레를 울려 놓고

밤은
불빛을 데리고
저 혼자 가 버렸다.

혼자 울다 울다
지쳐 잠이 든 풀벌레 울음.

가만히 안아다
내 방에 눕혀 줄까

풀벌레 풀벌레 풀벌레 울음.

— 「풀벌레 울음」 전문

「풀벌레 울음」에서도 '혼자', '가만히'라는 특정 부사가 동원된다. 다만 시적 화자의 연민과 애정의 대상이 '아기 새' 대신 '풀벌레'로 대치되었고, 어깨를 나란히 하고 싶은 충동은 혼자 울다 지쳐 잠이 든 풀벌레를 안아다 방에 눕혀 주고 싶은 애틋한 마음으로 고양되었다. 풀벌레에 대한 애틋한 마음은 특정 부사가 한정짓는 정조에 의해 한층 고조된다. 이 동시에서 이준관의 놀라운 상상력으로 발휘되는 시 정신은 '풀벌레 울음'에 놓인다. 곧 시적 화자의 애틋한 마음이 울고 있는 풀벌레에 있는 것이 아니라 밤새 들렸다 그치고 또 그쳤다 들리는 풀벌레 울음에 놓여 있다는 사실이다. 풀벌레를 울려놓은 것은 분명 밤이다. 밤은 무정하게도 불빛을 데리고 혼자 가 버린다. 밤이 불빛을 데리고 가 버렸다는 것은 점점 깊어 가는 밤, 인간 세상은 온통 잠자리에 들어 고요한 어둠에 묻혀 있다는 의미일 것이다. 그런 어둡고 깊은 밤에 홀로 울다 그치고 또 울다 그치고 하던 풀벌레 울음이 차츰차츰 잦아들다 아예 그쳐버리고 만 것이다. 우리는 여기서 한밤중에 잠을 못 이루고 잦아드는 풀벌레 울음을 애틋하게 듣고 있는 시적 화자를 상기해 볼 수 있다. 무슨 일에선지 잠들지 못하고 풀벌레 울음을 듣고 있던 시적 화자는 그 울음이 어느새 들리지 않자 "가만히 안아다/내 방에 눕혀줄까" 하고 애틋한 연민이 일었던 것이다. 곧 이른 밤 한창 풀벌레가 울고 있을 때, 울고 있는 풀벌레가 안쓰럽고 애처로웠던 것이 아니라 남들이 다 잠든 고요한 밤, 어느덧 풀벌레 울음이 그치자 그 울음에 시적 화자의 애틋한 연민이 일었다는 것이다. 마지막 연의 "풀벌레 풀벌레 풀벌레"의 반복은 풀벌레 울음을 의미화한 의성어이다. 그 반복된 풀벌레 울음은 애틋한 연민에 대한 시적 여운이 된다. 분명 이것은 억압하는 모든 현실에 대응하는 곤고한 현재의 삶에 대한 연민이 아니라 그 삶을 조용히 되돌아보며 새롭게 삶의 소중함을 깨닫는 자의 연민이다. 곧 되돌아보는 삶의 일깨움으로 환기되는 애틋한 연민인 것이다. 그런 연민은 곤고한 삶의 현실을 환기하는 성찰의 정조이며, 그로 인해 약자의 소중함을 새롭게 깨닫는 페이소스적 연민이라 할 수 있다. 페이소스적 연민은 이준관에게 눅눅한 현실에서 배운 좌절과 절망과 분노를 무화시키고 정신적 안식을 가져다 준다. 그 정신적 안식은 다시 순수한 인간으로 복귀하고자 하는 마음을 유발하는 정조가 된다.

이처럼 이준관의 '환상의 나라로의 여행'은 자기 스스로를 위무하고 작은 생명체에 대한 소중함과 페이소스적 연민을 일으키는 또 다른 삶의 체험이었다. 그 체험은 순수한 생명의 목소리인 아이들에게 다가가는 삶 의식이며, 그런 마음으로 그려 놓은 첫 동시집이 『크레파스화』의 세계이다. 이준관의 순수한 동심의 세계는 자연과 화합하여 조화로운 이미지를 얻고 또 새롭게 태어났던 것이다.

밤새 녹이 슨 새소리들을/아이들이 반짝반짝 닦고 있다.

— 「마을 I」

새들도 그 작은 부리 속에/여러 빛깔의 아침을 재워줍니다.

— 「마을 II」

가끔 아이들이 놓친 웃음소리들이/미끄러져 넘어지곤 하였습니다./그때마다 길 옆의 나무 들이 다가와/가만히 손을 내밀어 주었습니다.

— 「아침 눈길」

풀잎 뒤에 숨어 있던 달빛이/까르르 웃으며 달아난다.

— 「밤 물소리」

자연과 화합한 동심의 세계는 밤새 녹이 슨 새소리들을 반짝반짝 닦아 주기도 하고, 아침 눈길에 미끄러져 웃고 있으면 길 옆의 나무들이 다가와 일으켜 주기도 할 뿐 아니라 달빛이 까르르 웃으며 달아나기도 하는 새로운 세상이 된다. 그 세상은 우리를 억압하는 어떠한 권력도 실존의 고통도 없다. 실존의 고통이 없는 세상에서 이준관은 그야말로 신선한 이미지와 놀라운 시적 상상력을 얻을 수 있었을 터이다. 이준관의 첫 동시집 『크레파스화』는 70년대 우리 동시문학에 형상동시의 가능성을 보여주는 신선한 이미지들로 채워져 있다.

이준관이 동시집 제목으로 '크레파스화'라 정한 것도 동심의 세계를 의미에 둔 표현이다. 크레파스는 아이들이 가장 쉽게 접하는 미술도구 중 하나이다. 크레파스가 지니는 특성은 파라핀 성분이 들어 있어 손에 잘 묻지 않고 또 두 가지 이상의 색이 배합되지 않는 성질에 있다. 그런 크레파스의 고유 성질은 명암이나 입체 정물을 사실적으로 그리기에는 적합하지 않는 대신 여러 가지 그림을 상상적으로 표현하는 데는 용이하다. 바로 『크레파스화』는 실존의 고통과 근심이 없는 아이들의 세상을 상상적 표현이 용이한 크레파스로 그린 그림이라는 점에 주목해야 한다. 결국 『크레파스화』는 아이들의 정겨운 그림 도구를 제목으로 삼으면서 회화적 기법으로 언어를 이미지화하여 연민과 정으로 새로운 생명감을 고양시킨 동시집이다. 그러면서 이준관 자신은 시의 현실 그 반대편에서 잠시 실존의 버거운 짐을 벗어놓을 수 있었던 것이다.

3. 『씀바귀꽃』, 그 사랑의 교감

두 번째 동시집 『씀바귀꽃』(1987)에 오면, 페이소스적 연민에서 보다 적극적인 사랑의 교감으로 지향해 간다. 『크레파스화』에서 빈번히 나타나던 마을 풍경과 '어린 새'가 '별' '나비' '꽃' 등으로 소재 및 주제적 면에서 보다 구체화되고 상상력의 폭도 확대된다. 그런 변화는 「별 하나」에서부터 조용히 감지된다.

별을 보았다

깊은 밤
혼자
바라보는 별 하나.

저 별은
하늘 아이들이
사는 집의
쬐그만
초인종

문득
가만히
누르고 싶었다.

— 「별 하나」 전문

「별 하나」는 깊은 밤 혼자 별 하나를 바라보다 그 별이 하늘 아이들이 사는 집의 초인종처럼 느껴져 문득 가만히 누르고 싶었다는 충동감을 이야기하고 있다. 이 「별 하나」에서도 여전히 '혼자', '문득', '가만히'라는 정적 미감을 조성하는 특정 부사가 쓰이기는 마찬가지이다. 부사어는 용언을 꾸며줌으로써 동작이나 상태를 결정짓는 역할을 수행하는데, 이준관이 애용하는 이 부사어는 정적 미감과 애틋한 연민의 형성에 결정적인 역할을 담당한다. 하지만 「별 하나」는 「길을 가다」, 「풀벌레 울음」에서처럼 애틋한 연민을 조성하지는 않는다. 여기에는 눅눅한 감상도 과장도 없다. 시적 화자의 상상력을 조심스럽게 따라가도록 우리를 인도할 뿐이다.

「별 하나」에서 '별'을 '초인종'으로 은유화한 것은 고도의 시적 상상력의 소산이다. 초인종은 사람을 부르는데 쓰이는 작은 전령이다. 사람을 부른다는 것은 적극성의 인지이다. 그것은 아기 새를 만나서 혹은 풀벌레의 지친 울음이 그쳐 연민이 발동되는 수동적 인지가 아니라 능동적 인지이다. 그 적극성의 인지는 깊은 밤 혼자 있다는 상황이 누군가 함께 별을 보고 싶다는 생각을 유도하고, 친구에 대한 그리움으로 이어져 자연스럽게 '하늘 아이들'이라는 미지의 아이들에게까지 그 확장된 상상적 그리움으로 우리를 인도해 준다. 그런 상상력의 인도는 초인종을 가만히 누르고 싶었다는 시적 화자의 감응에서 또 자연스럽게 사랑의 교감으로 의미화된다. 곧 「별 하나」는 시적 화자가 혼자 바라보던 별이 초인종으로 인식되는 순간, 하늘 아이들과 정다운 친구가 되고 싶다는 그리움을 동반하고 있는 것이다.

『씀바귀꽃』의 중심 심상으로 '나비'가 등장하는 것도 그런 동적 미감을 통해 적극성의 인지를 반영한 것이라 할 수 있다. 나비는 봄의 전령이다. 봄이 오면 풀과 나무는 꽃을 피워 자신의 생명성을 드러내, 나비가 딛고 가는 "봄의/디딤돌"(「나비」)이 되어 준다. 「호랑나비」에서도 이준관은 봄의 희망찬 발걸음을 "가자 가자/호랑호랑//꽃밭 가자/호랑호랑"으로 표현하고 있다. 여기서 '호랑호랑'은 호랑나비의 분주한 날개짓을 나타낸 의태어로 쓰였다. 이준관은 '호랑호랑'이라는 의태어를 활용하여 호랑나비가 흥겹게 날아가는 모습을 제시하고자 했다. 이 '나비' 심상은 『씀바귀꽃』이 동적 미감을 통해 밝은 정서로 나아가고자 했음을 보여주는 일례일 터이다. 사랑의 교감은 그리움 속에 움트고 동적 미감과 적극성의 인지로부터 촉발되는 애정의 감응이기 때문이다. 밤에 별이 뜨고 봄에 꽃이 피는 것은 지극히 자연스러운 자연의 섭리요, 생명력의 순조로운 전개와 분출이다. 이준관의 사랑의 교감도 이러한 섭리와 전개 속에서 자연스럽게 표출되었던 것이다. 그 교감은 「씀바귀꽃」에서 보다 구체적이고 적극적으로 의미화된다.

나는 길가에
아무렇게나 버려져 피지요.

아무도 나를
예쁘다거나 귀엽다고
말하지 않아요.

나는 혼자서 꿈을 꾸고,
꿈을 꾸다 지치면
햇볕을 쬐고,
햇볕을 쬐다 지치면
가만히
바람에 몸을 눕히지요.

나는
못난 내 아버지와 어머니,
그리고
망초꽃, 양지꽃, 달개비꽃,

왕고들빼기꽃, 패랭이꽃,
그런 모든 이웃들이
좋아요.

더구나
외로운 아이 혼자 지나가다
잠시 멈추어
나를
빤히 내려다볼 때,

그 아이의 책가방 속에서
언제나 기가 죽어 있는 산수책과,
늘 놀림을 받고
도시락 뚜껑 밑으로 숨어버리던
도시락 반찬들이

내 턱 밑까지
고개를 들이밀고
"요 다정한 친구야."
하고
불러줄 때

정말
정말
기뻐요.

— 「씀바귀꽃」 전문

「씀바귀꽃」은 길가에 아무렇게나 버려져 피어 아무도 거들떠보지 않는 꽃을 같은 처지에 놓인 외로운 아이가 "요, 다정한 친구야"라고 불러줄 때 진정한 기쁨이 된다는 씀바귀꽃의 쓸쓸한 사연을 이야기한다. 하지만 그 사연이 비애이기보다 희망으로 들리는 것은 무슨 까닭일까? 바로 유유상종의 연민으로 작용하는 사랑의 교감 때문이다. '길가에 아무렇게나 버려져 피는 씀바귀꽃'과 '외로운 아이'는 분명 동류의식의 짝이다. 씀바귀꽃의 이웃들, 즉 "못난 내 아버지와 어머니,/그리고/망초꽃, 양지꽃, 달개비꽃,/왕고들빼기꽃, 패랭이꽃"들과 "아이의 책가방 속에 든 기가 죽어 있는 산수책과,/늘 놀림을 받고/도시락 뚜껑 밑으로 숨어버리던/도시락 반찬들"도 마찬가지다. 씀바귀꽃과 그 이웃은 남들이 거들떠보지 않는 버려져 피는 꽃들이라는 점과 아이는 산수 공부를 못해 기가 죽어 있고 또 도시락 반찬 때문에 늘 놀림받는 가난한 아이라는 사실이 유유상종의 연민을 유발하는 요소들이다. 이 외로운 꽃과 외로운 아이의 공감은 자연히 진정한 사랑의 감응을 불러일으키게 마련이다. 「씀바귀꽃」에서 꽃과 아이의 외로운 처지를 이야기하면서도 오히려 티 없이 밝은 것은 그런 까닭이다. 가령,

> 도토리나무숲에는 도토리나무처럼
> 외로운 메아리가 살지.
> 그래, 그래.
> 저 혼자 쓸쓸한 아이가 있으면
> 한번쯤 찾아가 보렴.
>
> ─「도토리나무숲에는」 1연

에서처럼 적극성의 인지로 사랑의 감흥을 제시하고 있어 외롭지도

슬프지도 않다. 사랑의 교감은 인간적 신뢰이며 나아가 의미를 심어 주는 일이다.

이처럼 이준관의 사랑의 교감은 작은 것과 우리가 관심 두지 않는 것들에 대한 섬세한 애정에서 비롯된다. 어찌 보면, 이준관의 동시는 그늘에 묻혀 있는 생명체를 적극적으로 찾아내어 의미화하는 일이라 할 수 있다. 그 일은 곤고한 자신의 삶을 고통스럽게 견뎌내었던 그의 체험에서 비롯된 순수한 애정의 발로일 터이다. 네 번째 동시집 『3학년을 위한 동시』에 아름다운 사랑의 교감을 구체화하고 있는 동시들이 산재해 있는 것은 그런 그의 시적 지향성에 의한다.

두 그루 나무가 외따로
떨어져 서 있습니다.

한 아이가
이 나무에서 저 나무까지
눈길을
만들며 가고 있습니다.

애야, 뭘 하니?

눈길을 만들어 주는 거예요.
사박사박……
두 나무가 서로 만날 수 있도록요.

— 「사박사박」 전문

아직 머리에 뿔도 나지 않은 송아지에게
아이가 먹을 것을 한 주먹 쥐고
어서 먹어, 어서 먹어 하고
먹을 것을 준다.

아직 머리에 뿔도 나지 않은 송아지가
아이의 손바닥에 있는 것을 다 먹고 나서
아이의 손바닥을 귀여운 혀로 간지럽히며,
간지럽니?
이 간지럼밖에는 네게 줄 게 없구나.
그래도 괜찮니?

— 「그래도 괜찮니?」 전문

　「사박사박」과 「그래도 괜찮니?」는 모두 대상과 대상 사이에 순수한 사랑을 교감하는 아름다운 동시들이다. 아름답다는 것은 생각의 깊이를 뜻한다. 나무와 나무 사이로 눈길을 걷는 아이의 행동이나 송아지가 아이의 손을 핥는 행위 자체는 본능에 지나지 않는다. 이준관이 「사박사박」에서는 아이의 행위가 외로운 두 나무의 만남을 의미화한 사랑의 다리 놓기로, 또 「그래도 괜찮니?」에서는 손바닥을 핥는 행동을 고마움에 대한 보답의 간지럼이라는 의미로 부여될 때 비로소 독자들은 이들 동시에서 순수한 사랑의 교감을 체감하게 되는 것이다. 그 사랑의 교감은 「분꽃이 피었어요」나 「뒤돌아봐요」 등에서 화해의 원동력이 되기도 한다. 분명 사랑의 교감은 대상과의 감응이며 깨달음의 감동이다. 이준관의 동시에는 사랑의 교감이 길이나 마당에서, 꽃밭이나 고추밭에서, 친구간이나 식구간에 혹은 이웃으로, 그 대상과 장소가 다양하게 확대된다. 이준관은 그런 교감

의 확대를 통해 아이들과의 조화로운 삶의 세계를 일구어낼 수 있었
던 것이다.

> 우리들은 눈길 위를 뛰어다녔습니다.
> 하늘에도 해들도 우리들 발자국이
> 눈부시게 찍혔습니다.
> 어쩌다 우리들이 잘못 날린 눈뭉치에 맞아
> 나무들이 얼굴을 찡그렸습니다.
> 그것을 보고 다른 나무들이 웃음을
> 터뜨렸습니다. 그 웃음소리에 참새 떼들이
> 하늘 높이 튕겨져 올랐습니다.
> 우리들은 어젯밤에 꾼 꿈들을 모두 꺼내어
> 눈길 위에 깔아 놓거나,
> 눈길 위에 반들반들 미끄럼을 내어
> 그 미끄럼에 조롱조롱 매달리곤 했습니다.
> 아주 엉뚱하게 장닭들이 대낮에 울어대어
> 동네 시계들을 어리둥절하게도 했습니다만
> 우리들은 떼를 지어
> 왁자지껄한 소리들을 골목마다
> 다닥다닥 붙이고 다녔습니다.
>
> ―「눈 온 날」 전문

이 「눈 온 날」이 보여주고 있는 것은 아이들의 순수한 삶과 화해로
운 자연이 어우러져 한판 신나는 광경, 바로 그 자체이다. 눈이 온 날
우리들은 눈길 위에 발자국을 내며 뛰어다녔고, 눈을 뭉쳐 던지기 놀
이를 하다 그만 잘못 날린 눈뭉치에 나무가 맞아 얼굴을 찡그려 다른

나무들이 웃음을 터뜨리기도 하고, 그 소리에 놀라 나무에 앉아 쉬던 참새들이 하늘로 날아오르고, 우리들은 어젯밤의 꿈 이야기를 조잘거리며 미끄럼타기에 한창이다. 장닭이 엉뚱하게 울어 동네 시계들이 어리둥절하기도 하고, 우리들은 떼를 지어 골목을 누비고 다녔다는 눈 온 날의 광경은 그야말로 활기찬 아이들의 세계이다. 이 동시에서 즐거움의 발단은 어김없이 간밤에 내린 눈이다. 눈이 내려 우리들은 눈길을 뛰어다니고 눈싸움과 미끄럼타기를 하고 골목을 누비고 다닌다. 거기에 자연도 한데 어울려 나무가 웃고 참새가 날고 대낮에 장닭이 울고 시계가 어리둥절 한다. 그야말로 눈으로 발단이 된 즐거움이 연쇄적으로 이어지면서, 순수한 인간과 자연이 화합하여 화해로운 광경을 이룬 것이다. 이런 광경은 아이들의 세계에서 자연스럽게 만날 수 있을 뿐 아니라 어른의 세계에서도 침잠된 동심을 부유하는 강한 향수를 유발해내는 즐거움을 지닌다. 이 광경 속에는 어떠한 억압도 실존의 고통도 존재하지 않고, 모두가 갈등 없이 조화로운 하나의 세계를 이룰 뿐이다.

이렇듯 『씀바귀꽃』의 정감은 페이소스적 연민을 드러낸 『크레파스화』의 정조와는 크게 다르다. 『씀바귀꽃』에서 이준관은 사랑의 교감을 자연과 화합하여 아이들의 적극적인 삶의 화해로운 세계를 창출해낼 수 있었다. 그 세계 속에서는 어떠한 실존의 고뇌도 무화될 뿐이다. 그것은 이준관의 시적 관심이 순수한 동심의 공간 안에서 탁월한 서정에 의탁해 인간과 자연과의 교감으로 인간의 원형을 복원하고자 한 결과이다.

4. 『우리 나라 아이들이 좋아서』, 그 아이들 체험의 육화

이준관의 세 번째 동시집 『우리 나라 아이들이 좋아서』(1993)에 이르면, 아이들의 일상성 속으로 깊숙이 들어와 아이들의 삶을 내면화하고 그들의 체험을 자기화하고 있다는 점에서 다시 새로워졌다. 그것은 그가 시골에서 서울로 올라와 삶의 환경이 바뀌었다는 점도 한 요인이 되겠지만, 「책머리」에 밝힌, "나는 언제나 어린이 마음으로 살기를 원합니다. 어린이 마음으로 바라보면 세상은 뭔가 신나고 즐거운 일로 가득 차 있습니다"라는 표현에서 쉽게 감지할 수 있다. 그것은 『씀바귀꽃』보다 더 아이들의 삶에 내밀히 밀착하는 체험의 육화에서 새로운 동시관을 찾으려 한 것이다. 또 한편으로 머리글에 담긴 의미를 꼼꼼히 되짚어 보면, 허위와 모순으로 가득찬 우리의 현실에서 『황야』 이후 두 권의 시집을 내는 동안 시 쓰기가 그에게 얼마나 고통과 갈등으로 남았는가 하는 사실을 짐작케 해 준다. 사실 이준관은 두 번째 동시집 『씀바귀꽃』을 간행한 이후, 동시보다 시 창작에 더 많은 관심을 기울여 두 권의 시집, 『가을 떡갈나무 숲』(1991)과 『열 손가락에 달을 달고』(1992)를 간행하였다. 그리고 나서 이듬해 그는 세 번째 동시집 『우리 나라 아이들이 좋아서』를 출간한 것이다. 그러니까 『우리 나라 아이들이 좋아서』는 그가 고통의 시 쓰기에서 벗어나 그의 말대로 "어린이 마음으로 세상을 바라보면서 뭔가 신나고 즐거운 일"을 발견해내고자 한 새로운 각성의 동시집이라 할 수 있다. '어린이 마음으로 세상 바라보기'로 쓴 동시와 이전의 동시를 비교해 볼 때 크게 달라진 점이 있다면, 동화적 상상력을 접목한 독특한 이야기 기법의 적극적인 활용이다. 이 동화적 상상력에는 공간성과 시간성을 적절하게 유용하고 있다.

해질 무렵,
운동장을 가로질러 가다가
떨어진 단추 하나를 보았지.

그래, 그래, 우리는
노는 일에 정신이 팔려
이렇게 단추 하나 떨어뜨리지.

그래, 그래, 우리는
노는 일에 정신이 팔려
서쪽 하늘에 깜빡, 해를 하나 떨어뜨리지.

—「떨어진 단추 하나」전문

　아이들에게 가장 친숙한 놀이 공간은 학교 운동장이 아니면 동네 골목 어귀이거나 아파트 단지 내 놀이터일 것이다. 이 동시는 한마디로 그들에게 가장 친숙한 놀이 공간에서 노는 일에 정신이 팔려 단추 하나 떨어지는 줄도 모르고 놀이에 몰입하는 아이들의 단면적 진정성을 간략하게 시화한 것이다. 여기서 그는 소재의 단순성을 피하기 위해 반복의 효과를 활용하고 있다. 하지만 놀이에 정신을 파는 아이들의 속성을 단순히 나열해 놓은 것처럼 보이는 이 동시의 반복성은 시간 의식과 이미지의 연쇄 현상으로 확대되는 공간의 인식으로부터 시적 깊이를 더해 준다.

　'떨어진 단추 하나'는 단순한 사물이 아니라 시간성과 공간성을 함께 드러내는 중심적 심상이다. 여기서 1연의 '가다가'와 2, 3연의 '떨어뜨리지'는 시간의 지속을 나타내는 현재형이다. 그 현재 시간의 지속성은 "해질 무렵,/운동장"이라는 공간에 자연스럽게 연결되면서, 2연과 3연에 각각 병렬적으로 질서 있게 형성된다. 그러면서 '떨어진 단추 하나'는 운동장이라는 넓은 공간에 떨어진 아주 작은 사물인 '단추 하나'가 '깜빡'이라는 순간의 간격을 사이에 두고, "서쪽 하늘에 떨어진 해"로 공간의 질량적 확대와 더불어 이미지가 시간성으로 환기되면서, 이 동시의 의미를 확연히 드러내게 된다.

적어도 어른들에게 시간은 어디까지나 계량화된 시간의 단위로 인식될 뿐이다. 하지만 아이들은 막연히 시간을 느낄 뿐 구체적으로 시간을 의식하면서 살아가지 않는다. 이미 삶 속으로 녹아 버린 시간일 따름이다. 그래서 아이들은 삶과 밀착되어 버린 시간 속으로 빠르게 몰입한다. 그들은 자신의 삶 속으로 몰입된 시간에 대한 경험을 "그래, 그래"라고 독특한 대화 방식으로 순수하게 수긍하기까지 한다. 이것은 '깜빡'하는 인식의 시간이 빠르면서 동시에 느리고, 느리면서 동시에 빠른 아이들 자신의 시간관과 일치한다는 것을 알기 때문이다. 이때 '깜빡'이라는 부사어는 시간과 의식이 동일화된 시어로 환기된다. 이 동시는 그래서 아이들이 몰입한 '깜빡'이란 시간적 순간이 '떨어진 단추 하나'라는 의식의 자각으로 각인되고, 다시 서산에 해 넘어가는 시간의 자각으로 새롭게 각성시켜 주게 되는 것이다.

이처럼 이준관이 어린이의 마음으로 세상을 바라본다고 한 것은 아이들의 낯선 시간 속으로 침잠해 들어가 그들의 체험을 육화하는 경험의 시간과 공간을 동시에 인지하는 일이다. 이것은 시간성과 공간적 존재의 경계가 허물어져 서로 하나가 되고, 시인이 곧 아이가 되는 일원론적 감응론에 입각해 있다. 이런 일원론적 감응론은 이준관 동시에 놀라운 상상력의 변화를 가져다 준다.

낚시대를 어깨에 메고 강가에 섰다.

바둑아, 바둑아, 조용히 해.

올 여름에는 저 강을 낚을 테야.

이 세상에서 가장 큰
푸른 물고기를.

친구들도 너무 놀라워
게처럼 눈이 툭 튀어나올 거야.

— 「여름 낚시」 전문

우리들은 잠자리를 잡으러 갔다가
눈이 또롱또롱한 하늘만 잡아 가지고 온답니다.

우리들은 잠자리를 잡으러 갔다가
맴맴 맴을 도는 연못만 잡아 가지고 온답니다.

우리들은 잠자리를 잡으러 갔다가
볼록볼록 숨쉬는 가을해만 잡아 가지고 온답니다.

— 「우리들은 잠자리를 잡으러 갔다가」 전문

일원론적 감응으로 사물을 보면 모든 사유와 행위 자체가 어른들의 그것과 사뭇 다르다. 고기를 잡으러 여름 강가에 갔다가 크고 푸른 "저 강을 낚을 테야"라는 사유나, "잠자리를 잡으러 갔다가" "눈이 또롱또롱한 하늘"이나 "맴맴 맴을 도는 연못"을, 또는 "볼록볼록 숨쉬는 가을해만 잡아 가지고 온다"는 행위는 동화적 상상력에 입각한 천진성의 표현이다. 거기다 "친구들도 너무 놀라워/게처럼 눈이 툭 튀어나올 거야"라는 해조(諧調)는 감각적 새로움과 이야기성의 재미까지 획득하고 있다. 또 대화 형식의 도입과 형태의 모사성 등 다양한 시적 장치의 활용은 어린이의 마음으로 또 다른 세상을 바라보는 구체적 정황 속으로 우리를 인도한다. 이런 기법은 가장 허구적이면서도 사실적이다. 우리에게 환상적 가능성과 현실적 개연성을 동시에 생각하게 하는 즐거움을 주기 때문이다.

나는 공과 함께 논단다.
공은 나와 함께 놀려고 온단다.

공은 콩콩콩 뛰어오를 생각만 하지.
공은 공공공 굴러갈 궁리만 하지.

공은 즐겁게 놀 궁리만 해서
온몸이 발, 발, 발뿐이야.
개구쟁이 발뿐이야.

내 공 못 봤니? 못 봤니?
아니 저런!
벌써 옆집으로 친구를 부르러 뽀르르 달려갔네.

—「나는 공과 함께」 전문

이 동시는 공과 함께 노는 아이들의 행위를 순차적 질서와 감흥에 따라 이미지화한 것이다. 1연은 공과 함께 논다는 상황의 제시이다. 2연은 공이 높이 뛰어오르기도 하고 굴러가기도 하는 공의 속성과 역할을 표현하고 있다. 3연은 차면 달아나는 공과 공을 차겠다는 개구쟁이 아이들의 상반되는 충동이 '즐겁게 놀 궁리'로 합일하여 깜빡 공놀이에 몰입된 광경을 제시하고 있다. 그러다 어느 개구쟁이의 발에 차인 줄은 몰라도 같이 놀던 공이 옆집 담을 넘어가게 되어, 4연은 그 공을 찾으러 달려가는 아이들을 비유한 것이다. 여기에서는 어쩔 수 없이 순차적인 시간과 공간에 대한 엄연한 자각에 따를 수밖에 없다. 그러나 「나는 공과 함께」라는 이 동시는 '나'와 '공' 사이에 동화적 상상력으로 시적 주체를 서로 교묘히 뒤바꿔 놓으면서, 단순한 동시에 생각하는 능력을 부여해 놓았다. '나'와 '공'은 객체와 주체 사이로 존재하는 것이 아니라 동일한 시적 화자의 양면이 된 것이다. 곧 놀이의 주체인 '나'와 놀이기구인 '공'이 일체가 되어 있다는 뜻이다. '나'가 놀이에 깊숙이 빠져들면서 놀이기구인 '공'이 '나'의 일부가 된 셈이다. 이것은 바로 「떨어진 단추 하나」에서의 '깜빡'이라는 시간 개념과도 통한다. 그래서 이 동시는 '나는 공과 함께' 되기도 하고, '공은 나와 함께' 되기도 하는 일원론적 감응의 즐거움을 새롭게 제공해 준다.

우리는 여기서 이준관의 눈부신 감성의 눈길과 기발한 시적 재치를 동시에 읽게 된다. 가벼운 사색과 더불어 능숙한 언어 구사, 세련되고 지적인 시상의 처리 방식에 의해 구성된 참신한 이미지들, 결코 가볍게 읽을 수 없는 단순성, 순차적 감흥 뒤에 따라오는 경쾌함 등은 그가 '어린이 마음'으로 체험을 육화한 데다가 시 쓰기로 단련된 언어 구사 능력이 섬세한 직관 위에 포개져 이룩된 시적 성과라고 아니할 수 없다. 그러나 이 『우리 나라 아이들이 좋아서』의 의미는 이준관이 아이들에 직면한 삶의 체험을 자기화하고 있다는 점에서 보다 두드러진다. 곧 '깜빡'이라는 시간 속으로 몰입되었던 즐거운 시간에서 다시 아이들 앞에 놓인 현실적인 삶의 공간으로 돌아와, 그들의

정신적 근원에 속한 내밀한 의식도 정면으로 받아들이고 있다는 점
이다.

> 나 혼자 집에 있을 때는 참 심심하지.
> 그래서 공에게 부탁한단다.
> 공아, 나 혼자 두고 멀리 굴러가면 안 돼.
> 고양이에게 부탁한단다.
> 고양이야, 나 혼자 두고 깜빡 졸면 안 돼.
> 잎사귀에게 부탁한단다.
> 잎사귀야, 나 혼자 두고 바람따라 훌쩍 가면 안 돼.
> 나 혼자 집에 있을 때는 참 심심하지.
> 그래서 해에게 부탁한단다.
> 해야, 해야, 어서 가서 우리 엄마 데려와 다우.
>
> ― 「나 혼자 집에 있을 때는」 전문

『우리 나라 아이들이 좋아서』의 지배적 공간은 도시이다. 여기서
도시란 핵가족화 되고 맞벌이 부부가 늘어나면서 모두 바쁜 생활을
영위해 나가는 오늘날의 현실 개념이다. 그래서 학교를 다녀온 아이
들에게 집은 정겨운 어머니의 반겨줌 대신 생활에 쫓기는 가족을 기
다리며 나 홀로 빈 집을 지켜야 하는 '심심한' 공간이 된다. 이 동시
집의 지배적 공간을 좀더 엄밀히 말하면, 시골과 상대되는 장소로서
의 도시가 아니라 아이들이 자기 소외를 스스로 인정하고 고민하는
정신적 공간이다. 그래서 나 혼자 집을 지키고 있을 때는 공과 함께
놀자고 하고, 고양이도 함께 눈뜨고 있어야 하고, 나무 잎사귀도 바
람따라가지 말라고 부탁하는 공허한 중얼거림만 남게 된다. 이때
'나'는 '해'밖에 부탁할 길이 아무 데도 없다. '참 심심하지'라는 표

현은 공간에 대한 의식이다. 그러나 '해'는 시간성을 의미한다. "가서 우리 엄마 데려와 다우"라고 해밖에 부탁할 길이 없는 것은 어서 해가 기울어야 '참 심심하지'라는 공간 안으로 공, 고양이, 잎사귀보다 더 귀중한 가족들이 때맞춰 돌아와 주기 때문이다.

또한 이준관은 엄마가 쌀쌀맞게 대할 때나 형이 놀릴 때, 시험 점수가 형편없을 때 한번쯤 '집을 떠나고 싶은' 아이들의 정신적 충동감도 자기화한다.

집을 떠나고 싶을 때가 있지.
그런데, 그런데 내가 왜 이러지?
왜 자꾸자꾸 집으로만 가고 있지?
왜 대문 앞에서 머뭇머뭇거리고만 있지?
(……엄마, 문 좀 열어 줘)

— 「집을 떠나고 싶을 때가 있지」 끝 연

집을 떠났다가도 늦을 무렵이면 다시 돌아와 결국 나를 반겨줄 우리 집 "대문 앞에서 머뭇머뭇거리"지만, 순간순간 집을 떠나고 싶은 아이들 마음의 상처를 담담한 어조로 털어놓는다. 그는 남에게 어렵게 털어놓으면 고작 "애개개, 그것도 걱정거리니? 한심한 애야,/모두들 그렇게 핀잔을 줄" 아이들의 걱정거리에도 의식의 눈을 돌려, 혼자 "딸그락딸그락 내 필통 속에/넣어 갖고 다니는 걱정거리", "열 살에 딱 어울리는 많은 걱정거리"(「나는 걱정이 많아」)를 알아주고 다독여 준다. 이와 같은 일은 어린 시적 화자의 독백을 모두 이준관 자신의 내면적 체험으로 자기화하고 있기 때문에 가능한 일이다.

그런 의미에서 『우리 나라 아이들이 좋아서』는 '어린이 마음으로 또 다른 세상 바라보기'를 통해 아이들의 소외 의식과 정신적 고독감을 치유하는 방법을 함께 모색한 동시집이라고 할 수 있다. 결국 이준관은 『크레파스화』, 『씀바귀꽃』에서 보여주었던 자연 공간으로부터 도시의 닫힌 공간으로 돌아오게 되었고, 또 그 정신적 소외의 공간 안에서나마 아이들이 뛰어놀 골목 어귀, 혹은 학교 운동장, 아파트 단지 내 놀이터 등의 역동적 장소로 옮겨와, 곧잘 '깜빡'하는 아이들의 삶을 실감나게 표현해내었던 것이다. 거기에 동화적 상상력에 의한 이야기 기법을 포개 놓으며 시적 의미에 재미성까지 한껏 높여 놓았다. 다시 말하면, 『우리 나라 아이들이 좋아서』는 아이들의 내밀한 의식 세계에까지 파고 들어가 그들에게 내재한 소외감의 치유와 함께 무지한 권력과 비정한 세상사에 부대껴 온 시인의 좌절과 분노를 스스로 벗어버리는 자기 치유의 한 방법으로 이룩된 것이다. 따라서 인간 부재, 인간 상실이라는 어두운 현실에서 동심으로 그런 현실을 치유하고자 한 정신적 고양감이 '환상의 나라로의 여행'이라는 이준관의 동시 세계라 할 수 있다.

5. 동심과 시심과의 합일

이준관의 동시는 이렇듯 현실의 도피나 의식의 퇴행이 아니라 자기 극복의 한 과정이며, 인간을 회복하려는 시인의 정신적 고양으로 기능하는 또 다른 삶의 양식이었다. 하지만 동시가 삶의 격정을 회복하는 자기 치유의 한 방법이 되었다고는 하나, 작시의 대상이 어린이라는 점에서 시인 자신의 삶을 성찰하거나 실존의 고뇌를 수렴하기에는 그만한 한계를 지니는 문학 양식임엔 틀림없다. 따라서 이준관은 동시의 다른 편에 있던 시를 통해 자신을 드러내고자 했음은 당연한 일이다. 그래도 우리 인간이 꿈과 현실을 함께 살아가는 존재인 만큼, 이준관의 시 쓰기와 동시 쓰기의 공존 관계는 이미 그 두 의식의 합일이라는 지향적 과정을 예정하고 있었다. 그가 동시와 함께 시를 쓰는 동안 『가을 떡갈나무 숲』과 『열 손가락에 달을 달고』에 이르러서는 절망과 분노 등 삶의 격정이 수렴되고, 자연을 통해 안식과 포용 그리고 내적 성숙에 다다르고 있었다. 그것은 그의 시가 동심과 시심, 그 두 의식의 정신적 평형성을 유지하면서도 상보의 관계를 지닐 수 있었던 사실에 기인할 터이다. 거기에다 이준관 시 세계의 근원이 자연이라는 점도 이미 그 두 의식이 자연스러운 합일의 길을 내정하고 있었다고 보여진다.

분명 이준관의 동시와 시의 근간을 이루는 세계는 자연이다. 그에게 자연은 동경이나 경배의 대상이 아니고, 향유의 대상도 아니다. 그의 자연은 현실의 갈등을 수렴하고 깨달음의 감동을 이끌어내는 감응의 대상이다. 그 깨달음의 감동은 그의 삶 체험이 이입되어 있는 자연이기에 가능하다. 그의 동시와 시 속에 산재해 있는 계절, 풍경, 해, 산, 강, 마을, 새, 개, 나무, 눈, 비, 바람, 풀, 꽃, 나비, 아이 등 모든 자연물에 삶 체험이 이입되고, 또 삶의 성찰에서 유추된 자연인 것이다. 따라서 이준관은 현실의 비극적 인식을 자연을 통해 발산하기도 하고, 자연을 순수 공간으로 포용하여 인간을 회복하려 했다고 할 수 있다. 바로 그의 동심과 시심의 합일은 깨달음의 감동과 감응으로 인간을 회복해 가는 힘이 되었다. 최근 발표된 시 「부엌의 불빛」(『현대시』 1998. 7)은 그 좋은 일례가 되는 작품이다.

부엌의 불빛은
어머니 무릎처럼 따뜻하다.

저녁은 팥죽 한 그릇처럼
조용히 끓고,
접시에 놓인 불빛을
고양이는 다정히 핥는다.

수돗물을 틀면
쏴아 불빛이 쏟아진다.

부엌의 불빛 아래 엎드려
아이는 오늘의 숙제를 끝내고,
때로는 어머니의 눈물,
그 눈물이 등유가 되어
부엌의 불빛을 꺼지지 않게 한다.

불빛을 삼킨 개가
하늘을 향해 짖어대면
하늘엔
올해의 가장 아름다운 첫별이
태어난다.

— 「부엌의 불빛」 전문

　「부엌의 불빛」의 전체적인 분위기는 '어머니'란 그 명명처럼 따뜻
하고 자애롭다. 우리의 기억 한가운데에 여전히 잔존하는 어머니의
중심 일터는 부엌이다. 어머니가 일하시는 부엌은 따뜻한 김이 피어
오르고, 늘 푸짐하고 포근한 온기로 가득하다. 그래서 이준관은 "부
엌의 불빛은/어머니의 무릎처럼 따뜻하다"고 유년의 기억을 떠올리

며, 부엌의 불빛과 어머니의 온기 곧 사랑을 동일시하고 있다. 부엌의 불빛이 부엌에 있는 모든 사물들을 공평하게 고루 비추어 주듯, 어머니의 포근한 온기도 부엌의 모든 사물들에게 골고루 나누어진다. 어머니의 온기 속에 저녁은 팥죽처럼 조용히 끓고, 고양이는 접시를 핥고, 수돗물은 물을 쏟아내고, 아이는 숙제를 끝낸다. 자애롭고 푸근한 부엌의 온기는 어떠한 갈등도 없이 그야말로 평온한 동심의 공간을 이룬다. 하지만 이 시는 그 평온한 동심의 공간을 유지할 수 있었던 힘이 '어머니의 눈물'이라고 하는 시심에 의탁해 있다는 사실로 우리를 새롭게 일깨운다. 그 시심은 동심이란 관념의 껍질을 벗기는 시 정신이다. 바로 부엌의 어둠을 고루 밝히고 모든 갈등을 무화시킨 평온한 동심의 자리에 어머니의 온기를 유지시키는 눈물이 놓여 있는 것이다. 어머니의 눈물은 등유 같은 발화제가 되어 사랑의 온기를 지속시키는 힘이었던 것이다. 따라서 어머니 눈물은 고양이와 아이와 개가 하나의 공간 속에 갈등 없이 화합하는 근원이 되었다. 또한 그것은 이준관에게 모든 열정이나 좌절, 분노 등 곤고하던 젊은 날의 역정을 극복해내는 힘도 되었던 것이다. 결국 부엌의 불빛은 어머니의 눈물로 온기가 지탱되고, 세상의 어둠을 밝히는 힘으로 지향해 간다. 곧 어머니의 눈물은 "올해의 가장 아름다운 첫별"을 태어나게 한 동인이었다. '불빛을 삼킨 개'는 눈물로 밝힌 어머니의 온기를 삼킨 개와 동일한 의미를 지닌 까닭이다. 이렇듯 「부엌의 불빛」에서 어머니의 눈물은 인간과 인간의 갈등, 인간과 세계의 갈등이 수렴되는 힘이 되었고, 그 힘은 동심과 시심이 합일된 공간에 올해의 가장 아름다운 첫 별을 탄생시킨 것이다.

이준관은 「인가의 불빛」(『가을 떡갈나무 숲』)에서 "아직도 내가 사랑해야 할 일이 남았다면/죽을 때까지 내가 사랑해야 할 일은/저 인가의 불빛"이라고 토로한 바 있다. 그 인가의 불빛은 부엌의 불빛과 매

한가지다. 인가나 부엌의 불빛이 지상의 빛이라면, 올해의 가장 아름다운 첫 별은 하늘의 빛이다. 달리 말해서, 불빛이 인가에 비추는 어머니의 자애롭고 따뜻한 온기라면, 별은 하늘의 불빛이라는 점에서 온 대지를 밝혀주는 온기인 셈이다. 모든 지상에 있는 인가의 빛은 어머니의 자애로움으로 식구들의 곤고한 삶을 극복하게 하는 온기가 되고, 하늘의 빛은 온 세상을 두루 비추어 모든 사람들에게 희망을 잃지 않게 하는 온기가 되는 것이다. 하늘의 별빛이 영원히 불변하듯 어머니의 온기도 불변하다. 그것은 또한 동심의 불변성에 대한 믿음이기도 하다. 이같이 지상의 온기를 지속시키고 한 걸음 더 나아가 하늘의 빛으로 소생시켜 준 것은 바로 어머니 눈물의 승화라 아니할 수 없다.

분명 「부엌의 불빛」은 삶의 성찰에서 자신을 새롭게 돌아보는, 깨달음에 대한 감응일 수 있다. 이준관이 곤고한 삶의 현실에서 아직도 부엌의 불빛이 새어 나오는 따뜻한 온기를 회억할 수 있었던 것은 그의 가슴 한편에 동심의 공간이 자리 잡고 있다는 증거이다. 이런 동심의 공간 안에 잔존하는 그리움을 시심으로 복원시켜 의미 있게 제시해 준 시가 바로 「부엌의 불빛」인 것이다. 동심과 시심이 합일하여 이룩된 이 '부엌의 불빛'은 우리에게 곤고한 삶의 현실에서 잠시 안식을 얻게 하고 새롭게 자신을 돌아보게 하는 정서가 되어 준다. 이 정서는 우리에게 본원적 체험을 복원하고, 그 자리에 인간의 회복을 안착시킨다. 어머니 눈물이 만들어내는 온기는 진정 우리에게 인간다움이란 무엇인가를 일깨워 새롭게 자신을 되돌아보게 하는 힘의 원천으로 기능하는 것이다.

이준관의 시와 동시를 읽고 나면, 아침 안개나 저녁 연기가 피어오르는 적막한 산과 강이 있는 마을에 떠 있는 새와 빛에 대한 명상에 잠기게 된다. 그러다가 동심이 물든 길가에서 마주치는 이름 모를 생명들에 애틋한 연민을 느끼고 교감을 나누다 문득 어떤 그리움 하나를 가슴에 달게 한다. 어머니의 온기가 남아 있는 자애로운 공간 안에서 어린 새와 어깨를 나란히 하고 올해의 가장 아름다운 첫 별을 바라보며 순수한 사랑을 꿈꾸게 하는 힘. 바로 이준관의 시에서 동심은 정신의 집이다.

깊고도 아름다운 서정의 그늘

— 공재동론

1. 두 가지 의문에 담긴 시적 의미

공재동(孔在東 1949~)의 동시를 읽으면, 두 가지의 의문으로부터 자유롭지 못하게 된다. 그 하나는 시인이 살아온 일상의 생활공간과 그가 추구해 온 시적 사유가 너무도 다르다는 점이다. 공재동이 살아온 그 일상적인 삶의 공간은 푸른 바다가 맞닿아 있는 항구도시 부산이다. 1949년 경남 함안에서 태어난 그는 중학 시절까지 그 산골에서 살았지만, 마산에서 고등학교를 마치고 부산교육대학에 진학하면서 줄곧 부산을 삶의 터전으로 삼아 왔다. 하지만 그의 동시에서 바다를 배경으로 한 작품은 찾아보기 힘들다. 굳이 찾는다면, 방안에서 소라에 귀대고 바다의 숨결을 들어 보는 「소라껍질」정도일 뿐이다. 그가 1974년 『새교실』과 『교육자료』를 통해 「새싹」, 「아지랑이」, 「봄」 등이 천료되고, 다시 1977년 『아동문학평론』에 동시 「소나기」, 「가을에」로 문단에 나올 무렵부터 이제까지 농경적 상상력에 입각한 산골의 자연이 그의 동시 세계의 지배적인 배경이었고, 따라서 식물적 이미지가 시적 근간을 이루었다. 그가 1979년 『중앙일보』 신춘문예에 시조 「삼장시초」가 당선되어 시적 세계를 확장한 이후에도 그렇다. 첫 시조집 『휘파람』(빛남, 1991)에 담긴 세계도 산골의 자연이며, 거기서 생성된 한과 눈물이 주된 정조이다. 그것은 공재동의 시적 사유가 어린 시절의 체험과 정서에 뿌리 깊게 고착되어 있다는 것이고, 또 자기 삶의 근원에 집요하게 유착되어 있다는 사실을 말해 주는 것이다.

또 하나의 의문은 한 작품에 끈질기게 몰입하는 결벽성에 가까운 그의 시 정신이다. 한 번 발표된 작품이라도 시인이 다듬고 고치기를 반복하는 것은 그의 고유 권한이다. 하지만 선집이 아닌 경우, 어떤 특별한 계기를 제외하고는 한 번 동시집으로 묶여져 나온 작품을 다시 고쳐 발표하는 예는 흔치 않다. 일단 동시집으로 묶여져 나온 그 작품은 온전히 독자의 몫으로 돌려지기 마련에서이다. 그러나 공재동은 새로 동시집을 간행할 때마다 이미 발표된 작품들을 새롭게 다듬고 고치기를 반복하며 재수록해 왔다. 행갈이의 변형에서부터 작품 내용의 일부를 고치거나 제목을 바꾸는 일에 이르기까지 그는 이미 발표된 작품들을 끊임없이 퇴고하여 새로 간행되는 동시집에 재수록하는 집요성을 보여준다.

공재동의 동시를 읽으며 우러나온 이 두 가지 의문은 등단 이후 시작 생활 25년 동안 상재한 동시집 다섯 권의 시적 과정 속에 그대로 반영되어 있어, 그의 시적 면모를 다시금 주목하게 된다. 그는 탁월한 시적 서정성과 현실성을 총체적으로 그린 첫 동시집 『꽃밭에는 꽃구름 꽃비가 내리고』(새로출판사, 1979)를 간행하고 나서 제13회 세종아동문학상을 수상하며 주목받는 신인으로 출발하지만, 그 이후의 시적 모색은 첫 동시집의 세계를 다듬고 고치며 새로 추가하여 심화

공재동 제2동시집 『새
가 되거라 새가 되거라』
와 제3동시집 『별을 찾
습니다』

시켜 나갈 뿐이다. 제2동시집 『새가 되거라 새가 되거라』(남경출판사,
1981)는 그가 추구해 온 서정의 세계를 정재해서 보여주고, 제3동시
집 『별을 찾습니다』(인간사, 1984)는 첫 동시집에서 다른 면으로 제기
된 아이들 삶의 현실 문제를 구체적으로 담아내고 있다. 제4동시집
『단풍잎 갈채』(대교문화, 1988)에는 다시 자연의 서정만을 취하여 삶
의 근원적 향수를 되살려내고, 제5동시집 『바람이 길을 묻나 봐요』
(하얀돌, 1995)는 그동안의 일관된 시적 작업을 정갈하게 정리하여 그
의 시적 면모를 한눈에 살필 수 있게 한다. 공재동의 동시 세계는 이
같이 발표 순서대로 추스려 묶은 첫 동시집을 근간으로 하여 정갈한
서정과 아이들의 삶의 문제를 시인의 의지에 따라 새롭게 취택하여
심화시켜 나갔다. 그것은 공재동이 다양한 시적 모색을 통해 사유의
폭을 넓히기보다 서정의 깊이로 지향했음을 의미하는 것일 터이다.
곧 공재동은 내면을 향한 정신의 깊이를 추구한 시인이라는 사실을
알게 한다.

　이처럼 공재동의 동시 세계는 자기 삶의 근원으로 지향되고, 그 근

원의 향수로부터 시적 상상력이 발동되었던 것이다. 그가 한 번 발표
한 동시들을 다듬고 고치기를 집요하게 반복하며 하나의 세계에 깊
숙이 빠져들수록 삶의 근원으로 다가갈 수 있었고, 또 삶의 근원으로
다가갈수록 애틋한 서정으로 심화될 수 있었던 것이다. 또 한편으로
자기 삶의 근원으로 지향할 때 비로소 현실의 아이들과 동등한 입장
에 서게 되고, 그들에게 직면한 삶의 문제에 자연스럽게 귀 기울일
수 있었을 터이다. 따라서 그가 오래도록 삶의 터전으로 살아온, 바
다가 있는 부산의 다양한 배경들은 그의 동시 속에 안착할 겨를이 없
었던 셈이다.

공재동의 시적 사유가 내면의 깊이로 애틋하게 몰입해 갔다는 사실
은 어린 시절의 삶이 그렇게 행복한 것은 아니었음을 암시해 주는 일
이기도 하다. 그의 동시 전반에 깊숙이 스미어 있는 뜻 모를 슬픈 정
조는 아이들이 삶의 현실과 교직되면서 보다 더 심화되었을 법하다.
그가 동시를 쓰며 아이들의 삶에 관심을 갖는 일이 그 자신 어린 시절
삶의 보상이라 할 만큼, 공재동은 자신의 삶의 근원적 향수로부터 정
갈한 서정의 그늘을 찾아 안착함으로써 삶의 위안을 얻을 수 있었다.

결국 공재동의 동시 세계는 첫 동시집에서 모색된 시적 사유를 다
듬고 고치고 심화시켜 서정의 깊이로 몰입해 갔고, 또 한편으로 아이
들 삶의 현실에 귀 기울여 그들에게 얽매인 현실의 끈을 풀어 꿈을
놓아주는 일로 구상화되었던 것이다. 이때 공재동의 동시 세계는 서
정성과 현실성이 끊임없이 갈등과 화해, 극복과 긴장 관계로 고양되
며 전개되어 갔던 것이다. 그런 과정 속에서 공재동은 깊이의 시학이
추구되고, 시적 서정성과 현실성을 함께 포용하는 관용의 미학을 형
성할 수 있었다. 하지만 시적 감수성이나 삶을 고뇌하던 그 기반은
언제나 어린 시절 그가 태어나 자라며 밟고 디딘 땅이었다. 그 땅은
향수의 근원으로 향하는 길이 되고, 시적 사유의 씨앗을 묻는 흙이

되었던 것이다.

2. 작고 고운 생명, 그 근원적 향수

첫 동시집의 『꽃밭에는 꽃구름 꽃비가 내리고』(1979)의 표제에서 볼 수 있듯이, 공재동의 시적 사유의 출발은 바로 땅이며 꽃밭이다. 그 꽃밭은 그가 표상하는 동심의 근원지이며, 산골에서 태어나 어린 시절을 보낸, 삶의 근원으로 통하는 길이기도 하다. 그곳은 생명성을 중시하는 농경적인 관점에서 보자면, 인간의 유연한 관심과 노력 여하에 따라 달라지는 인위적인 텃밭이다. 따라서 그 꽃밭은 공재동에게 새로운 삶의 기대와 가치와 열정을 심고, 또 새로운 세대에 희망을 거는 최초의 시적 사유의 공간이 되었다. 바로 공재동은 그 꽃밭에서 작은 생명체인 새싹을 가슴 벅차게 만난다. 그 작고 고운 생명의 약동으로부터 그의 시적 사유가 시작되었던 것이다.

　　새싹의 작은 손이
　　땅을 연다.

　　새싹의 작은 손이
　　하늘을 연다.

　　태양은 새가 되어
　　들판 가득히
　　지저귀고

새싹의 작은 손이
연두빛
문을 연다.

— 「새싹」 전문

이 「새싹」은 1973년 3월 10일에 쓴 최초의 동시이다. 그리고 꼭 일년이 지난 1974년 3월 10일에 두 편의 「새싹」을 더 썼는데, 따라서 첫 동시집에는 같은 제목의 동시 「새싹」이 세 편 수록되어 있다. 하지만 그 세 편의 동시에는 모두 3월 10일에 썼다는 날짜가 못 박혀 있다. 그렇다면, 그에게 양력 3월 10은 어떤 특별한 날인가? 아마도 그 날은 24절기의 하나인 경칩을 전후한 시기일 듯하다. 경칩은 땅속에 들어가 있던 동물이 동면을 마치고 깨어나 꿈틀거리기 시작한다는 뜻이듯, 3월 10일이라면 대지에 감도는 새봄의 신선한 기운을 느낄 수 있는 날일 것이다. 세상을 처음 경험하는 새싹은 분명 봄의 전령이다. 겨우내 죽은 땅을 헤집고 돋아나는 그 새싹의 작은 약동은 우리에게 새삼 싱그러운 생명감을 일깨워 준다. 그래서 새싹이 쏘옥 땅을 밀고 나오는 것은 하늘을 여는 일로 비견된다. 이 어린 초록 생명의 새로운 세상 경험을 축복이라도 하듯, 태양은 세상을 화사하게 비추고 새들은 노래한다. 그러한 꽃밭은 "꽃구름/꽃비가 내리고//꽃밭에는/꽃바람/꽃비늘이 날리고//꽃밭에는/꽃그림자/꽃내음이 고"이는(「꽃밭」) 축복의 공간이 된다. 처음 동시의 문을 연 공재동이 그 첫 제재로 새싹을 인식해내었다는 사실은 자기 삶의 새로운 시작을 의미하는 일이기도 하다.

봄비 그친 텃밭은
일 학년 교실

햇볕이 사알짝
스쳐만 가도

저요
저요
저요

와자하게 손 내미는
새싹
새싹들.

— 「새싹」 전문

  1974년 3월 10일에 발표된 이 「새싹」은 "봄비 그친 텃밭"을 "일 학
년 교실"의 풍경으로 연상해낸 동시이다. 햇볕이 닿으면 새 생명, 새
기운으로 더욱 신선한 초록빛을 발하는 어린 새싹들의 모습은 교실
에서 어떠한 질문에도 서로 다투어 손을 드는 천진한 아이들의 생동
감 넘치는 광경과 비견될 만하다. 그 광경에서 우리는 분명 생명의
촉기를 체감한다. "햇볕이 사알짝/스쳐만 가도∥저요/저요/저요∥
와자하게 손 내미는" 그런 어린 생명체의 모습은 갓 입학한 아이들
의 본능적인 호기심과 신선하게 연결되어 생명감각을 새롭게 일깨워
주고 있는 것이다. 교육대학을 마치고 교단에 선 그가, 새싹들이 처
음 세상의 "연두빛 문을 여는" 꽃밭을 교실로 비유할 수 있었던 것은
체험적 진실이다. 아이들과 새싹을 서로 연계시킬 수 있었던 것은 그
들 모두 '소중하게 자란다'는 이미지로 떠올려지기 때문일 것이다.
  이렇듯 공재동의 새싹에 대한 인식은 키우는 것이 아니라 스스로

자란다는데 놓인다. 아이들이 "저요/저요/저요" 하고 스스로 손을 드는 광경처럼 새싹의 움틈도 땅의 문을 열고 스스로 나오는 것이다. 새싹이 움트는 그곳이 비록 인간이 만들어 놓은 꽃밭이나 텃밭이라는 인위적인 공간이라 하더라도 공재동은 그들 스스로 자라는 생명력을 노래하고 싶었던 것이다. 따라서 그는 '자란다'는 인식을 보다 더 심화하기 위해 자연의 공간으로 시적 상상력을 지향하게 된다. 곧 그의 시적 사유는 꽃밭이나 텃밭이란 인위적이고 닫힌 공간에서 들판이라는 자연적이고 열린 공간으로 확대된다. 공재동의 시적 상상력이 이렇게 새싹에서 풀꽃으로 지향함으로써 그의 시적 공간도 따라서 확장된다.

풀잎이 봄내
기도로 피운다.

풀잎에 글썽이는 이슬과
풀잎에 반짝이는 햇살과
풀잎에 서걱이는 바람이
떨며 흐느끼며
새로이 태어난다.

들녘 끝 어디서나
문득문득
이름도 없이 다가서는
낯익은 모습들

풀잎이 봄내

눈물로 가꾼다.

―「풀꽃」 전문

　들판의 풀들은 텃밭의 새싹과는 아주 다른 자연 환경 속에서 자라나야 한다. 그들은 스스로 주어진 환경에 적응하여 어려운 여건을 극복하며 살아남아야 하는 존재자이기 때문이다. 그들이 살아남아 피워낸 한 송이 풀꽃에는 그래서 삶의 몸짓이 배어 있게 마련이다. 아무도 돌보아 주는 이 없는 풀잎에 이슬이 맺히면 그 이슬에 햇살이 내려와 반짝이고, 바람이 떨며 흐느끼면 풀잎은 봄내 손 모은 기도로, 혹은 눈물로 꽃을 피워내야 한다. 한 송이 풀꽃이 아름다운 것은 숱한 어려움을 겪으며 스스로 이겨내었다는 데 있을 터이다. 그 질긴 생명력이야말로 공재동이 인식한 '자란다'는 시적 의미이며, 새싹이 땅과 하늘을 연 보람인 것이다.

　한 송이의 작고 고운 풀꽃을 피워내는 데에 필수적인 요소는 물이다. 그 물은 공재동의 동시에 매우 중요한 의미를 지니게 된다. 이슬과 햇살과 바람이 풀잎에 일어 풀잎을 "떨며 흐느끼며 새로이 태어나"게 하는 것이 바로 '눈물'인 까닭이다. 풀꽃은 그 눈물의 힘으로 아름다운 꽃을 피울 수 있었던 것이다. 이때 이슬과 눈물의 심상은 물이며, 농경적 상상력에 뿌리를 두고 있다. 첫 동시집 『꽃밭에는 꽃구름 꽃비가 내리고』에 세 편의 「새싹」과 함께 네 편의 「이슬」이 수록되어 있을 만큼, 동재동의 시 의식에서 이슬, 눈물 등 지배적인 심상이 물이며, 그 물을 필요로 하는 새싹, 풀꽃 등의 식물적 이미지가 그의 시적 근간을 이룬다. 그리고 새봄에 세상을 처음 여는 것이 새싹이며, 이른 아침에 맺힌 것이 이슬이라는 그 근원적인 인식에도 맞닿아 있는 심상이다.

이른 아침

아이 하나 나와
풀잎에서
구슬을 딴다.

아무리 따도
두 손만 젖고

아무리 따도
빈 손만 남고

이슬은 깨어져
눈속에 숨는다.

— 「이슬」 전문

　이른 아침 풀잎에 맺힌 이슬은 또한 신선함과 순결함의 상징물이
다. 아무도 일어나지 않은 이른 아침에 맺히는 그 맑은 물을, "아무
리 따도/두 손만 젖고// 아무리 따도/빈 손만 남는" 욕망이 소거된 심
상인 까닭이다. 이른 아침 이슬 따던 아이의 깨어진 욕망이 눈 속에
숨어 그 아이의 눈에서 또 다른 이슬을 영롱히 떨구게 된다는 이 「이
슬」은 바로 눈물과 동의어가 된다. 그 눈물은 천진한 아이가 자라며
세상을 인식하는데 필연적인 요소이기도 하다. 이처럼 이슬은 따도
따도 "빈 손만 남는" 순수 욕망의 신성한 생명체인 것이다. 그 생명
체는 마치,

별들
빤짝이며
놀다간 자리마다

이슬
이슬이
이슬이
맺혔다

잘 가라는
풀잎의
인사처럼

더러는
글썽이는
눈물처럼

밤새
풀잎에서
속삭이다 돌아간

별들
별들의
작별처럼

— 「이슬」 전문

그 너른 들판 어디에도 이른 아침이면 어김없이 풀잎에 맺혀 있다. 따라서 그 이슬이 밤새 별들이 놀다간 자리의 흔적이고, 풀잎이 별에게 남긴 아쉬운 작별의 자취인 것처럼 반가운 인사와 아쉬운 작별의 연상작용으로 생성된 이미지가 눈물이다. 그렇다면, 공재동에게 눈물의 진정한 의미는 무엇일까? 아마도 이 세상에서 가장 순수하고 순결한 것, 인간이 표현할 수 있는 감정 중에 가장 근원적인 것이 눈물일 터이다. 따라서 공재동이 삶의 근원으로 인식하는 시적 사유 속에 새싹과 별이 존재하고, 이슬과 눈물이 놓이게 되었던 것이다. 이 세상에 첫 눈 뜨는 새싹과 아무도 손닿지 않는 순결한 별, 이른 아침에 풀꽃에 맺힌 이슬과 인간에게 가장 순수한 눈물이 바로 공재동이 인식하는 근원적인 것이 아니었을까? 그 근원적인 이미지들은 모두 작은 생명체이며 그리움과 작별을 의미화한다. 또한 그것들은 서로 상관성을 맺고 긴밀하게 연계되어 공재동의 삶의 근원적 향수를 불러내는 중심 제재가 되었다.

즐거운 날 밤에는
한 개도 없더니
한 개도 없더니

마음 슬픈 밤에는
하늘 가득
별이다.

수만 개일까.
수십만 갤까.

울고 싶은 밤에는
가슴에도
별이다.

온 세상이
별이다.

— 「별·2」 전문

별은 이처럼 근원적 향수를 불러 오는 상징물의 하나이다. 밤에는
하늘에서 반짝이고 새벽에는 풀잎에 내려 이슬이 되는 그 별은 하늘
에 피는 꽃이며 지상에서 볼 수 있는 작고 고운 생명체이다. 하지만
"즐거운 날 밤에는/한 개도 없"던 그 별이 "마음 슬픈 밤에는/하늘
가득", "울고 싶은 밤에는/가슴에도/별"로 수놓는다는 것은 인간의
가장 근원적인 감정인 눈물을 의미화한 것이다. 눈물 맺힌 눈으로 보
는 밤의 세상은 온통 별빛이기 때문이다. 따라서 별은 풀잎에 내리면
이슬이 되어 즐거운 날에는 한 개도 볼 수 없지만, 슬픈 날 우리의 가
슴속에 내리면 눈물이 되어 온 세상이 별천지가 된다. 세상의 아름다
운 것들은 모두 "사라져선 샘물처럼 눈 속에 고여/끝없이 솟아나는/
눈물이 되"어 우리의 "고운 마음속에 살아 있"(「아름다운 것은」)기 때
문에 아름다울 수밖에 없는 것이다.
　이렇듯 공재동의 첫 동시집을 지배하는 중심 제재는 식물적 이미
지이고, 그 근원적인 요소는 물이다. 새싹과 별, 이슬과 눈물을 동심
의 중심에 세운 것은 모두 작고 고운 생명체이면서, 어린 시절이 몸
에 밴 농경적 상상력의 소산이라 할 수 있다. 그러면서도 그 작고 고
운 순수 생명체를 통해 꽃밭과 들판, 축복과 슬픔, 만남과 작별의 이
미지를 함께 읽게 하며 근원적 향수를 고양하는 것이다. 바로 공재동

의 동시 세계는 이러한 근원적 심상들을 통해 내면을 향한 정신의 깊이로 몰입해 갈 수 있었던 것이다.

3. 아이들의 삶의 현실과 슬픔

공재동의 동시 세계에 깊이 드리워진 서정은 뜻 모르게 슬프면서도 아름답다. 왜 이토록 공재동은 슬픔을 시의 미학으로 삼았을까? 그의 동시에 스며 있는 뜻 모를 슬픔은 삶의 근원으로 향하는 그 어린 시절과 깊은 관련을 맺고 있을 듯하다. 어린 시절 성장기에 있을 법한 마음의 상처라든가 가난, 혹은 아버지에 대한 아픈 기억이나 눈물 많은 어머니에 대한 기억 등이 그 슬픔의 동인이 될 수 있다. 하지만 그의 슬픔이 표면으로 구체화되었던 것은 아이들에 대한 현실 인식을 통해서이다. 그것은 첫 동시집 『꽃밭에는 꽃구름 꽃비가 내리고』의 다른 한 견에서 목격되는 그의 또 다른 시 의식이기도 하다. 그가 아이들을 위한 시를 쓰면서 한 견에 늘 염두에 두었던 것은 아이들이 처한 삶의 현실이었다. 곧「바람이 된 아이들」,「물구나무」「판자촌」,「의사 선생님」등에 나타난 가난이나 아이들에게 얽매인 삶의 속박이다. 그래서 공재동은 꿈을 꾸며 자라나야 할 아이들에서 속절없이 얽매인 현실을 벗어나 자유롭게 비상하기를 갈망한다. 제1 동시집에서 정선된 동시들만을 골라 뽑고 다듬어 재수록한 제2동시집 『새가 되거라 새가 되거라』(1981)에는 10여 편의 신작이 수록되어 있는데, 그 중 이러한 그의 시 의식이 잘 반영되어 있는 동시가 「시계」이다.

　　새처럼 자유롭던

시간들이
고 작은 상자 속에
갇혀 있다.

땡, 땡, 땡, 땡……
얼마나 갑갑했으면
12시는 12번씩이나 벽을 치며
저 아우성일까.

시계를 볼 때마다
말간 유리문을
활짝 열고

시간들을 자유롭게
놓아주고 싶다.

새처럼
멀리
날려 주고 싶다.

— 「시계」 전문

이 동시는 아이들의 삶의 현실을 유리문에 갇힌 시간으로 비유하
고 있다. 아이들은 자연과 가장 친근한 존재자이다. "새처럼 자유롭
던 시간들"을 작은 상자 속에 가둬 놓아 "12시는 12번씩이나 벽을
치며/저 아우성" 하는 광경을, 방안에 가둬 둔 아이들의 모습으로 환
치시킨 것이다. 따라서 이 「시계」는 "시계를 볼 때마다/말간 유리문

을/활짝 열고 // 시간들을 자유롭게/놓아주고 싶"듯 그들에게 아무런 구속 없이 생각하고 자유롭게 뛰놀도록 해 주고 싶어 하는 시인의 욕망이 담겨 있다. 그 욕망은 다시 다듬어지고 고쳐져 그의 동시집에 세 번씩 반복되어 나타난다. 곧 이 동시는 제2동시집에 처음 나온 이후 제3동시집과 제5동시집에 다른 모습으로 손질해 재수록되었던 것이다. 제3동시집 『별을 찾습니다』(1984)에는 1연의 "고 작은 상자 속에"가 "1, 2, 3, 4, ……번호를 붙인 채/숨 죽이며 상자 속에"로 보다 구체화되어 있다. 그리고 아이들이 읽기에 편한 구어체 문장과 서정적 자아인 '나'를 삽입하여 주체를 분명히 밝혀 두고 있다. 그것은 시적 서정성에서 현실성을 강화한 시적 모색으로 보인다. 그렇게 강화된 아이들의 삶의 현실 문제가 제3동시집에서 현장감 있게 추구되고, 화자의 슬픔이 보다 더 직접성으로 드러나며 아이들의 행동에도 동참한다. 그만큼 「시계」는 다듬고 고치기를 반복해 온 공재동의 집요한 시 정신을 보여주는 중요한 동시 중 그 하나이다.

우리가 간 곳은
지난해도 왔던 그 숲이었습니다.
먼저 간 반들이 들어차서
앉기도 마땅찮은 비좁은 숲에서
우리는 점심을 먹었습니다.

선생님은 선생님끼리
우리는 우리끼리
즐겁게 점심을 먹었습니다.

점심을 먹고 주스를 마시고

빵을 먹고 사탕을 빨고……
그러다가 되돌아 학교로 옵니다.

우리는 한눈 팔지 않았습니다.
우리는 뛰지도 않았습니다.
우리는 쓰레기를 버리지도 않았고
더구나 노래는 부르지 않았습니다.

즐거웠느냐고 물으시는 엄마에게
그랬다고 크게 대답했습니다.
숙제가 없다니
그게 어디에요.

—「소풍날」 일부

    이 「소풍날」은 아무런 꿈도 목적도 없이 소풍을 다녀온 아이들의 담담한 현실의 모습을 진술하고 있는 동시이다. 소풍 전날 밤은 으레 잠을 설치게 마련이다. 어떤 고정된 틀에 매인 일상적인 학교생활을 벗어나 자연 속에서 하루를 보낸다는 것 자체가 마음 설레는 일이기 때문이다. 하지만 이 동시에는 제도화된 학교의 일 년 행사 중 하나를 치른다는 느낌을 지울 수 없는 "지난해에도 왔던" 그 소풍의 전경이 어떠한 즐거움 없이 아주 담담하게 그려져 있다. 그저 아이들은 선생님의 지시대로 "한눈 팔지 않았"고, "뛰지도 않았"고, "쓰레기를 버리지도 않"는 모범적인 행동으로 소풍을 다녀올 뿐이다. 하지만 소풍이 "즐거웠냐고 물으시는 엄마에게"는 "그랬다고 크게 대답"을 한다. 그날 하루 "숙제가 없다"는 아주 큰 이유에서이다. 언제부턴가 우리 아이들은 골목 놀이터를 주차장으로 빼앗기고 학교 갔다 돌아오면 학원

가방을 챙겨들고 학원을 가야 하는, 부모가 짜놓은 바쁜 일과표에 따라 움직인다. 고달픈 하루의 일과를 마치고 집으로 돌아온 아이들이 또다시 시달려야 했던 것이 그 지긋지긋한 숙제일 터이다.

「별을 찾습니다」는 실제 숙제를 제재로 한 동시이다. 곧 학교에서 정해준 별자리 숙제를 해결하기 위해 친구들이 모여서 백과사전을 뒤지며 숙제를 한다는 이야기이다. 정작 그를 슬프게 하는 것은 아파트의 작은 방에서 은하수 카시오페아 자리를 찾아야 하는 현실적으로 불가능한 숙제를, 오직 백과사전을 베껴서 해결할 수밖에 없는 그들에게 당면한 현실이다. 그 외에도 지각할까 늘 불안해 하며 학교에 가야 하는 「우리는 오후 반」이나, 등록금 걱정에 잠 못 드는 아버지의 머리맡에 무겁게 내리는 「겨울비」, 교통질서를 지키지 않는 어른들을 힐책하는 「신호들 앞에서」 등의 동시들을 통해서 학교 현실이나 우리 어른들의 이중성을 가차 없이 비판한다. 거기에는 분명 우리의 교육 현장과 사회 현실의 모순이 그대로 맞물려 있다. 그가 교육대학을 졸업하고 초등학교에 몸 담으면서 동시를 썼던 그때는 1970~80년대란 파행적 정치사의 현장에 놓인 시대였다. 삶에 대한 회의와 질문을 본격적으로 개진하고 정치 세력에 의해 주도되고 왜곡되었던 삶의 실상을 질타하며 현실과 뚜렷하게 맞서야 했던 시기이다. 이때 그에게 동시는 모순된 사회 구조 속에 놓인 아이들 삶의 현장에 대한 통찰이자 그런 현실에 대한 각성이라는 측면과 깊이 관련된다. 그래서 그는 동시집마다 "시험 성적 잘못 받아 꾸중들은 어린이에게"나 "공부에 지친 어린이들에게" 자신의 동시가 '조그만 위안'이 되기를 갈망해 왔다. 그는 우리의 모순된 사회 제도 속에서 아이들이 하루 종일 어른이 짜놓은 틀 속에 갇혀 가슴에 담고 키울 그들만의 꿈을 잃고 살아간다고 인식했기 때문이다.

공재동은 "날고 싶어도 날개가 없는 것"보다 "날개가 있어도 날지 못하는 것"을 더 슬퍼했다. 그것은 꿈이 있어도 그 꿈을 실현할 수 없는 우리 아이들이 처해진 현실에 대한 슬픔이다. 바로 공재동은 동시를 통해 어른들의 꾸중에 익숙해지고 숙제에 시달리는 아이들에게 날개를 달아 주고 싶었던 것이다. 그렇다면, 공재동이 아이들에게 달아 주고 싶었던 그 날개란 무엇인가? 그것은 그들 스스로 현실을 깨닫는 삶 인식에 놓여 있다. 어른이 지워 준 숙제 같은 구속이 아니라 자연과 친숙하게 지내며 그들 스스로 생각하고 깨닫는 삶이다.

짝지와
싸우고
울며 울며 돌아와

아무도 없는
빈 방에서
식은 밥을
먹는다.

그 눈물
아귀아귀
볼우물에 고인다.

—「식은 밥」 전문

「식은 밥」은 아이들에 대한 삶 인식을 대변해 주는 동시이다. 우리는 간혹 언짢은 일로 다시는 안 볼 듯이 짝지와 싸운 적이 있을 것이다. 힘에 부쳐 이길 수 없을 땐 분해서 눈물부터 터져 나온다. 울면서 돌아온 집에는 편들어 줄 사람이 아무도 없어서 더욱 서러워진다. 분은 삭지 않았지만 힘을 쓴 탓에 배는 고파 훌쩍거리며 혼자 먹는 식은 밥이 웬일인지 입아귀에서,넘어가질 않고 자꾸만 목에 걸린다. 짝지와 싸운 일도 따라서 목에 걸린다. 그때 은근히 마음이 아려오며 씹던 밥이 불현듯 또 다른 슬픔이 되어 볼우물에 고인다는 것이다. 이렇듯 이 동시는 아픔을 깨달으며 성장하는 아이의 모습을 담고 있다. 아이들 자신의 삶을 스스로 반성하고 성찰할 수 하게 하는, 그런 날개를 달아 주고 싶었던 것이 공재동이 인지한 아이들에 대한 삶 인식이다. 이「식은 밥」은 그의 어린 시절이 투사되고 직조되어 나타난 삶 체험일 듯하다.

제3동시집『별을 찾습니다』에는 이처럼 아이들의 현실 문제를 심도 있게 부각시키고 있지만, 그것은 단지 현실을 고발하고자 한 것은 아니다. 그가 시대에 맞서는 문학적 응전으로써 새로운 세계를 아이들과 함께 꿈꾸어 왔다기보다 아이들 스스로 생각하고 각성하며, 그들만의 꿈을 키우는 하나의 방법으로 현실의 문제를 제기한 것일 뿐이다. 그만큼 공재동에게 아이들이 처한 삶의 문제는 또 다른 슬픔의 깊이로 심화될 수밖에 없었다.

4. 슬픔의 극복을 위하여

제4동시집『단풍잎 갈채』(1988)와 제5동시집『바람이 길을 묻나 봐요』(1995)에 오면, 공재동은 다시 서정성을 심도 있게 천착한다. 그것은 아이들의 현실에 놓인 삶을 그 자신의 삶의 근원적인 문제 안에 포용하는 방법이기도 하다. 이같이 서정성과 현실성을 모두 수용하는, 그 포용력은 어디에서 오는 것일까? 공재동의 동시 세계는 과거와 현실이 함께 투시되고 교직되면서 서정의 깊은 그늘을 드리울 수 있었다. 따라서 그 서정성과 현실성이라는 그 두 의식의 뿌리는 모두 슬픔에 맞닿아 있다. 아이들의 현실에서 보인 슬픔도 자신의 어린 시절이 드리워진 슬픔과 병치되어 나타난 현상이다. 그것은 "진달래 우거진/언덕 위에 서면∥아스라히 먼/하늘 가으로/눈물 같은 어린 날이/곱게 어리고∥꽃물처럼/번지는/고향 생각에∥가슴 가득/피어 오는/분홍빛 꽃불∥진달래/진달래/마음만 탄다."라고 노래한 「진달래」를 통해 이해할 수 있는 일이다. 여기서 그 "눈물 같은 어린 날"이라는 자신의 삶 체험이 바로 그의 근원적인 서정의 그늘이 되었을 뿐 아니라 아이들에게 날개를 달아 주고 싶은 시적 사유로 승화되었던 것이다.

그가 그동안 이루어 놓은 시적 작업을 잘 정돈하여 자신의 시적 면모를 한눈에 살피게 하는 제5동시집 『바람이 길을 묻나 봐요』는 그 "눈물 같은 어린 날"의 극복 과정을 잘 보여주고 있다. 공재동의 동시 세계에 드리워진 그 슬픈 서정의 아름다움은 분명 슬픔을 극복해 나가는 시 의식에 놓인다. 하지만 우리의 현실에서 슬픔을 극복하는 길은 그렇게 순탄치만은 않다. 아직도 아이들의 삶의 현실은 걱정스럽기만 한 까닭에서이다.

꽃들이 살래살래
고개를 흔듭니다.

바람이
길을 묻나 봅니다.

나뭇잎이 잘랑잘랑
손을 휘젓습니다.

나뭇잎도
모르나 봅니다.

해가 지고
어둠은 몰려오는데

바람이 길을 잃어
걱정인가 봅니다.

— 「바람이 길을 묻나 봐요」 전문

바람은 어디든지 다 도달하며 몸에 닿는 물체마다 흔들어 놓는 존재자이다. 「바람이 길을 묻나 봐요」에서 공재동은 바람의 흔듦 현상을 길을 묻는 길손의 모습으로 제시하고 있다. 하지만 꽃도 나뭇잎도 바람이 가야 할 길을 몰라 고개를 흔들고 손을 젓고 있을 뿐이다. "해는 지고/어둠은 몰려오는데" 갈 길을 몰라 헤매는 바람이 걱정스럽다는 공재동의 시 의식은 아직도 갈 길을 찾지 못하는 고독한 방랑자의 모습으로 비쳐지고 있다. 어쩌면 아이들에게 날개를 달아 주는 일이 끝이 보이지 않고 아득하다는 시인의 심정을 고스란히 담고 있는 동시인 듯해 보인다.

그러나 이러한 공재동이 보여준 방랑의 시적 사유도 다시 시작하는 일로 새롭게 모색된다. 새로운 시작은 분명 슬픔을 아름답게 극복하는 힘이 되어 주는데, 그 힘의 결정체가 바로 '꽃씨'이다. 「꽃씨를 심어 놓고」, 「꽃씨」, 「채송화 꽃씨」, 「민들레 꽃씨」, 「씨앗은 작아도」 등 유독 제5동시집에는 꽃씨를 제재로 한 동시가 식물성을 제재로 한 작품들과 함께 눈에 띄게 많이 등장한다. 그것은 공재동이 추구하는 시적 모색이 바로 꽃씨에 놓여 있다는 사실을 말해 주는 것이다.

씨앗은 시작의 의미가 내포되어 있어서 늘 새로움의 경험을 가능케 하는 출발의 뜻이 담겨 있다. 새싹에서 비롯된 그의 시 의식이 꽃씨로 다시 순환되는 것은 결코 우연한 일이 아니다. 공재동의 시적 사유가 농경적 상상력과 식물적 이미지에 그 뿌리를 두고 있기 때문에 가능한 일이다. 그가 공부에 지친 어린이나 시험 성적으로 꾸중 듣는 어린이에게 조그만 위안이 되고자 했던 그 구체적인 심상이 결국 꽃씨였던 것이다. 공재동 동시 세계의 탁월한 서정이 슬픔을 배태하고 그 슬픔을 극복하는 과정에 놓여 있다면, 꽃씨는 그 과정을 이루는 처음이며 마지막이다.

꽃씨를 심어 놓고
싹이 트길 기다리는 동안
우리들 마음은
황홀한 꿈으로 가득 찬다.

새싹이 자라
꽃이 피길 기다리는 동안
우리들 가슴은
따스한 설렘으로 가득 찬다.

세상은
하늘에 걸린 무지개처럼
그렇게 아름다운 것일까

꽃이 지고
까만 씨앗이 여물어 갈 때쯤

우리는 비로소
눈물로 얼룩진 기다림을 안다.

— 「꽃씨를 심어 놓고」 전문

이 「꽃씨를 심어 놓고」는 우리에게 "황홀한 꿈"과 "눈물로 얼룩진 기다림"을 함께 인지시키며 슬픔을 깨닫고 극복하는 조용한 숨결을 느끼게 해 준다. 꽃씨를 심는 일은 꽃을 피우는 희망을 심는 일이다. 그래서 "꽃씨를 심어 놓고/싹이 트길 기다리는 동안"은 황홀한 꿈과 설렘으로 가득 찰 수밖에 없다. 그러면서도 공재동은 이제 다시 "꽃이 지고/씨앗이 여물어 갈 때쯤/우리는 비로소/눈물로 얼룩진 기다림을 안다"고 한다. 삶의 아름다움이 기쁨과 함께 슬픔을 느끼고 깨닫는 데 있다는 사실이다. 꽃씨를 심어 놓고 "황홀한 꿈"과 "눈물로 얼룩진 기다림을" 함께 느낀다는 것은 그 얼마나 아름다운 삶 인식인가? 씨앗이 여물 때까지 기다림과 그리움은 다시 꽃씨를 심으며 설레는 꿈으로 피어날 수 있는 까닭이다.

꽃씨는 이미 공재동의 추구해 온 작고 고운 생명체 중 하나이다. 그러나 꽃씨가 작고 고운 생명체이면서도 새싹, 이슬, 눈물과 다른 점은 그 속에 무한한 가능성과 꿈이 잉태되어 있다는 것이다. 곧 꽃씨는 생명의 근원이며 무한한 가능성의 세계이다. 공재동이 삶의 근원으로 지향하며 서정의 깊이를 드러내고, 또 새롭게 피어나는 꿈과 가능성을 지닐 수 있었던 것도 꽃씨를 통해서이다. 따라서 공재동은 "어른들은 꽃밭에/꽃씨를 뿌리지만//꽃으로 피는 건/우리들의 마음이다." "어른들은 꽃밭에/물을 주지만//꽃으로 피는 건/우리들의 꿈이다."(「우리들의 꿈」)라고 노래한다.

꽃씨는 인간의 유한한 존재성과도 비교되는 생명체이다. 꽃씨는 그 존재의 유한성을 넘어서 무한한 생명성을 응축하고 있는 근원이다.

공재동의 꽃씨는 농경적 상상력에서 촉발된 시 의식이다. 씨를 뿌리고 수확이 끝나면, 다시 씨를 뿌리고 수확을 기다리는 그 농경적 상상력은 순환한다는 점에서 늘 진행형이다. 꽃씨를 뿌리고 그것이 자라 꽃을 피우고 다시 꽃씨를 남기듯, 꽃씨를 뿌리고 싹이 트길 기다리는 동안 피어나는 "황홀한 꿈"과 "따스한 설렘"이 다시 기다림의 눈물을 알게 하는 이런 순환의 시 의식이 바로 공재동이 추구해 온 동시 세계였던 것이다. 그리고 이 순환적 시 의식은 제1동시집 『꽃밭에는 꽃구름 꽃비가 내리고』의 꽃밭과도 맞닿아 있다. 우리의 삶이 언제나 희망과 슬픔, 웃음과 눈물, 기쁨과 아픔, 헤어짐과 기다림으로 반복되고 있는 것도, 또한 그의 동시가 정착하지 못하고 끊임없이 다듬고 고쳐지는 일도 이런 순환 의식의 한 과정일 뿐이다. 그런 과정 속에서 공재동은 깊이의 시학을 추구할 수 있었고, 시적 서정과 현실 문제를 함께 포용하는 관용의 미학을 형성할 수 있었던 것이다.

결국 공재동의 농경적 상상력은 그가 태어나 자라며 몸에 익은 숙명이었다. 그 상상력 속에는 언제나 새롭게 돋아나는 새싹이 있고, 그 새싹에 맺힌 이슬이 있고, 또 밤하늘엔 반짝이는 작은 별이 위치해 있다. 하지만 공재동의 그 상상력은 농업과는 거리가 먼 것이며 도시 문명의 단순한 대타 개념에서도 벗어나 있다. 그의 상상력은 삶의 현실이 자연의 순환 질서에 근거되어 끊임없이 생성과 소멸하는 반복 과정 속에 놓인 삶의 인식 과정일 뿐이다. 그래서 공재동의 동시는 부단히 다듬고 고쳐지는 진행형의 시가 되고 있는 것이다. 항구도시 부산에서 살면서 바다와 관련된 동시가 없었던 공재동의 동시 세계에 어린 시절의 삶 체험이 담긴 잠재된 상상력의 힘이 얼마나 큰지를 실감하게 한다. 그만큼 삶의 근원으로 지향하는 공재동의 동시 세계에 드리워진 서정의 그늘은 깊고도 아름답다.

모성적 상상력, 그 아름다운 사랑의 미학

— 정두리론

1. 지고한 모성적 상상력의 두 흐름

지고한 모성애의 아름다움은 그 무엇에 비길 수 있을까? 어머니의 자애로운 사랑의 손길로 아이는 가장 먼저 세상의 아름다움을 체감한다. 아이에게 어머니는 사랑의 권화이다. 아동문학의 궁극이 모성적 상상력으로 수렴되는 것도 아동문학이 사랑에 근거한 문학임을 말해 주는 것일 터이다. 바로 정두리(鄭斗理 1947~)의 동시 세계는 그 지순한 모정의 아름다움에 배태되어 있다.

정두리는 1947년 마산에서 태어나 그곳에서 여고 시절을 보내고 대학을 다니던 1970년, 23살의 이른 나이에 결혼을 한다. 주부가 되어 아이를 낳고 키우면서 그 내면의 깊은 곳에서 솟구쳐 오르던 문학에의 열정이 그를 주부백일장으로 끌어내었고, 결국 그는 1972년 전국주부백일장에서 시부 1석(席)과 신사임당백일장 입상을 하며 문학적 잠재력을 유감없이 발휘하기에 이른다. 그 뒤 1982년 제10회 한국문학 신인상 시 부문에 당선되어 정식으로 등단을 하지만, 그는 1979년 첫 시집 『유리안나의 성장』(한국문학사)을 출간하며 이미 시적 재능을 인정받은 여성 시인이었다. 한국문학 신인상에 당선된 그 해에도, 그는 제2시집 『겨울일기』(한국문학사, 1982)를 발간하며 확고한 자신의 시 세계를 구축하였고, 꾸준히 시를 발표하면서 지금까지 『낯선 곳에서 다시 하는 약속』(심상사, 1985), 『바다에 이르는 길』(문학세계사, 1988), 『바람의 날개』(둥지, 1994), 『사람이 되어 더 부드러운』(마을, 1999) 등 모두 6권의 시집을 상재한 중견 시인이었다.

하지만 그가 자녀를 양육하면서부터 생성된 뜨거운 모정은 자신의 내면세계를 고양하는 시 쓰기에만 자족하지 못하고, 자신의 시적 재능을 아이를 위한 동시 쓰기로 전환하기에 이른다. 정두리는 1983년 『아동문학평론』지에 동시 「분수대에서」와 「가을 감」이 천료되고, 1984년 『동아일보』 신춘문예에 동시 「다리 놓기」가 당선되면서 시 쓰기보다 동시 쓰기에 더 많은 정성을 기울인다. 1985년 첫 동시집 『꽃다발』(아동문예)을 상재한 이후, 지금까지 『어머니의 눈물』(아동문예, 1988), 『혼자 있는 날』(대교출판, 1988), 『안녕 눈새야』(아동문예, 1992), 『우리 동네 이야기』(대교출판, 1993), 『작은 거라도 네게는 다 말해 줄게』(예림당, 1996), 『서로 간지럼 태우기』(아동문예, 1999), 『유아동시』(파랑새어린이, 2000) 등의 동시집을 출간하며, 활발한 문학 활동을 펴온 대표적인 동시인이 되었다. 동시에 대한 특별한 애정은 온전히 지순한 모정에 기인한다.

정두리가 동심으로 향하게 되는 시적 전환의 계기는 이미 그의 첫 시집 『유리안나의 성장』에 잠복해 있다. 『유리안나의 성장』에 담긴 시적 상상력의 바탕은 「빨래」, 「목욕」, 「목도리」, 「서초동 꽃시장」, 「수입품코너에서」, 「여름 뜰안」, 「유리안나의 성장」 등 시 제목으로도 쉽게 간취되는, 가정주부로서의 일상적 체험이다. 바로 정두리의

초기 시는 주부의 일상적 체험에서 오는 오롯한 행복감이 주된 제재
가 된다. 그 제재 중에서도 그를 가장 큰 행복감에 젖어들게 한 것은
딸아이인 '유리안나'의 성장이었다.

> 네게서 나를 들춰내게 되는 것은
> 입 속에서 돌아나오는 목소리인가.
> 웃어도 울어도 감겨지는 두 눈인가.
> 네 작은 노래는 초록빛 별이 되어 뜨고
> 네 웃음은 예쁜 무늬로 박혀
> 한마당 가득 꽃망울로 피어 오르리니,
> 내의 자락에서 소꿉장이에서
> 유리안나, 일천 날의 네 성장은 눈부시다.
> 머리카락 속에 감춰진 쪽박귀인가
> 왼뺨에 패이는 볼우물인가
> 네가 아니고는
> 어찌 쉽게 나를 들춰볼 수 있으며
> 나를 안아 볼 수나 있을까?
> 유리안나,
> '나의 뼈의 뼈, 나의 살의 살'이리니.
>
> ―「유리안나의 성장 Ⅱ」전문

　기실 어머니로서 아기를 낳아 건강하게 키우는 일보다 더 큰 행복
이 어디에 있겠는가? 이 「유리안나의 성장」은 건강하게 크는 대견스
런 딸아이에 대한 예찬의 노래이기도 하다. 정두리는 유리안나의 목
소리, 두 눈, 웃음, 생김새 등을 보며 행복에 잠기다 그만 잊고 있던
자신을 새롭게 들춰내게 되었다며 실로 감격해 한다. 분명 일천 날을

정두리 시인

맞은 유리안나의 눈부신 성장은 그에게 신비로운 희열을 체감하는 일이었다. 유리안나를 통해 자신을 들춰내고 자신을 안아 보는 신비의 체험은 유리안나, 그 자체가 "나의 뼈의 뼈, 나의 살의 살"이라는 분신임을 깨닫는 일이기 때문이다. 유리안나의 작은 노래가 "초록별이 되어 뜨고", 웃음은 "한마당 가득 꽃망울로 피어 오르"고, "내 너를 보는 날은 사뭇 들꽃 내음을 맡게 되"(「유리안나의 성장 I」)는 그 행복감이야말로 모든 어머니가 자기 자식에게 느끼는 보편적인 모정에 속한 일일 테지만, 정두리에게는 문득 잊고 있었던 자신을 찾아내는 놀라운 발견이었다. 따라서 그에게 "작은 아이들의 움직임이나 노는 짓거리"는 모두가 자신과 일체화되어 시가 될 수 있었고 영롱한 노래가 될 수 있었던 것이다.

어머니가 자식에게 맛있고 영양가 높은 음식을 정성껏 만들어 먹이듯, 그 자식에게 읽힐 동시를 손수 쓸 수 있다는 것만한 축복이 또 어디 있겠는가? 예쁘고 건강하게 성장하는 자기 분신을 보며 넘치는 행복은 그에게 시적 충동감을 불러일으키고, 동시에 대한 열정을 촉발시켰을 터이다. 아이와 함께 지내는 모든 시간이 정두리에게는 오롯한 행복의 시간이며, 그것이 그대로 동시가 되었을 법하다. 아이에 대한 그 뜨거운 모정이 아이와 일체화되어 서로 교통하고 교감하는 통로가 되었던 까닭이다.

하지만 정두리의 동시 세계가 그 지순한 모정에만 머물러 있지는 않다. 정두리의 동시 쓰기가 비록 '유리안나의 성장'에 따른 필연적인 선택이긴 했지만, 그는 유리안나를 보며 자신을 들춰내는 놀라운 체험을 통해 새롭게 자기 안에 잠복해 있던 또 다른 분신, 곧 어머니를 유리안나와 똑같은 무게로 성찰하게 된다. 다시 말하면, 지순한 모정으로 인해 자기 내면에 잠재해 있던 모성의 의미를 새롭게 각인할 수 있었다는 것이다. 그래서 모정이 정두리에게 동심을 떠올리는 희망의 동력이었다면, 모성은 그에게 시 정신을 강화하는 의식의 장력이 되었던 셈이다.

따라서 정두리의 동시 세계는 모성적 상상력을 가교로 두 개의 큰 의식의 지향에 의해 형성된다. 하나는 모성적 상상력이 자기 분신인 유리안나를 통해 외향화되는 모정에 의한 것이고, 다른 하나는 그것이 내향화되며 자신에게 내재된 모성을 새롭게 성찰해내는 일이다. 전자는 어머니의 입장에서 자식이 세상을 살아가게 하는 삶의 방법적인 문제에 속하는 일이라면, 후자는 시인 자신을 키워낸 어머니를 각인하며 자신의 내면 깊숙이 잠재된 진정한 모성을 성찰하는 삶 인식이라 할 수 있다. 이렇듯 정두리의 동시 세계는 유리안나가 직접적인 모태가 되어 모정과 모성을 분별해 가며, 진정한 모성의 면모를 성찰해 나가는 과정의 문학이라 할 수 있다. 그 두 의식을 관장하는 모성적 상상력은 정두리의 동시 세계를 형성하는 근원이 될 뿐 아니라 그의 시 정신을 심화시키는 데에 커다란 영향을 준 시적 상상력인 것이다.

2. 모정으로 잇는 사랑의 가교

정두리의 첫 동시집 『꽃다발』(1985)에는 모정의 아름다움이 그대로 노정되어 있다. 그는 『꽃다발』 첫머리에 "이 꽃다발을 유리안나와 그의 모든 벗들에게……"라고 적고, 머리말에는 "첫 걸음을 내딛고 머뭇거릴 새도 없이 작은 『꽃다발』을 묶었습니다"라고 고백하고 있다. 그는 1984년 동아일보 신춘문예에 동시 「다리 놓기」가 당선되어 본격적으로 동시를 쓰기 시작한 직후 서둘러 이 동시집을 출간했던 것이다. 그에게 그토록 머뭇거릴 새도 없이 첫 동시집 출간을 서두르게 한 연유는 무엇이었을까? 그것은 첫머리에 적어 놓은 구절이 암시하듯, 온전히 유리안나를 향한 그 뜨거운 모정의 힘일 터이다. 바로 『꽃다발』은 유리안나의 건강한 성장을 축복하는, 엄마의 고귀한 '꽃다발' 선물이었던 셈이다.

빠안하던
강 건너 동네에서
우리 마을로
다리를 거는 일이 시작되었습니다.

작은 아이들같이 아저씨들이
무쇠차로 장난감 놀이에
열심입니다.
다릿발이 높이 세워집니다.

갈꽃이 나부끼는
강둑 한 끝에서 보면
징검다리 밟고 건너던 시절
이름도 얼굴도 희미한
책보를 낀 옛 아이

노 젓던 사공의 노래
강 건너 수양버들 가지에
걸려 있던 달도 보입니다.

이제 징검다리도 나룻배도
모두 거두어 두고
강물 위를 가로질러
지름길이 놓입니다.

오늘은
하얀 초승달이
다릿발 위에 걸렸습니다

물오리의 놀이터 위에
무지개가 서듯
다리가 걸리면

소리쳐야 들리던
두 마을이 하나로 이어지겠지요

백 리 밖 서울까지도
한 마을이 될 것입니다.

—「다리 놓기」전문

『꽃다발』에 수록된 「다리 놓기」는 동심으로의 전환을 꾀하는 정두리에게 중요한 시적 의미가 되는 작품이다. 이 동시는 신춘문예 당선

동시이자 모성적 상상력의 단초가 되기 때문이다.

강을 사이에 두고 서로 떨어진 두 마을을 '다리 놓기'로 연결하듯, 정두리는 시 세계와 동심의 세계를 하나로 잇는 작업을 「다리 놓기」로 시도한다. 다리는 이쪽과 저쪽을 이어주는 매개항이라는 상징적 의미를 지니고 있다. 따라서 정두리에게 다리를 놓는 일은 "유리안나와 그의 모든 벗들"과의 일체감을 꿈꾸며, 시심과 동심을 연결하고, 나와 타인, 인간과 자연이 모두 하나로 만나는 일이 된다. 그 다리야말로 경이로운 동심의 세계로 그들과 함께 건너갈 수 있는 사랑의 가교인 것이다.

정두리의 다리 놓는 일은 또 한편으로 새로운 세상에 대한 꿈을 놓는 일이기도 하다. 그 일은 현재 진행되고 있는 작업이어서, 멀리서 보면 공사에 한창인 아저씨들이 "무쇠차로 장난감 놀이에/열심"인 것처럼 보인다. 정두리는 먼 곳에서 다리 놓는 현장을 천진스러운 눈으로 지켜보면서 과거를 추억 속으로 돌리고, "다리가 걸리면"이라는 가정 어법을 통해 희망을 새기고 있다. 곧 "징검다리 밟고 건너던 시절"이나 "노 젓던 사공의 노래"는 그리운 추억이 되어 버린 대신, "소리쳐야 들리던/두 마을이 하나로 이어지"는 새로운 지름길과 "백 리 밖 서울까지도/한 마을이 될 것"이라는 부푼 기대감이 희망의 원천이 되었다. 이처럼 정두리의 다리 놓는 일은 "유리안나와 그의 벗들"을 위한 꿈을 놓는 작업이며 희망을 거는 일이었다.

'다리 놓기'로 건너온 천진한 동심의 세계는 온통 신기한 것으로 가득한 세상일 뿐이다. 그 세상에 보이는 것마다 정두리는 천진한 질문을 던진다. 그 천진한 질문은 세상 물상에 눈뜨는 일이기도 하다.

너는 누구니?

긴 이파리에 싸여
안 찾으면 안 보이는
밤톨만한 얼굴

—「고욤나무」1연

그런데, 정말 누구였었니?
아무도 모르게
아직 잠에서 덜 깨었을 때

사알짝 노란 옷 입혀 주신 분
조그맣게 씨앗을 디밀고 가신 분
그러고도 멀찌막이 웃고 계신 분

—「과일 가게에는」4~5연

　천진한 아이들의 마음과 눈에 투영된 세상은 온통 의문 투성이고, 평범한 것도 경이롭고 새롭게 보이기 마련이다. 고욤나무에 달린 작고 둥근 "밤톨만한 얼굴"이 "이파리에 싸여" 있는 것도 신기하고, 과일 가게에 탐스러운 과일이 놓일 수 있게 한 분이 누구인지도 궁금할 뿐이다. 눈에 보이는 것마다 천진한 질문을 던지는 것은 동심으로 세상을 새롭게 보는 일이며 일상의 것들과 새로운 만남을 형성하는 일이다. 그래서 모든 자연 현상과 사물의 속성이 그에게는 물음표일 따름이다. 그는 천진한 질문을 통해 자연 현상과 사물의 속성에 새로운 의미를 부여해 주고 싶었던 것이다.

　제4동시집 『안녕, 눈새야』(1992)에 오면, 정두리는 천진한 질문을 던지는 일에서 한걸음 더 나아가 보다 적극적으로 세상의 물상과 만나고자 한다. 먼저 인사를 건네는 친화의 행위를 통해서이다. 남보다

먼저 인사를 건네는 것은 진정한 나눔을 이루는 길이며, 자기 스스로
다리를 놓는 일인 것이다.

첫 눈이 내린 아침은
반가운 인사를 나누는 날이다.

눈에 보이는 모두가
눈으로 가득하다
눈으로 아득하다.

아이들은 일부러
눈 속에 발을 빠뜨린다
보뜨득 뽀득
눈의 인사를
크게 듣고 싶어서다.

지붕 끝에 살짝 앉은
한 마리 새
안녕, 눈새야!

머리에 눈을 얹고 섰는
측백나무
안녕, 눈 나무야!

눈이 내린 아침은
눈으로 빛나는 인사말이

하얗게 쌓여 간다.

— 「안녕, 눈새야」 전문

안녕이란 인사말처럼 반갑고 아름다운 말이 또 있을까? 눈 내린 날 아침에 나누는 인사는 더 반갑고 정겨워 보인다. 안녕이란 그 인사말 자체도 정겹지만, 흰눈을 보며 감추지 못하는 설레는 마음이 더욱 흥겹게 마련에서이다. 그런 눈 내린 날 아침, 아이들은 "눈의 인사를 크게 듣고 싶어" "일부러/눈 속에 발을 빠뜨"리거나, 신바람이 나서 "지붕 끝에 살짝 앉은 한 마리 새"에게도, "머리에 눈을 얹고 섰는 측백나무"에게도 먼저 인사를 건네고 싶어 한다. 기다리고 기다리던 눈이 반갑게 내린 아침은 모두가 동심으로 돌아가 그저 반갑게 인사를 먼저 건네고 싶어지는 것이다. 눈 내린 기쁜 소식을 남보다 먼저 전하고 싶은 마음에서이다. 눈 내린 날 아침 인사는 그래서 정결하고 신선하다. 아무도 모르게 밤새 내린 흰눈이 일상의 아침을 온통 정결하게 바꾼 그 새로움 때문이다.

정두리의 동시는 이처럼 정결하게 정겹다. 그것은 아무런 가식이 없는 순수함에서 오는 천진한 느낌이다. "눈을 밟으면/쌀과자 한 입 베어 문/소리가" 나고, "얼음을 밟으면" "겨울 속까지 보"(「겨울」)일 것 같다고 한 것처럼, 그의 동시는 마음 바닥까지 보일 만큼 해맑고 순수하다. 그래서 그는 속까지 보이는 가식 없는 겨울을 좋아한다. 겨울은 나무들이 봄 가으내 달고 있던 가식의 이파리들을 모두 벗어 버리고, 때에 따라 흰눈으로 새하얗게 옷을 갈아입는 계절인 까닭이다. 정두리의 동시에서 우리가 정결하게 만나는 심상은 그래서 겨울과 눈이며, 그 순수에 대한 열망이다. 정두리는 이런 계절이어야 진정한 만남과 나눔을 이룰 수 있다고 보았다. "겨울을 견디는 나무라야 겨울을" 알고, "겨울을 친구로 지내본 나무는/누구랑도 친할 수 있는 나무로 큰다"(「겨울 나무」)고 한 것처럼, '차갑고 냉정한' 추위를 견디어 본 자만이 비로소 진정한 만남과 나눔의 의미를 알게 된다는 뜻일 터이다. 진정한 만남이 있어야 진정한 마음을 나눌 수 있기 마련에서이다.

제5동시집 『우리 동네 이야기』(1993)에 이르면, 정두리의 진정한 만남과 나눔은 삶의 현장을 통해 구체적으로 실현된다. 그 삶의 현장은 우리가 살아가는 생활의 터전이며, "유리안나와 그의 모든 벗들"이 실제로 살고 있는 '우리 동네'이다.

어디만큼 왔니?
눈 감고 걸어도
알 수 있는 길
우리 동네 길

저만큼, 약국
거기서 또 저만큼
비디오 가게
부동산

넓게 멀리 깨끗이 쓸어 논
가게 앞을 지날 때면
팡팡 앙감질로 뛰어도
발이 가볍다.

— 「봄이 오는 길」 1~3연

낯익은 우리 동네는 언제 보아도 정겹다. 눈을 감아도 훤히 알 수 있는 길과 집들, 늘 다니던 "가게 앞을 지날 때면/팡팡 앙감질로 뛰어도/발이" 가벼워지는 곳이다. 그 『우리 동네 이야기』에 오면, 시적 제재가 산골의 물상에서부터 도시의 골목 풍물에 이르기까지 모든 것이 자연이라는 하나의 섭리로 화해롭게 수렴된다. '우리 동네 이야기'에서 자연성과 도시로 표상될 수 있는 인위적인 환경을 구분 짓는 일을 거부한다. 거부하기보다 아예 그 자체를 모른다. 그저 이곳에 살면 이곳에 적응하고 저곳에 가면 저곳에 쉽사리 어울려 사는 아이들의 천진스런 생존의 이치이다. 그것은 모든 현상을 다리 놓기로 연결시켜 서로 갈등 없이 교감하는 조화로운 시적 공간을 형성해 놓은 결과이기도 하다. 따라서 『우리 동네 이야기』 연작에는 "쓰레기만 쓸어 가는 기운 센 아저씨"를 비롯해 "시장길 구두 닦는 아저씨"에서, 하다못해 "버려진 차"나 눈에 익은 간판에 이르기까지 우리 동네의 낯익은 풍경들을 바라보는 따뜻한 시선이 담겨 있다. 그리고 피자, 햄버거, 통닭구이, 떡볶기, 짜장면 등 아이들이 즐겨 찾는 음식에서부터 살피는 일에 이르기까지 모든 물상이 어린 아이의 천진스러운 눈으로 간취된다. 세상에 존재하는 모든 물상이 비록 하찮은 것일지라도 우리가 만나고 겪어야 하는 필연적인 삶의 과정들이기 때문에 그 모두가 소중할 뿐이다. 단지 정두리는 『우리 동네 이야기』에서 진정한 만남과 나눔을 위반하는 행위에 대해서는 직설적 어조로 부정한다.

한 집 건너만큼
커다랗게 내건
새로운 이름표

읽어 보렴

'주차 금지'

살갑지 않은
싸늘한 외침표

빗금쳐 놓고
여긴 내 땅이야!
그런 목소리

'주차 금지'
다시 불러 보렴

아무래도 대문 앞에
내걸기는 부끄러운
큰 문패.

—「큰 문패」 전문

　　우리 동네에서 정두리가 강력한 목소리로 부정하는 것은 바로 이
웃하기를 거부하는 '주차금지'라고 하는 "살갑지 않은/싸늘한 외침
표"이다. 분명 같은 동네에 살면서 '주차금지'라고 써 붙인 '큰 문패'
는 진정한 만남과 나눔을 거부하고, 아이들의 천진스런 생존법을 위
반하는 행위이다. 그 "한 집 건너만큼/커다랗게 내건/새로운 이름
표"는 언제부터 시작되었는지 모르게 "여기는 내 땅이야!" '들어오
지 마!' 하고 소리치는 것처럼 들리게 마련이다. 주차금지 표시는
"아무래도 대문 앞에/내걸기에는 부끄러운/큰 문패"일 뿐만 아니라
"유리안나와 그의 모든 벗에게" 마음의 상처를 주는 푯말일 따름이

다. 따라서 정두리는 "우리 집에 왜 왔니?"라는 구전 동요 놀이에 대해서도 "이젠 다른 말로 바꾸면 어때?/우리 집에 놀러 와/놀러 와 놀러 와 친구야!"(「우리 집에 왜 왔니?」)로 새롭게 바꿔 부르기를 주장한다. 결국 정두리의 '다리 놓기'가 갖는 궁극적 의미란 이처럼 진정한 만남과 나눔을 이루고, '꽃다발' 같은 아름다운 삶을 창조하자는 데 있다.

여럿이 모였습니다.
큰 키는 무릎 조금 숙이고
작은 키도 괜찮아
맨 앞 줄에다 세울께
활짝 핀 얼굴은 아래쪽이다
봉오리는 윗쪽이면 되겠다!
우리 마음을 단단히 묶어
리본으로 매어야지
자! 여럿이 모여
하나로 다시 피었습니다.

우리 이름은 꽃다발입니다.

— 「꽃다발」 전문

꽃다발은 갖가지 꽃들이 모여 다발을 이루며 아름다움을 창조해내는 묶음이다. 개개의 개성이 모여 조화를 이루며 새로운 개성으로 아름다움을 창조하는 것, 그것은 함께 할 때만이 가능한 일이다. 이 꽃다발처럼, "함께 있어야 알 수 있는 것/서로 어울려 있어야 제대로 볼 수 있는 것∥그런 것이 세상에는/참으로 많단다∥세상이 전부 그

정두리의 첫 동시집 『꽃다발』   정두리의 5행 동시집 『어머니의 눈물』

런 거란다"(「함께」)라고 세상의 이치를, 정두리는 "유리안나와 그의
모든 벗들에게" 동시를 통해 일러주고 싶었던 것이다.

분명 정두리가 다리를 놓아 건너온 동심의 세상은 꽃다발 같은 축
복받는 아름다운 세상이다. 그의 동시 세계는 그런 '다리 놓기'로부
터 '함께' 더불어 살아야 의미를 지니는 '꽃다발'과 같은 세상을 모
성적 상상력을 통해 제시한 것이다. 거기서 그는 아름답고 건강하게
성장하는 "유리안나와 그의 모든 벗들에게" 세상의 물상에 눈뜨는
법과 살아가는 법을 이야기하고 싶었던 것이다. 이와 같이 정두리의
모성적 상상력은 한편으로 모정의 힘에 의해 일정한 질서와 방향성
을 지니며 지향해 갔다.

3. 자연의 순환 질서와 모성의 발견

정두리의 모성적 상상력은 다른 한편으로는 내향화되어 마음 깊숙

이 잠재해 있는 모성을 새롭게 성찰해내고자 한다. 그 삶의 성찰은 새삼 자신을 유리안나처럼 키워낸 어머니를 각인하며 진정한 모성을 발견해내고자 하는 것이다. 그 일은 내밀한 고백적 언어로 정갈한 사유를 담아 정두리의 시 정신을 보다 심화시키기에 이른다. 제2동시집 『어머니의 눈물』(1988)는 그런 정갈한 시적 사유를 담고 있다.

정두리의 내면 깊숙이 잠재해 있는 어머니는 달빛처럼 "가만히 방문을 열고 들어오"시거나, 바람처럼 "조그맣게 숨소리를 내시"거나, 별빛처럼 "반짝 눈을 뜨게 만드"시는, "보이듯 안 보이게 안 보이듯 보이는"(「어머니」) 분이다. 그런 어머니가 내면 깊이에서부터 전면으로 부각될 수 있었던 것은 어머니의 숭고한 눈물과 아픔의 기억에 의한다.

> 회초리를 들었지만 차마 못 때리신다
> 아픈 매보다 더 무서운
> 무서운 목소리보다 더 무서운
> 어머니의 눈물이 손등에 떨어진다
> 어머니의 굵은 눈물에 내가 젖는다.
>
> — 「어머니의 눈물」 전문

> 조용하다
> 빈집 같다
>
> 강아지 밥도 챙겨 먹이고
> 바람이 떨군
> 빨래도 개켜놓아 두고

내가 할 일이 뭐가 또 있나

엄마가 아플 때
나는 철든 아이가 된다

철든 만큼 기운 없는
아이가 된다.

— 「엄마가 아플 때」 전문

「어머니의 눈물」과 「엄마가 아플 때」는 모두 어머니에 대한 연민어린 사랑을 떠올리는 동시들이다. 무슨 잘못을 저질렀는지 아이는 어머니 앞에 꿇어 앉아 "아픈 매"를 초조하게 기다린다. 그런데 어머니는 그 "아픈 매보다 더 무서운" 눈물을 "손등에 떨어"뜨리기만 할 뿐이다. 못난 자식 앞에서 겉으로 엄격하면서도 속으로는 곧잘 울곤 하시는 그런 어머니가 정두리의 내면 깊이 각인되어 있는 모성의 진정한 모습이다. 반면에 엄마가 아프면 집은 빈집처럼 썰렁해진다. 그동안 잊고 있던 어머니의 역할과 무게가 절실하게 가슴에 와 닿는 순간이다. 그때야 비로소 아이는 자기 할 일을 스스로 찾아서 하는 '철든 아이'로 돌아오지만, 그 "철든 만큼 기운 없는/아이가" 되어 버린다. 이처럼 모성은 꾸중을 하실 때와 아파서 누워 계실 때에야 비로소 마음 깊은 곳으로부터 떠올라 묵중한 무게로 각인되었던 것이다. 그는 모성에 대한 그 존재의 의미를 「어머니의 눈물」과 「엄마가 아플 때」를 통해 모정과 똑같은 무게로 성찰해내었다.

이렇듯 정두리는 내면에 잠재해 있던 어머니를 새롭게 각인하며, 만물이 생성 소멸하는 대자연에서 모성의 추상을 구현해내고자 한다. 그것은 세속과 대척의 거리에 놓인 자연이야말로 우리가 되찾아야 할 순수성의 전범(典範)이며 삶의 구원처로 인식했기 때문일 것이다. 따라서 그의 모성적 상상력은 자연으로 지향하며 그의 동시 세계의 또 한 축을 형성하게 된다. "아기 소나무를 보며/바람이 매를 듭니다.//쑤 욱/가슴을 펴!/매를 맞으며 우는 것은/소나무가 아닙니다.//회초리 내던지고/긁힌 자국 만져주며/오래도록//바람은 울고 있습니다."라고 한 「바람의 울음」은 바로 모성적 상상력을 자연에서 구현하고자 한 일례에 속한다. 여기서 바람은 물론 모성의 변형이며, '바람의 울음'은 곧 '어머니의 눈물'이다. 모성은 자식을 위해 자기 희생을 감수하는 눈물겨운 사랑의 화신이다. 그런 자연으로 지향하는 모성적 상상력은 그에게 내밀한 고백적 언어와 정갈한 사유에 의한 성찰의 계기를 마련해 준다.

　　나무는 옷을 입을 때와
　　옷을 벗을 때를 잘 알고 있다.

　　뜨거운 볕을 가리울
　　아파리가 하나 둘 달리는 동안
　　나무는 버젓한 옷을 입었다.

　　그래,
　　나무를 감싸는 이파리는
　　나무의 옷이다.

　　차가운 바람을 막아줄
　　흰 눈이 가지를 다독일 수 있도록
　　나무는 서둘러 옷을 벗는다.

그래,
나무의 깊은 생각은
누구도 따를 수 없는 일이다.
일 년 열두 달
생각해 볼 일이다.

—「생각해 볼 일」 전문

정두리가 새롭게 삶을 성찰하면서 가장 먼저 실현한 것은 말을 아
끼는 일이었다. 제2동시집 『어머니의 눈물』(1988)은 그 사실을 입증
해 준다. 『어머니의 눈물』에는 모두 61편의 동시가 수록되어 있지
만, 그 동시들은 전부 5행으로만 이루어져 있다. 말을 아긴다는 것
은 생략된 행간 사이사이에 깊이 있는 생각을 담았다는 뜻일 터이
다. 그래서 말을 아끼는 법은 생각하는 법과 동일한 의미를 가진다.
정두리에게 있어서 삶의 성찰은 "나무의 깊은 생각"처럼 "일 년 열
두 달/생각해" 보는 일에서 찾고자 한다. 다시 말해, 그의 모성적 상
상력은 자연을 통해 사유의 깊이를 얻고 삶을 성찰할 수 있었다는
것이다. 그런 성찰의 길에서도 『꽃다발』에서 보여주던 물음표는 그
대로 지속된다.

어느 봄날
꽃으로 천천히 붉어지는 산
그 많은 슬기로움을
산은 누구에게 배웠을까?

—「산은 누구에게 배웠을까」 일부

가지 칠 때와 그냥 둘 때
그것 잘 아는 일은
누구에게 배울 수 있는 것일까요?

― 「나무에게 배우는 일」 3연

봄날이 되면, 어김없이 죽은 듯 시침이 뚝 떼고 있던 나무들이 물이 올라 파릇파릇 새싹이 돋고, "꽃으로 천천히 붉어지는 산"을 우리에게 보여줄 수 있는 것은 오묘한 자연의 이치에 의해서이다. 또 나무의 "가지를 칠 때와 그냥 둘 때"를 잘 아는 일을 나무에게 배울 수밖에 없는 것 또한 자연의 이치이다. 자연의 일은 자연에서 배우는 것이야말로 슬기로움이다. 아무리 과학이 발달하더라도 정두리에게 삶의 슬기는 자연의 순리를 따르는 일에서 얻어진다. 곧 정두리는 자연을 통해서 존재하는 것의 의미와 생명의 신비에 대한 겸허한 자세를 배우고, 자연의 순환 질서와 거기에 순응하는 삶의 자세로 세상의 이치를 터득한다. 따라서 정두리에게 모성도 늘 자연의 순리와 질서를 따르는 창조자의 모습일 뿐이다. 정두리는 그것을 '가을'과 '흙'의 심상을 통해 우리에게 다시금 확인시켜 준다.

꽃이
예쁘지 않은 일이 없다
열매가
소중하지 않는 일도 없다

하나의 열매를 위하여
열 개의 꽃잎이 힘을 모으고
스무 개의 잎사귀들은

응원을 보내고

그런 다음에야
가을은
우리 눈에 보이면서
여물어 간다

가을이
몸조심하는 것은
열매 때문이다
소중한 씨앗을 품었기 때문이다.

―「가을은」 전문

비가 물이 되어
목을 적셔 주고

햇살이 여기저기
구겨진 곳 매만지고

순한 바람이 잎 속에 숨었다가
더위 식혀 주고

나무야, 탄탄하고 여물게
열매를 익혀라.

흙이 할 일은

따로 두었다

이듬해 봄이 되면
씨앗을 소중하게 품어
싹을 틔우는 일이다.

—「흙이 하는 일」 전문

「가을은」과 「흙이 하는 일」은 정두리의 모성적 상상력이 무엇을 의미하는지를 잘 알려 주는 동시들이다. 이 두 동시는 모두 자연의 순환적 이법을 따르고 있다. 꽃이 예쁘고 열매가 소중한 이유는 무엇인가? 바로 "소중한 씨앗을 품었기 때문"이라고 한다. 또 흙이 하는 일이 무엇인가? "씨앗을 소중하게 품어/싹을 틔우는 일"이라는 것이다. 가을에는 봄, 여름 내내 꽃잎과 잎사귀들이 함께 힘을 모으고 응원을 보내는 진정한 나눔을 통해 열매라는 하나의 완성을 이루고, 흙은 씨앗을 품어 소중한 생명을 틔워내야 하는 막중한 임무를 맡았다는 것이다. 가을과 흙은 함께 나눔의 결실로 열매라는 가치를 달고, 씨앗이라는 또 다른 가치를 품게 된다. 즉 열매로의 완성은 또다시 씨앗으로 새로운 시작을 의미하게 된다. 진정한 만남과 나눔을 통해 완성을 이루어내고 또다시 새롭게 시작하게 되는 것은 바로 자연의 순환 이치이며 질서인 것이다. 이런 가을과 흙은 모두 여성의 창조성과 결합된, 모성적 상상력에 입각한 정두리 동시 세계의 중심 제재이다. 이와 같이 정두리에게 모성은 생명의 원천이며 창조의 주체로서 영원성을 지닌다. 따라서 정두리에게 모성은 신성한 의미를 지닌 거룩한 존재이며, 늘 자연의 질서에 순응하는 창조자일 따름이다.

정두리의 동시 세계에 자연의 순응적 질서를 잘 대변하는 또 하나의 심상으로는 '바람'이 있다. 바람은 정두리의 동시에서 시적 상상력을 확장하는 중요한 심상이기도 하다. 정두리는 바람이라는 역동적 상상력을 통해 우리에게 삶의 다양성과 자연의 이치를 확인시켜 준다.

마른잎이 저들끼리 어깨를 부딪다가
아픈 듯이 가만히 바라보고 있다
해진 옷 사이로 빨간 무릎이 드러난 산
바람은 산모롱이 돌면서 으쓱대고 걷는다
겨울산에서도 신나는 건 바람뿐이다.

— 「겨울산」 전문

가만히 생각하는 일이 무어니?
한 곳으로 마음을 모으는 일이 무어니?
그래도 잘 안 되는 일이 무어니?
아주 더운 날 움직이지 않고
바람은 생각에 잠겨 있었다.

— 「더운 날」 전문

바람의 역동적 근거는 떠돎과 흔듦이다. 바람은 어느 곳이나 다 도달할 수 있고 만나는 것마다 흔드는 존재자이다. 자연의 소리도 바람을 통해서 듣고 말한다. 그 바람은 정두리의 시적 상상력을 확장시켜 주면서도 언제나 자연의 이치와 질서에 따라 작용한다. 「겨울산」과 「더운 날」에서 그것을 쉽게 살필 수 있다. 겨울산에서 가장 신나는 건 오직 바람뿐일 것이다. 그 겨울산에 부는 바람은 "산모롱이를 돌면서 으쓱대고 걷"지만, 더운 날의 바람은 더울수록 "생각에 잠겨 있"는지 움직이질 않는다. 그래서 겨울은 '신나는' 바람으로 인해 추울 수밖에 없고, 여름은 움직이지 않는 바람 때문에 더울 수밖에 없다는 이치이다. 그런 "바람의 손은 잡을 수 없는 여럿"(「바람과 술래」)이어서 인간의 힘으로는 도저히 감당해낼 도리가 없다. 그저 "바람의 힘은 바람만이 알 수 있는"(「바람의 힘」) 그런 자연의 힘일 뿐이다.

정두리의 모성적 상상력 속에는 폭풍과 같은 분노하는 바람은 찾을 수 없다. 어머니의 손길과 같은 바람만이 존재한다. 그것은 아이들에게 자연의 순리와 세상의 이치를 모성적 상상력에 의해 경험시키려 한 의도와 닿아 있다. 그러므로 정두리는 자연을 향유의 대상이나 단순한 휴식의 공간으로 받아들이지 않는다. 그에게 자연은 사유의 공간이며 신성한 경외의 대상이 된다. 자연의 생성과 소멸은 자연의 순환 이치에서 오는 것이며, 그 속에 창조성이 결합되어 모성적 상상력을 낳았던 것이다. 따라서 정두리의 동시 세계는 또 한편으로 모성을 새롭게 성찰해내며 시적 사유를 심화시켜 갔던 것이다.

4. 모성적 상상력, 그 정감의 아름다움

정두리의 동시 세계에 담긴 시적 상상력의 근원은 모성이다. 꽃, 눈, 비, 바람, 별, 흙, 계절 등의 중심 소재는 모두 모성적 상상력에 의해 자연의 순환 질서를 따라 의미화된다. 또한 그 모성적 상상력으로부터 사유의 길을 뜨고 시의 깊이를 지니게 된다. 대체로 정두리의 동시 세계는 두 가지 큰 흐름으로 대별된다. 하나는 제1동시집 『꽃다발』에서 시작되어 제4동시집 『안녕 눈새야』, 제5동시집 『우리 동네

이야기』로 이어지는 모정의 확인 과정이고, 다른 하나는 제2동시집
『어머니의 눈물』에서 비롯되어 제3동시집『혼자 있는 날』, 제6동시
집『서로 간지럼 태우기』로 이어지는 모성의 성찰 과정이다. 전자는
진정한 만남과 나눔의 아름다운 세계를 꿈꾸는 순수에 대한 열망이
잠재해 있고, 후자는 자연의 순환 질서를 따르는 창조의 주체자로서
영원성에 대한 갈망이 내재해 있다. 이렇듯 정두리는『꽃다발』,『안
녕, 눈새야』,『우리 동네 이야기』 등을 통해 일상의 단면을 아름답게
형상화하며 아이들에게 삶의 방법을 인지시키고자 한 반면,『어머니
의 눈물』,『혼자 있는 날』,『서로 간지럼 태우기』 등을 통해 성숙한
사고의 깊이를 보이며 자신의 시적 도정을 충실히 걸어왔다. 그는 천
진한 질문을 끊임없이 던지고 답하는 시적 과정을 통해 "유리안나와
그의 모든 벗에게" 자연의 이치에 순응하는 삶의 자세로 더불어 사
는 세상의 아름다움을 일러주고, 창조의 주체로서의 모성을 일깨우
고자 했던 것이다.

   그렇다고 해서 정두리의 동시 세계에 모정과 모성이 서로 다른 추
구의 대상인 것만은 아니다. 그는 늘 그 모정과 모성이 함께 공존하
면서 시적 의미를 드러내기를 갈망해 왔다. 그의 동시 세계에서 모정
이 정서적 측면을 담당하고자 했다면, 모성은 정신적인 측면을 감당
하고자 했다. 그의 동시는 이런 모정과 모성이 함께 드리워 있을 때
더욱 사랑의 가치와 시적 아름다움을 지니게 된다.

   "넌 거기"
   "그래 그래"
   "나는 이 쪽"
   재잘재잘 소곤소곤
   비 오는 날

창 밖이 소리로 가득한 건
내 자리보다
네 자리 찾아주려는
마음 착한 물방울의 손짓이
끊이질 않아서
그런 거란다.

—「비 오는 날」 전문

「비 오는 날」은 한낱 비 오는 날의 소묘를 재미있게 그리려 한 동시가 아니다. 이 동시에는 사랑이 넘치는 모정과 자연의 섭리를 따르는 모성이 함께 내재해 있다. 창 밖을 "재잘재잘 소곤소곤"거리는 소리로 가득 채우고 있는 것은 그저 빗소리를 의인화하여 의미를 드러내고자 하는 것이 아니다. 잘 들어 보면, 창 밖의 빗소리는 "내 자리보다/네 자리 찾아주려는/마음 착한 물방울들의 손짓"이라는 것이다. 마치 자식을 대하는 어머니의 따사로운 마음처럼, 비 오는 날, 그 빗소리를 정겹고 따뜻하게 느껴지게 하고 있다. 그러면서도 자연의 질서에 순응하는 삶의 세계가 구체적으로 어떤 모습인지를 속삭이고 있는 것처럼, 이 동시는 모정과 모성을 함께 드러내며 사랑의 가치를 고양하고 있는 것이다. 이렇듯 정두리는 여성적 감성과 모성적 상상력을 가교로 문학적 존재 의미를 찾고 시적 영역을 확립해 나간 대표적인 여성 동시인이다.

정두리의 동시는 아름답다. 그의 동시가 아름답다는 것은 언어의 정갈함에서 오는 것이기보다 시를 빚는 순수한 시인의 마음에서 우러나오는 따뜻함 때문이다. 곧 대상을 바라보는 시각의 새로움에 있기보다 자연의 이치에 따라 모두가 함께 어우러져 살아가야 함을 깨닫는 삶 인식에서 오는 정감의 아름다움일 것이다. 그것은 우리를 감싸고 있는 어머니의 지순한 사랑의 손길에 묻어 있다. 다시 말해 정두리 동시 세계의 아름다움은 모성적 상상력에서 발산되는 맑고 순수한 정감과 사유의 깊이에서 우러나온다.

분단시대에서 통일시대로 가는 길

1. 동시문학과 분단 의식

'분단'을 생각하면 금방 떠오르는 노래가 하나 있다. 바로 "우리의 소원은 통일"로 시작하는 「우리의 소원」(안석주 요, 안병원 곡)이다. 이 노래는 동심의 정서로 우리 민족의 통일 염원을 가장 보편화시킨 동요이다. 동심의 정서는 어린 시절의 향수를 유발하며 이념의 벽을 뛰어넘어 인간의 본성으로 되돌리는 힘을 지닌다. 하지만 "이 정성 다해서" "이 겨레 살리는 통일"을 이루자던 이 동요가 불리어진 지 반세기가 넘도록 우리는 여전히 분단시대를 살고 있다. 이런 시대를 살면서 더욱 가슴 아픈 일은 앞으로 얼마나 또 그렇게 살아야 분단시대를 마감할지 아무도 모른다는 사실이다.

이같은 분단이란 민감한 민족적 과제를 앞에 놓고 동시문학사를 돌아보면, 먼저 우리 동시문학이 분단문제에 열악한 문학정신을 드러내었다는 점을 반성하게 된다. 곧 동시문학이 분단문제만은 어떠한 시적 제재보다 깊이 있게 통찰해 오지 못했다는 것이다. 대체로 우리 동시문학은 분단문제를 문학화하는 과정에서 분단의 비극을 감상적으로 대체하거나 통일에 대한 염원을 낭만적으로 표출하는 수준에서 크게 벗어나지 못한 채 소재 중심 차원에 머물러 온 실정이었다. '분단'하면 3·8선, 휴전선, 판문점, 비무장지대(DMZ), 민통선, 지뢰밭, 철조망, 통일전망대, 끊겨진 철도와 녹슨 기차, 이산가족 등 분단의 상징물들을 소재로 제시하며 안타깝고도 비장한 분단 감정을 드러내는 감상주의적 차원에 머물렀다거나, 아니면 하루빨리 통일이 되어야 한다는 통일 염원과 그 환희를 표출하는 낭만주의적 이상을 조장해 온 정도였다. 한마디로 우리 동시문학은 소재가 시의 내용과 시인의 의식을 규정해 온 현상이었다.

사실 이런 규정된 제재 선택은 시적 상상력을 제한하고 상투성과 편협성 혹은 관념성을 동반하게 마련이다. 동시문학이 불행했던 우리의 역사와 모순된 현실을 담는데 매우 편협하고 소극적이었던 것도 소재 중심적 한계를 벗어나지 못한 데에 기인한다. 그렇다면, 동시문학이 유독 분단문제에 대해서 소재 중심 차원의 열악한 시 정신을 드러내게 된 주된 요인은 무엇일까? 그것은 주독자가 어린이이고, 순수하고 단순한 동심의 문학이라는 장르적 특성과도 관련된다.

분명 어린 독자들은 분단문제라 하며 으레 분단의 상징적 소재 정도만을 떠올리는 단순한 사고의 소유자들이다. 어린이의 시각으로 사물을 보고 해석하는 동시문학이 이데올로기라는 심오한 문제나 모순된 현실의 문제를 심도 있게 다루기에는 그만큼 어려움이 따를 수밖에 없다. 거기에는 또 이데올로기의 극심한 대립의 산물인 분단문제를 시화하는 과정에서 예술성과 순수성이 크게 훼손될 수 있다는 시인의 의식도 은연중 개입된다. 그런 모순된 현실을 다루는 시적 제재는 창작 과정에서 경직된 교육성을 도출하거나 어떤 의식화된 경향성을 드러낼 수 있다는 우려가 뒤따르기 십상이다. 이같이 동시문학은 어린이가 지닌 천성인 동심의 탐구를 통한 가치 구현이란 장르적 특성에서부터 시대 반영 의지나 역사의식을 압박하는 요인이 되어 왔다. 그 결과 동시문학은 분단문제에 대해 그저 안타까움을 자아내는 감정 표현이나 통일을 염원하는 시 정신에서 그 의의를 찾아야 했고, 진정한 분단 상황의 질곡과 심각한 민족 분열의 위기감을 하나로 통합하는 분단 극복 의지나 통일을 예비하는 시관으로 폭넓게 확장해 나가지 못하고 말았다.

지구촌의 정보화, 개방화를 구축해 가는 21세기에는 우리 동시문학도 민족의 동질성 회복이라는 당면한 민족사적 과제를 필연적으로 모색해 나가야 할 때이다. 그것은 그동안 편협하고 소극적이었던 분단문제를 어떻게 수용하고 작품으로 승화시킬 것인가 하는 물음에 직면해 있음을 의미한다. 이를테면 동시문학도 우리의 불행한 역사의 근원을 바르게 인지하고 현실의 갈등과 제 모순을 포용하는 문학으로 발돋움해야 한다는 것이다. 거기에는 북한을 바라보는 우리의 인식과 관계의 변화에서도 크게 작용하였다. 곧 적대적 북한관에서 포용적 북한관으로 바뀌어 간 오늘의 현실을 감안할 때 이에 합당한 시관의 정립이 시급히 요청될 수밖에 없다는 것이다. 이제 우리 동시문학은 동심의 정서로 민족의 동질성을 회복하고 민족 모순인 분단 현실을 극복해 나가야 하며, 앞으로 도래될 통일시대를 준비해야 하는 것이다. 그런 의미에서, 이 글은 지나온 반세기 분단문제를 다룬 동시의 면모를 살펴보고, 21세기 동시문학의 새로운 과제를 상정해 보고자 한 것이다.

2. 시대적 인식과 분단에 대한 시적 대응

동시문학에서 분단문제에 대한 시적 인식은 1946년 분단이 진행되던 시기와 함께 대두되었다. 그러나 6·25란 참혹한 민족의 비극적 전쟁이 일어난 이후 50년대는 거의 분단 현실에 대한 시적인 대응이 제기되지 않았다. 그것은 동시문학이 참담한 현실에서 아이들에게 용기와 희망을 심어 주는 일에 더 관심을 기울이지 않으면 안되었던 까닭이다. 오히려 6·25 직후에는 동시보다 동요의 보급이 활발하게 이루어진 것도 그런 연유에서이다. 해방과 함께 어린이를 위한 새 노래로 발표된 「새 나라의 어린이」(윤석중 요 박태준 곡)가 불행한 시대에서 '새 시대 새 일꾼'의 상징적 지표가 되었다. 이러한 시대적 분위기는 동족상잔의 전쟁과 분단으로 인한 비극적인 소재는 가급적 기피하게 만들었다. 그 후 70년대 들어 7·4공동성명을 전후해 분단문제가 관심사로 떠오르다 90년대 들어서면서부터 분단문제를 다룬 동시들이 대거 등장하기에 이르렀다. 90년대 이전까지의 동시문학은 주로 시대적 분위기에 편승하고, 또 그 진행 과정에 따라 수동적으로 대응했을 따름이었다. 그 시대적 상황에 대한 시적 대응 방식은 대략 세 가지로 대별해 볼 수 있다. 곧 분단 현실의 서러운 확인, 분단 극복에의 기원, 이산의 아픔 등이 그것이다.

1) 분단 현실의 서러운 확인

우리 나라의 분단은 미국과 소련의 냉전에 의한 결과물이었다. 제2차 세계대전의 종결과 함께 우리는 일제 식민지 통치에서 벗어나 해방이 되었고, 그 해방이 곧 독립인 줄만 알았다. 우리 나라에 대한 연합군의 의중을 전혀 몰랐기 때문이었다. 하지만 미·소 연합군은 우리 나라를 단일한 통일국가로 만들지 않았다. 일제의 항복 후 맥아더 원수가 발표한 일반명령 1호 조치에 따라 한반도는 38도선을 경계로 양분되어, 미군은 이 경계선 남쪽에서 소련군은 북쪽에서 각각 일제의 항복을 접수했다. 일제 항복의 접수를 위한 군사적 장치가 결국 우리 나라의 분단을 초래하고 영구 분단으로 진전되고 말았다. 이미 북한에서는 1946년 3월 토지 개혁을 실시하여 아예 지주를 없애고, 7월에는 산업국유화 조치로 생산수단의 사회화를 실시하며 분단을 진행시키고 있었다. 이 사회화 과정은 공산화의 토대를 마련하는 노정이었다. 이렇듯 우리 나라와 민족의 운명은 우리의 의도와는 전혀 무관하게 외세에 의해 결정되어 버린 것이다. 이런 분단의 현장성을 잘 반영하고 있는 동시가 박화목의 「38도선」이다.

솔밭길 산비탈길
사십 리 길은,
초생달이 기우는
으스름 밤길.

내 나라 내 땅 안에
내 길 걷는데,
무엇이 무서워서
밤을 새워 걷나요.

서러운 국경
들메 참새들도,
하늘의 아기 별들도
모두 잠들었는데……

산고개를 살근살근
기어 넘고요,
풀숲 새 몰래몰래
걸었습니다.

— 박화목 「38도선」 전문(『소학생』 1946. 5)

「38도선」은 해방 직후 국토 분단의 비극적 현장성을 잘 드러낸 동시 작품으로 주목된다. 이 동시가 발표된 시기는 북한에서 토지 개혁을 실시하고, 산업국유화 조치를 실행하는 공산화의 진행과정 때이다. 「38도선」에는 그런 공산화 과정을 피해 "들메 참새들도/하늘의 아기 별도/모두 잠"든 밤을 택해 남하해야 하는 시적 화자의 통한의 목소리가 절절히 배어 있다. 그 통한의 목소리는 바로 "무엇이 무서워서" "내 나라 내 땅 안에/내 길을 걷는데" 왜 밤을 택해 남몰래 가야만 하는가라는 반문으로 제기된 2연에서 절정에 달한다. 해방과 더불어 이념이 서로 다른 강대국에 의해 강제되었던 분단의 부산물이 38도선이다. 그래서 38도선은 "산고개를 살근살근/기어넘"고 "풀숲 새 몰래몰래" 걷지 않으면 안 되는 '서러운 국경'이 되고 말았다. 그 38도선을 '서러운 국경'이라고 이름한 것도 어떠한 민족적·정치적·경제적·지리적 차이에 근거한 분단이 결코 아니었음을 항변하고 있는 표현이다. 그 '서러운'이라는 시어 속에는 38도선이 6·25의 동족상잔을 불러오고 분단을 고착화시킬 줄 몰랐다는 상황적 지표를 포괄한다. 하지만 '서러운'은 당시 시적 화자가 "풀숲 새 몰래몰래" 넘어 왔을 뿐 머지않아 다시 돌아갈 것으로 믿었던 '국경' 정도로 인식했던 분단 상황이다. 따라서 38도선은,

북쪽 동무들아
어찌 지내니?
겨울도 한발 먼저
찾아왔겠지.

먹고 입는 걱정들은
하지 않니?
즐겁게 공부하고
잘들 노니?

너희들도 우리가
궁금할 테지.
삼팔선 그 놈 땜에
갑갑하구나.

— 권태응 「북쪽 동무들」 전문(『감자꽃』글벗집, 1948)

에서처럼 단지 북쪽 동무들과 어울릴 수 없어 어떻게 지내는지 궁금하게 만드는 갑갑한 존재물이었을 뿐이다. 이렇듯 해방과 함께 등장했던 38도선은 그 당시에는 '서러운 국경선'으로부터 '갑갑한' 존재물로 인식되었다. 이 서럽고 갑갑한 외세의 부산물이 6·25란 그 무섭고 참혹한 동족상잔의 비극을 몰고 올 줄은 누구도 몰랐기 때문이다.

2) 분단 극복에의 기원

1950년 6·25 이후 동시문학은 민족 비극의 여파가 너무도 엄청나 분단 현실과 통일을 쟁점으로 부각시키지 못한 채 60년대를 지나쳐

온다. 다만 38도선 대신 가로 놓인 휴전선을 사이에 두고 강물과 새들은 서로 넘나들고 진달래꽃은 남북한 구별 없이 일제히 피고 지는데 우리 민족만은 갈라서 있어야 함을 한탄하는 동시가 60년대 낭만적 어조로 간간이 발표될 뿐이다. 윤석중의 「되었다 통일」(『윤석중아동문학독본』 을유문화사, 1962)과 김정일의 「콩 두 알」(『동아일보』 1969. 1) 등이 그 일례이다. 이 시기는 어두운 분단 현실이 거세되고 대신 맑고 밝은 동요와 동시가 대거 발표되었다. 그것은 '새 나라 새 일꾼'의 상징인 어린이에게 어두운 과거보다 희망을 불어넣어 주고 새로운 가치관을 심어 주기 위한 방편에서, 나라를 재건하는 초석으로 상정된 시 정신에 기인할 것이다. 대신 분단에 대한 우리의 감정과 통일의 염원을 동요 「우리의 소원」에 실어 발산하였던 것이다. 그러다 70년대 들면서 7·4 공동성명을 전후하여 분단 현실과 통일에 대한 문제가 조심스럽게 대두되었다. 반공을 국시로 북한과 대치하여 북을 악으로 적대시하던 시기에 이 공동성명은 온 국민에게 통일에 대한 흥분과 놀라움을 주기에 충분한 사건이었다. 비록 정치적 수단으로 악용되었다 할지라도 이 남북공동성명은 일천만 이산가족에게 가족 상봉의 한 가닥 꿈을 걸어 볼 그 나름의 유효성을 갖고 있었기 때문이다.

70년대 들면서 분단문제를 다룬 가장 눈에 띄는 것은 이준관과 박경용의 동시이다. 이들의 동시는 모두 새해 벽두에 발표되어 자연을 제재로 삼아 분단 현실과 통일에 대한 새해 소망을 기원한 것이다. 하지만 그 새해 기원도 이준관은 긍정적이고 낭만적인 통일에의 염원으로 표출되었고, 박경용은 분단 현실의 비통함에 대한 통곡으로 시화되었다.

휴전선

녹슨 철조망 위에도
아, 끊임없이 펄럭이는
푸르른
남북 없는 깃발의
물결.

마을로, 들로,
휴전선에서 백두산으로
한라산까지
향그런 바람을 타고
혓바닥을 날름거리며
푸른 불길이
활활 번지는,
초여름 한낮.

온통 보이는 것
모두가
초록색 크레용 하나로
꽉차게 그려진
도화지 한 장.

　　　　　— 이준관 「초록색 크레용 하나로」 4∼6연(『서울신문』1971. 1)

　자연은 위대하다. '초여름 한낮'에 자연만은 '초록색 크레용 하나
로' 우리 나라를 분단 없는 하나의 통일된 푸르른 세계를 그린다. 휴
전선에서부터 백두산, 한라산에 이르기까지 "푸르른/남북 없는 깃발
의/물결"을 창출해낼 수 있는 것은 오직 자연뿐이다. 이 동시는 남북

으로 양분된 우리 나라를 휴전선 없이 '도화지 한 장'에 푸른 물결을
꽉 차게 그려 놓은 대자연처럼 우리 민족도 푸르른 마음으로 남북한
이 화해하기를 바라는 통일의 염원을 새해 기원으로 노래하고 있다.
그러나 박경용의 새해 기원은 이준관과 사뭇 다르다.

> 빛깔이 다른
> 두 낱의 물이 만나는 자리.
> 아. 말이 있다면
> 말도 다르리.
> 뿌리가 다르고
> 시늉이 다른
> 두 낱의 물이 손잡는 자리.
>
> 강이 흘러와
> 바다에 드는 자리
> 바다가 달려와
> 강을 맞아들이는 자리.
>
> 아무 거리낌 없이
> 바다와 강이
> 하나로 얼리는 자리를
> 종일 지켜 서서
> 나대로 생각이 깊다.
> 동무야!
>
> 왜 그런가 몰라.

금 하나 그어 놓고
앵토라진 사람들.
뿌리도, 빛깔도, 말도, 그 무엇도
모두 같은 사람끼리.

— 박경용 「제목 잃은 시」 전문(『새소년』1972, 1)

　박경용의 「제목 잃은 시」는 그야말로 새해 벽두부터 안타까운 분
단의 현실을 통곡한다. 이 동시는 '제목 잃은 시'라는 제목 자체부터
그런 통곡을 감지하게 한다. '제목'을 '할 말'로 대치하면 그 의미가
확연해진다. 「제목 잃은 시」란 곧 '할 말 잃은 시'라는 의미로 상정될
수 있기 때문이다. 이 동시의 시적 화자는 우리의 분단된 현실을 염
두에 두고, "바다와 강이/하나로 얼리는 자리를/종일 지켜 서서" 깊
은 생각에 잠겨 있다. 생각에 잠기기보다는 차라리 시름에 잠겨 있다
는 편이 더 옳은 표현일 듯하다. 이 동시는 "뿌리도, 빛깔도, 말도"
서로 다른 강과 바다라는 자연은 "아무 거리낌 없이" 서로 만나고 화
합하는데, 우리는 "그 무엇도/모두 같은 사람끼리" 의미 없는 "금 하
나 그어 놓고" 앵토라져 살아가고 있는 사실에 할 말을 잃어버렸다
는 것이다. 아무리 깊이 생각해 보아도 "왜 그런가 몰라" 하며 도저
히 이해할 수 없는 일이어서 시적 화자는 그만 말을 잃고 아예 시의
제목조차 잃어버렸다는 통한을 아프게 토로하고 있는 것이다. 이준
관과 박경용의 동시 외에 분단의 통한과 고향의 향수를 전쟁으로 산
화한 삼촌의 이야기를 통해 가슴 아프게 증언하고 있는 유경환의
「내 고향 솔내」(『내 고향 솔내』 창조사, 1979) 연작동시도 70년대 분단
문제를 주요한 관심사로 제기한 작품으로 주목된다.

3) 전쟁의 비극성과 이산의 아픔

80년대 들면서, 분단문제는 전쟁의 비극성과 이산의 아픔을 통해 구체화된다. 먼저 그 아픔은 38선의 무게감을 통해 전달된다. 우리 나라 지도를 그리는 작업은 손동연의 「사회 시간」(『아동문예』 1983. 10)에서처럼 마지막 손질로 "우리 가슴에 아픈 실금 하나"를 빨간 볼 펜으로 추가해야만 완성되는, 그야말로 가슴 아픈 작업이다. 그 '실 금 하나'가 갖는 무게감은 윤삼현의 「삼팔선」(『아동문예』 1985. 5)에서 토로하고 있듯, 한탄강 옛 도로가 바윗돌에 새겨진 삼팔선이라는 "단 세 글자의 무게가/산만큼이나" 묵직한 무게감으로 다가오게 한 다. 우리에게 그 '실금 하나'의 무게가 '산만큼'이나 육중한 중압감 으로 부대끼게 하는 것은 다름 아닌 남북한이 확연히 남남이 된 아픔 의 무게에 연유할 것이다. 송재진의 「삼팔선을 나는 작은 공」(『한국아 동문학』 13집. 1986)에서 남북 대결의 탁구대회를 보며 2.5그램의 작은 탁구공이 남한 대표선수와 북한 대표선수 사이를 오갈 때마다 아버 지의 가슴을 때린다는 것도 남과 북이 확연히 남남이 되어 있는 아픔 때문이다. 한 동족 한 가족이면서도 갈라져서 서로 만나지도 못하고 이제는 남남이 되어 대결해야 하는 이런 비극은 전쟁이 남긴 상흔이 자 분단의 세월로 이산이 남긴 간극이다.

바로 80년대 들어 분단문제를 다룬 동시의 가장 커다란 관심사는 전쟁의 비극성과 그로 인한 이산의 문제이다. 장기화된 분단 현실의 비극을 직접 가슴에 와 닿게 하는 것은 무엇보다 실향민의 아픔일 터 이다. 분단으로 인해 고향을 상실한 실향민의 삶이란 뿌리 뽑힌 삶 바로 그 자체이기 때문이다. 80년대 동시문학에서 우리는 이런 이산 의 아픔을 다룬 두 편의 동시를 만나게 된다. 하나는 의인화를 통해 간접화법으로 의미화한 권정생의 「달팽이·3」이고, 다른 하나는 실향민의 아픔을 직접화법으로 제시한 박경종의 「팔지 않는 기차표」이다. 이들 동시는 1983년 KBS에서 전개한 이산가족 찾기 운동의 맥과 닿아 있다. 1983년 7월 30일 KBS가 생방송으로 진행한 〈이산가족, 지금도 이런 아픔이〉는 전국을 눈물바다로 넘치게 한 방송사상 최대 사건이었다. 그 방송을 시발로 장장 4백 53시간 45분 간의 마라톤 방송이 이어졌고, 그 이산가족 찾기 방송으로 1만 1백 89가족이 상봉하는 절절한 '인간 드라마'가 연출되었지만, 그때 KBS 본관과 광장에 나부꼈던 이산가족 찾기 벽보와 피켓의 물결은 분단 민족의 상처를 처절하게 되새기게 해 주었다.

달팽이 마을에
전쟁이 났다.

아기 잃은 어머니가
모퉁이 등에 지고 허둥허둥 간다.
아기 찾아간다.

목이 메어 소리도 안 나오고
기운이 다해 뛰지도 못하고
아기 찾아간다.

달팽이가 지나간 뒤에
눈물 자국이
길게 길게 남았다.
　　　― 권정생 「달팽이·3」 전문(『어머니 사시는 그 나라에는』 지식산업사, 1986)

권정생의 「달팽이·3」은 달팽이의 생태를 의미화해서 우회적인 방식으로 이산의 아픔을 형상화하고 있다. 여기서 엄마 달팽이에게 불현듯 닥친 이산의 아픔은 전쟁이 가져다 준 부산물이다. 이 동시는 집을 등에 지고 느릿느릿 기어가며 뒷자국을 남기는 달팽이의 생태를 통해 전쟁의 비극과 이산의 슬픔을 잘 유추해 놓고 있다. 이때의 '눈물 자국'의 의미는 혈육을 찾는 처절한 외침이라 할 수 있다. 간접 화법으로 주제를 전달하는 이 「달팽이·3」에 비해 박경종의 「팔지 않는 기차표」는 혈육을 찾는 처절한 외침을 더욱 절실히 느끼게 한다.

할아버지가
기차표를 사 오라고 하신다.

저! 함경도 홍원 가는
기차표를…….

나는 좋아라고
정거장으로 달려가니

〔…중략…〕

우리 할아버지 고향인
이북 홍원으로 가는
기차표는 팔지 않는다.

낡은 털모자를 쓰고
열심히 담배를 피우시는 할아버지도

이북 가는 기차를 기다리시는지
눈 내리는 창 밖만 내다보고 앉았다.

나는
찌부러진 갓을 쓴
정거장을 뒤돌아보면서

내일도 나와 보고
또 모레도 나와 보고…….

— 박경종 「팔지 않는 기차표」 일부(『월간문학』 1986, 5)

남한의 기차 정거장에서 팔지 않는 기차표가 있다. 북한으로 가는 기차표는 남한의 어느 역에서도 구할 수 없다. 이 동시는 팔지도 않는 기차표를 구하려고 애태우는 한 실향민의 기구한 이야기를 가슴 아프게 들려준다. 실제 박경종은 함경남도 홍원에서 출생하여 홍원초등학교와 홍원중학교 교사로 근무하다 6·25 때 월남한 실향민이다. 나이가 들수록 고향을 그리워하는 마음은 인지상정이다. 이 동시에서 시적 화자는 '어린 나'이다. 하지만 '함경도 홍원 가는 기차표'를 사 오라고 심부름을 시킨 할아버지가 바로 어린 나를 내세워 자신의 의지를 발화하는 실제의 화자이다. 이 실제 화자는 어린 나를 빌어 실향민의 아픔과 혈육을 찾는 처절한 외침을 대신하고 있다. 이런 발상법을 퍼소나(탈, persona)라 할 수 있다. 이 동시는 퍼소나를 특수하게 사용하여 시인의 태도를 표현하고자 한 것이다. 마지막 연의 "내일도 나와 보고/또 모레도 나와 보고……"라는 구절에서 그것을 감지하게 한다. 그 마지막 구절에서 보여주는 시적 화자의 행위는

'어린 나'의 태도이기보다 고향에 가고 싶어 하는 할아버지의 적극적인 태도에 해당하기 때문이다.

우리가 동시를 살펴볼 때, 가장 문제시되는 것은 일인칭 화자가 사용되는 경우 시인과 시적 화자를 어느 정도 동일시해야 하는가 하는 문제이다. 실제로 동시는 시적 화자를 시인과 동일시할 수 없는 특성을 지닌 문학이다. 동시를 쓰는 시인은 어른이고 시적 화자는 어린 아이인 까닭이다. 그러므로 항상 동시는 어린 아이를 내세워 시인의 체험을 상상력에 의해 변용시켜야 하는 어려움이 따르기 마련이다. 「팔지 않는 기차표」에서도 이산의 아픔이나 실향민의 고통을 의미화할 때 어떻게 시인의 삶의 경험을 어린 아이의 경험으로 동일시했는가 하는 문제가 제기된다. 이때 필요한 발화법이 퍼소나이다. 박경종은 퍼소나에 의해 순진한 어린 아이의 감정으로 표현하고, 그 자신의 의지를 표명하고자 하는 것이다. 만약 박경종이 직접 화자가 되어 흥원 가는 기차표를 사러 가서 겪은 체험적 고백담을 토로했다면 자전적인 동시가 되어 동시의 미학을 깨뜨리고 실향민의 실감을 상실했을 터이다. 그러나 「팔지 않는 기차표」는 아무것도 모르는 천진한 어린 화자를 내세워 시인의 의지를 표명했기 때문에 현재 시인이 갈 수 없는 고향에 대한 허망한 슬픔을 독자에게 아프게 전달해 줄 수 있었던 것이다.

인간의 가장 기본적인 권리는 자기가 태어난 곳에서 자신이 사랑하는 가족과 행복하게 지낼 인권이다. 이 기본권은 인간이라면 누구나 누려야 할 가장 최소한의 권리이다. 하지만 우리 민족은 이 기본권이 이념에 의해 억압당해 왔다. 아직도 지구상에서 유일하게 이 기본권을 누리지 못하고 있는 민족이 우리 민족뿐이라는 사실에 가슴이 아프다. 80년대 들면서 발표된 분단문제의 시편들은 전쟁과 이념에 의해 유린된, 인간에게 부여된 가장 최소한의 기본권에 대한 항변이며 절박성인 것이다.

3. 90년대 분단문제를 다룬 동시들의 몇 갈래

분단문제를 다룬 동시문학은 90년대를 기점으로 확연히 달라진다. 90년대 이전까지 시대적 분위기에 편승하여 수동적으로 대응하던 동시문학이 90년대 들어서면서 분단 현실을 보다 비판적으로 수용하기 시작한다. 거기에다 새로운 감각과 기법을 구사하며 주제 또한 다채롭게 구가된다. 그것은 90년대를 전후로 한 세계 질서의 재편과 직접 관련된 현상이기도 하다.

90년대에는 '한소협력시대'란 말의 당혹감 못지않게 국제정세 변화가 참으로 엄청났다. 동구 공산국가들의 개방화 물결을 탄 탈이데올로기화와 때를 같이하여 평화 공존의 시대를 예견하듯 남북 예멘과 독일이 통일을 이룩하였다. 이렇듯 세계질서는 이데올로기에 의한 반목과 대립이 종식되고, 상호 의존적인 경쟁과 경제 공동체로 전환되고 있었다. 아직 한반도는 남북한 물리적인 대치 상태와 적대적 긴장관계가 엄존했지만, 1989년 6월 한소정상회담 이후 여러 형태의 남북 회담이나 상호 방문이 이루어졌고, 1993년 문민정부가 들어서면서부터 '북한 바로알기'의 분위기가 확산되어 그에 따른 통일에의 열망도 증폭되었다. 분단 반세기를 보내는 이제는 우리의 분단에 대한 인식에도 많은 변화를 가져왔다. 그 후 정부는 확고한 안보의 기반 위에서 북한이 필요한 모든 분야에 지원할 용의가 있다고 밝힌 바 있고, 대북 개방 정책인 '햇볕론'을 내세워 '화해와 협력의 길'로 나아가는 개방의 수위도 한층 높였다. 북한 사회도 적지 않은 변화가 일었다. 김일성 주석 사망 이후 4년여 만에 열린 북한 최고 인민회의에서 김정일을 개정헌법상 최고의 직책인 국방위원장에 추대함으로써 김정일 체제가 공식 출범했다. 김일성 사망 이후 유훈통치라는 어정쩡한 지도체제를 탈피하고 김정일시대의 개막을 공식화한 것이다. 그것은 북한의 2세 권력체제 시대를 의미한다. 북한은 김정일 체제가 출범하면서 이중적 현시의 극단적인 외교를 보여주기도 했다. 동북아 안정을 뒤흔드는 미사일 발사 실험과 금강산 관광 길을 동시에 열었던 것이 그 대표적인 사례이다. 북한은 식량난을 비롯한 심각한 경제 난관에 봉착해 있다. 이러한 상황이 앞으로 북한 사회가 어떠한 방향으로 변화될지 예단하기 어렵게 하지만, 우리의 대북 인식에 대한 변화만큼 그들도 바람직한 방향으로 전환되기를 고대하는 심정이다.

90년대 이러한 국내외적 정세 변화는 동시문학에도 뚜렷한 변화를 가져다 주었다. 동시문학이 분단 현실에 보다 관심을 기울이고, 대북 인식에 관한 시대성을 쟁점으로 부각시키기도 했기 때문이다. 순응적으로 분단 상황을 받아들이던 90년대 이전에 비하면 주제면에서나 내용면에서 보다 다채로워졌고, 분단의 문제성을 다양하게 표출시켰다. 거기에는 분단에 대한 참다운 상황인식과 냉철한 역사의식이 토대가 되었다고 볼 수 있다.

1) 분단 현실에 대한 상황인식과 시간의식

90년대 들면서 우리 동시문학은 분단의 시간성 문제를 새롭게 제기한다. 시간은 모든 것을 변화시켜 주는 동력이다. 시간은 동구권 공산주의의 벽도 허물고, 철저한 이데올로기의 성곽도 퇴락시킨다. 80년대 동시문학은 공간성을 통해 분단의 아픔을 인지했다면, 분명 90년대 동시문학은 시간성을 통해 분단을 비판적으로 인식하기 시작한다.

시간도 쌓이면

무게가 있나 봅니다.

남북을

팽팽하게 가르며

날이 섰던

철조망이

늘어지고 굽어져서

녹이 슬었습니다.

그래서 지뢰밭이라는 푯말조차

들고 있기 힘이 듭니다.

이제

작은 바람에도 울기만 하는

철조망에

새들도 앉지를 않습니다.

— 방원조 「지뢰밭 푯말이 걸린 철조망」 전문(『아동문예』 1991, 1)

군사분계선 안의 지뢰밭 푯말을 게시한 철조망은 분단 비극의 대표적 상징물이다. 그 '지뢰밭 푯말이 걸린 철조망'을 시적 화자는 분단 40여 년이라는 긴 시간으로 바라보고 있다. 곧 시간이 쌓인 무게감을 통해 분단의 상처를 비판적으로 바라보고 있는 것이다. 시간은 모든 형체를 변화시킨다. 팽팽히 날이 선 철조망도 낡고 녹이 슬게 하고, 인간을 포함한 모든 생명체를 늙어 죽게 만든다. 확실히 40여 년 긴 시간은 팽팽하게 날이 선 철조망을 늘어지고 굽어지도록 변화시키기에 충분한 세월이다. 그 긴 시간의 흐름은 점차 무게를 달고 "지뢰밭이라는 푯말조차/들고 있기 힘이" 들 정도로 유형의 물체를 퇴락시키고 있다. 이 동시의 시적 화자는 군사분계선 안에서 이제는

새들조차 거들떠보지도 않은 퇴락한 철조망에 지뢰밭을 알리는 푯말
이 아직도 변함없이 걸려 있는 모순을 바라보고 있는 것이다. 40여
년이라는 분단의 세월에 자기 책무조차 감당하기 힘이 들 정도로 낡
은 철조망이지만, 그 철조망은 아직도 남북한의 물리적인 대치 상황
이 엄존하다는 사실을 확인시켜 주고 있는 것이다. 이러한 분단 현실
에 대한 시간의식은 정운모가 보다 운명론적으로 제기한다.

나무를 심었다.

반도의 한쪽
경상북도 의성군 금성면 제호동
외딴 우리 집 마당귀에
한 그루 열매 나무를 심었다.

대한이라 이름을 붙인
열매 나무

다 심고 돌아서다가
걱정이 되어
다시 쳐다본 열매 나무

북쪽으로 뻗은 가지엔
빠알간 열매가 조롱조롱 열리고
남쪽으로 뻗은 가지엔
파아란 열매가 조롱조롱 열릴까 봐
걱정이 되었다.

열린 열매끼리
색깔이 다르다며 서로 싸울까 봐
걱정이 되었다.

뿌리는 분명 하나인데
나는 왜 이처럼 쓸데없는
걱정을 해야만 할까.

— 정운모 「식목일」 전문(『아동문학평론』1991, 가을)

식목일은 산림녹화를 위해 특별히 제정된 법정 공휴일이다. 정운모는 식목일에 한 그루의 과수를 마당귀에 심으며, 그 과수에서 서로 다른 열매가 달리고 서로 다른 열매끼리 싸울까 봐 그야말로 '쓸데없는 걱정'을 한다. 극단적인 남북한의 이념 차이로 반목과 대립을 쌓아온 '시간의 무게'가 시적 화자에게 운명론자로 만든 셈이다. 40여 년 쌓인 불신이란 시간의 축적이 곧 한반도의 타고난 숙명이라 여겼기 때문이다. 그러면서도 그는 "왜 이처럼 쓸데없는/걱정을 해야만 할까"라며 반문한다. 이 반문도 분단으로 계속되어 온 시간의식에 기초해 있는 것이다. 정운모의 '쓸데없는 걱정'은 남북회담 대표들이 "얼굴을 붉히고/욕설을 퍼부으며 돌아설 때/참새들은/찍찍 쩍쩍/노래를 부르며/아쉬운 작별을 한다."는 제해만의 「판문점의 참새」(『별찾기』상서각, 1994)에서 그 요인을 찾을 수 있다. 「판문점의 참새」는 남북회담을 통해 한반도에 서린 냉전체제의 여진을 확인시켜 주고 있는 동시이다. 남북회담은 남북관계 교류를 개선하여 진정한 민족적 화해를 모색하는데 필요한 가장 현실적인 기본 창구이다. 그러나 남북 대표들이 동질성 회복을 구축하는 민족의 현안들을 매끄럽게 처리하지 못하고, 결국 적대적 관계를 확인시키고 마는 실망감을 「판문점의 참새」는 비판적으로 제기하고 있다. 이와 같은 분단 상황이 정운모가 '식목일'에 한 그루의 과수를 심고도 '쓸데없는 걱정'을 하게 된 현실이며, 그 걱정으로 쌓인 시간이 양이 운명론으로 받아들이게 만든 결과이다. 그것은 단일 민족이면서 분단 반세기가 흐르도록 화해는커녕 이질화의 골만 깊어간다는 시간의식에 대한 반향인 것이다. 박신식도 그런 시간의식에 대해 의문을 제기한다.

앞뒤로
서로 다른
열쇠 구멍이 있는
기이다란 자물통

왜
열리지 않지?

혹시
서로 열쇠를 바꾸어
가지고 있는 건 아닐까?

— 박신식 「휴전선」 전문(『아동문예』 1997. 6)

반세기 동안 꼭 닫힌 「휴전선」이란 자물쇠에 대응할 수 있는 열쇠는 무엇일까? 박신식의 「휴전선」은 이런 시간의식에 문제 삼는다. 여기서 박신식은 "혹시/서로 열쇠를 바꾸어/가지고 있는 것은 아닐까?" 하고 반문한다. 그의 반문은 남북한이 서로 갖고 있는 열쇠를 바꾸면 쉽게 열 수 있는 해결법도 있다는 것이다. 열쇠를 바꾼다는 것은 대립된 이념이나 민족적·정치적·경제적·사회적 제반 사항뿐 아니라 긴장으로 대치하면서 소모되는 국가적 손실까지도 상호간에 바꿔 생각해 보자는 뜻이다. 곧 박신식의 「휴전선」은 아무리 많은 분단의 시간이 흘러도 한번쯤 서로의 처지를 바꿔 생각하는 역지사지의 방법으로 분단문제의 현안을 모색해 보면 꼭 닫힌 휴전선 문을 여는 열쇠가 될 것이라는 안타까움을 토로하고 있는 동시이다. 그와 같은 분단 상황에 대한 모색을 김정은 '한 몸' 의식으로 제시한다.

우리 나라는 38선만
그어졌을 뿐
한 몸이지

빨간 동그라미 파란 동그라미
반쪽끼리 만나 껴안아야
태극기가 되는 거지

네가 반쪽 한 말
내가 반쪽 말 채워야
참말 되는 거지

네가 반 웃고
네가 반 웃어야
진짜 웃음 되는 거지

주먹 푼 너의 왼손
주먹 푼 나의 오른손

마주 잡아야 통일이 되는 거지

개멋 부리려고 허리 졸라맨
38선 댕기 풀어내야
한라에서 백두까지 맥 뛰는 거지.

　　　　　　　— 김정 「배꼽 친구」 전문(『아동문예』 1995. 8)

　김정의 「배꼽 친구」는 남한과 북한은 서로 다른 둘이 아니라 '한
몸'이라는 의식에서 시상이 출발한다. 남북한이 원래 '하나'이면서도
'완전한 하나'가 되지 못한 이유는 '개멋' 부린 '38선 댕기'에 있다는
것이다. 그의 시적 인식은 38선을 만든 이데올로기야말로 '개멋' 부
린 장식품에 불과하다는 것이다. 말하자면 빨간 동그라미 파란 동그
라미 반쪽끼리 만나 껴안아야 비로소 완전한 태극기가 되듯, 한반도
의 허리에 졸라맨 '38선 댕기'를 풀어야 민족의 맥이 제대로 뛰며 생
명력을 갖게 된다는 것이다. 곧 김정의 「배꼽 친구」는 남한과 북한은
'한 몸'에서 태어난 '배꼽 친구'이기 때문에 서로 절반씩 웃어야 진짜
웃음이 되고, 왼손과 오른손이 마주 잡아야 비로소 하나가 된다는 것
을 비유적으로 제시하고 있다. 김정의 시적 상상의 근저에는 결국 남
한과 북한은 '한 몸'이어서 반세기란 시간이 지났다 할지라도 다시
그 나누어진 둘이 서로 손을 맞잡는 순간 민족의 맥이 제대로 뛰고
새롭게 살아나 진정한 '배꼽 친구'가 된다는 천진한 일원론적 사고가
자리 잡고 있다. 90년대 시적 상상력은 이렇듯 반세기란 시간의 무게
로 쌓은 남북한 감정의 골도 진정한 화합의 순간에 메워진다는 「배꼽
친구」에서 보여주듯, 남북한이 이데올로기의 댕기를 풀고 '완전한
하나' 되기를 갈망하는 분단 극복의 희원을 담고 있는 것이다.

2) 냉철한 역사의식과 시대적 고뇌

90년대 분단문제를 다룬 또 하나의 시적 특성은 분단의 근원에 대한 인식을 들 수 있다. 그것은 냉철한 역사의식과 시대적 고뇌에 기초한다.

6월이 다 끝나 가는 어느 날
초등학교 2학년 바른 생활
'통일의 길' 시간

꼬마들이 선생님께 묻습니다.
"선생님, 북한은 우리 나라 아니지요?"
"선생님, 정말 북한 사람도 한복 입고 우리말을 해요?"
"선생님, 북한 땅에 왜 못 가요?"
"선생님, 휴전선이 뭐예요?"
"선생님, 누가 휴전선을 만들었어요?"
"선생님, 왜 철조망을 쳤어요?"
"선생님, 철조망 끊어버리면 되잖아요?"

한 가지 설명하면 또 한 가지 묻고
텔레비전에서 보고
잘 알 거라고 생각했던 것도 묻는
우리 철부지 꼬마들의
천진하고도 엉뚱한 질문.

그러나 가슴 에이는 질문에

어떻게 대답해 주어야 좋을지
선생님 가슴도 절로 답답해지는
우리 나라 초등학교 2학년
바른 생활 '통일의 길' 시간.

— 권오삼 「통일의 길」 1~4연(『아침햇살』1998, 겨울)

오늘날의 우리 아이들은 북한이 아득히 먼 전설의 땅도 아니고 아
주 남의 나라로 인식하는 시대를 살고 있다. 갈 수 없는 곳이란 분단
이데올로기의 미망과 그렇게 살아온 반세기란 시간의 양이 그들에게
북한을 아예 미망의 나라로 안착시킨 결과이다. 그래서 그들에게
'통일의 길'이라는 덕목은 올바른 대북관을 심어 주는 계기이기 전
에 우선은 북한을 아득히 먼 미망의 나라로부터 현실에 현현시키는
도정에 위치한다. 초등학교 2학년 바른생활의 '통일의 길' 시간은 아
이들에게 북한을 미망의 나라로부터 우리 나라의 일부라는 실제를
복원시키는 초입의 과정일 수밖에 없다. 권오삼의 「통일의 길」은 바
로 아이들에게 북한을 미망의 나라로부터 실제에 현현하는 궁극이
'통일의 길'밖에 없다는 확고한 일념을 제기한 동시이다. 그러한 그
의 일념은 아이들의 '엉뚱한 질문' 속에 내장되어 있다. 아이들의 엉
뚱한 질문을 아무런 해명 없이 나열한 것은 곧 북한에 대한 올바른
이해는 '통일의 길'밖에 없다는 시인의 일념에 입각한 것이다. 따라
서 다음 연에 오면, 아이들의 엉뚱한 질문에 "절로 답답해지는" 선생
님이 무대응만 있을 뿐이다. 그러다 마지막 연의 "얘들아! 믿어다오/
이런 시간이 없어도 될 날/언젠가는 꼭 오리라는 것을"이라는 구절
에서 시인의 통일에 대한 일념을 드러내게 된다. 남북통일이 되면 이
같은 철부지 아이들에게 북한이 미망의 나라로부터 실제 우리 나라
로 현실화되어 '엉뚱한 질문'은 자연히 해소될 수밖에 없을 것이기

때문이다. 「통일의 길」에서 나열된 아이들의 천진한 질문을 통해 시인이 이야기하고자 한 것은 바로 그들의 질문이 엉뚱하면 엉뚱할수록 분단 상황이 충격적일 수밖에 없다는 것이고, 그럴수록 분단은 하루속히 극복되어야 한다는 일념의 표현인 것이다. 그러나 이 동시는 이런 시인의 일념이 그저 주관적 근거 위에 정초되고 분단이 무조건 극복되어야 한다는 주관적 지향성만이 강조되어 있다. 아이들의 천진한 질문 속에는 충격적인 분단의 상황만 제시되어 있을 뿐 그 질문을 수렴하여 창조적으로 형상화하는 의지나 정당한 분단 극복의 대안을 마련해 놓지는 못하고 있다는 것이다. 그것은 시인의 일념이 주관적 근거와 현상적 경험 위에 정초되어 냉철한 역사의식이나 시대적 고뇌가 용해되기보다 그것을 초월해 있는 결과이다. 우리는 신현득과 박종현에게서 분단에 대한 냉철한 역사의식과 시대적 고뇌의 단면을 읽을 수 있다.

　　힘센 놈은 그런 짓 해도 된다.
　　만세 소리 나는 땅에 삼팔선 긋기.

　　들판이거나, 학교 마당이거나
　　남의 안방 장롱 밑으로 경계선을 그어도
　　곧게만 그으면 된다.

　　역사가 눈을 흘기며
　　"20세기의 죄악이다!" 하고
　　외치거나 말거나
　　여기까지 네 차지
　　여기부턴 내 차지

곧게만 그으면 돼.

남의 나라야 나누어지거나 말거나
한 고을이 두 쪽 나거나 말거나
한 마을이 두 쪽 나거나 말거나
한 가족 앉은자리가 나누어지거나 말거나
하나의 학교가 남북으로 쪼개져도
곧게만 그으면 돼.

마당 끝으로 경계선이 지나고
장독대 복판으로도
외양간서 쉬던
송아지 등때기 위로도
경계선이 그어졌다.

전쟁이 되거나 말거나
몇 백만, 쓰러져 죽거나 말거나
피로 강물이 되거나 말거나
전쟁고아 수십만이 생기거나 말거나다.

— 신현득 「삼팔선 긋기」 전문(『시와 동화』 1997, 가을)

   이 동시에는 '45년 어느 날 이야기'라는 부제가 달려 있다. 강대국에 의해 해방의 기쁨과 함께 분단의 비극을 강요당한 이야기라는 뜻일 것이다. 곧 분단이 우리의 의사와는 전혀 무관하게 외세에 의해 이루어진 것이라는 근원론적 접근을 통한 냉철한 역사의식으로 '삼팔선 긋기'를 생각해 보자는 것이다. 김재수의 「휴전선에서」(『아동문예』1995. 12)도 "힘 센 나라끼리/엮어 논 철조망"이라고 분단에 대한 역사의식을 만날 수 있기는 하다. 하지만 김재수는 "고향을 찾아 헤매이다/되돌아간다/목놓아 울고 울다/지쳐서 간다"며 분단에 대한 비극적 인식을 감상적으로 대체하고 있을 뿐이다. 신현득은 한 걸음 더 나아가 분단이 외세에 의해 강압적으로 이루어지고 그것이 민족의 족쇄가 되어 엄청난 고통을 당하게 했다는 원인론적 비극을 비장한 목소리로 토로하고 있다.

1945년 어느 날 한반도는 강대국의 이권 쟁탈로 북위 38도선을 기준으로 하여 두 동강이 나고 말았다. 강대국의 한반도 '삼팔선 긋기'의 강행은 "들판이거나, 학교 마당이거나/남의 안방 장롱 밑"이거나, "한 고을이 두 쪽으로 나누어지거나 말거나" 그야말로 횡포 그 자체이다. 그런 남의 나라의 형편에는 염두에 없는 강대국의 횡포에 대해 신현득은 "한 가족이 앉은자리가 나누어지거나 말거나/하나의 학교가 남북으로 쪼개져도/곧게만 그으면 돼"라며 항변한다. 그의 항변은 반복법에 의해 곧 울분으로 변하고, 또다시 "몇 백만, 쓰러져 죽거나 말거나" "전쟁고아가 수십만이 생기거나 말거나" 점층적으로 이어져 분노로 바뀐다. 강대국의 이권쟁탈이 만들어낸 '삼팔선 긋기'는 급기야 민족 동란으로 이어지게 했고, 그로 인해 '수십만 전쟁고아'가 발생한 엄청난 민족적 재난을 초래하게 되었다는 분노이다. 이 동시에서 그의 항변이 울분이 되고 다시 분노로 변이되는 과정을 자연스럽게 이행시켜 주는 중요한 시어가 '되거나 말거나'라는 서술어이다. 이 서술어 속에는 '함부로 막'이라는 의미가 내포되어 있다. 거기에는 평화롭게 쉬고 있는 외양간의 송아지까지 함부로 막 강대국의 저의에 의해 고통을 주었다는 시적 화자의 폭발하는 분노를 읽게 하고 있다. 바로 우리 삶의 안일을 조금도 고려하지 않았던 강대국의 저의를 '되거나 말거나'라는 서술어가 담당한 시적 역할이다.

90년대 이전까지 '삼팔선'에 대해 감상적이고 소극적인 감정을 시화하던 우리 동시문학에 신현득은 분단에 대한 적극적인 대응과 주체적인 목소리 찾기를 통해 분단 현실을 바라보는 새로운 시각을 제시했다. 이 당당한 목소리는 냉철한 역사의식에서 생성된 시정신인 것이다. 분단 극복 의지는 분단에 대한 이러한 시정신을 선행 조건으로 역사되는 것이다. 분단 모순의 근원을 바르게 해명하는 일은 분단 극복으로 가는 길의 첫걸음이기 때문이다. 역사에 대한 바른 대응 없이는 우리 동시문학이 분단문제에 대해 관념화와 감상성으로부터 한 치도 벗어날 수가 없는 것이다. 그 이전에 발표되었던 신현득의 「통일이 되는 날의 교실」(교음사, 1981) 연작동시도 분단 현실에 대한 냉철한 역사의식 위에 기초된 성과물이었다. 대신 박종현에게서는 시대 현실에 대한 시인의 깊은 고뇌의 단면을 만날 수 있다.

> 요즈음 텔레비전은
> 무너진 장벽 위의
> 독일인을 비춰 주고
> 자유의 깃발 든
> 루마니아인을 비춰 준다.
>
> 잠들지 못하는 밤에는
> 시 한 줄 없는 신문으로
> 독서를 하느라고
> 청탁을 받고도
> 시를 쓰지 못한다.
>
> 〔…중략…〕

휴전선의 철조망이 걷히면

내 시는 돌아올 수 있을까?

시 한 줄 없는 신문에서

시를 찾을 수 있을까?

  ─ 박종현 「내 시는 어디 갔을까」 2~6연(『굴렁쇠』1990, 2)

90년대 벽두부터 동구라파는 이념의 혁명을 이룩해냈다. 냉전체제의 응집적 산물인 이데올로기란 미망의 벽을 허물고 동서 화해의 길로 나섰다. 박종현의 '내 시 찾기'의 시적 고뇌는 90년대를 전후로 한 세계질서 재편에 대한 시대성과 직접 관련된다. 세계 질서 재편 과정 속에서도 우리만은 유독 적대적 긴장 관계를 유지하며, 오로지 분단체제란 관성의 틀에 갇혀 있는 그 규정력에 대한 시인의 시대적 고뇌인 것이다. 바로 박종현은 '내 시는 어디 갔을까'라는 자신의 시 찾기로 대응한 셈이다. 「내 시는 어디 갔을까」의 시적 화자는 시 쓰는 일보다 독일의 무너진 장벽과 자유의 깃발을 든 루마니아인들의 관심에 쏠려 있다. 이미 시는 그의 "가슴에서 떠나 버"리고 말았고, 그렇게 떠나 버린 '시를 찾기' 위한 노력보다 이데올로기의 혁신을 이끌어낸 타민족에 모든 관심을 빼앗겨 버렸다. 그래서 시적 화자는 밤에 잠들지 못하고 신문에 실린 타민족의 자랑스러운 기사거리를 읽느라 청탁받은 시도 쓰지 못하고 깊은 고뇌에 빠져든 것이다. 시인이 동시 쓰는 일보다 이런 시대적 고뇌에 더 깊이 빠져버렸음을 토로하고 있는 「내 시는 어디 갔을까」는 진정으로 90년대 분단문제의 고뇌를 되새기게 하고 있다.

그 외 90년대 시사성을 시화한 동시로 조명제의 「소」(『다시 부르는 노래』 아동문예사, 1998), 송년식의 「하느님이 금강산을 만든 이유」(『아침햇살』1998. 겨울) 등을 더 들 수 있다. 이들의 동시는 남한 기업인이 남북경협사업의 일환으로 이루어낸 성과물을 시적 제재로 삼고 있다. 분명 이들 작품에는 남북한 교류와 화해의 디딤돌이 되기를 바라는 민족 염원이 담겨 있다. 대결과 반목으로 점철된 분단 반세기만에 이룩한 소중한 타협의 결과가 결실 맺기를 바라는 희원이 내장되어 있다는 것이다.

특히 조명제의 「소」는 분단시대를 체념하듯 살아온 우리 민족에게 뜨거운 감동을 준 사건을 다루고 있다. 그것은 남한 기업인이 두 차례에 걸쳐 소떼 1,001마리를 몰고 판문점을 통해 군사분계선을 넘은 일이다. 군사분계선을 넘기 직전 판문점 공동경비구역(JSA) 남측지역 '평화의 집'에서 그는 강원도 통천 가난한 농부의 아들로 태어나 아버지께서 소를 판 돈 70원을 가지고 집을 떠나, 이제 그 한 마리의 소가 천 마리의 소가 되어 그 빚을 갚으러 꿈에 그리던 고향 산천을 찾아가는 것이라며 감회에 젖었다. 그의 감회는 벅찬 감동으로 이어졌다. 그 뒤 송년식의 「하느님이 금강산을 만든 이유」에 답하기라도 하듯 꿈같이 금강산 가는 뱃길이 열렸기 때문이다. 이 일련의 사건은 90년대 초 독일이 이루어낸 통일의 감격만큼 감명 깊은 충격을 주었다. 그것이 감명 깊은 충격이라는 것은 폐쇄적이면서 이중적 현시를 펴온 북한이 조금이나마 개방의 문을 열었다는 놀라움이기보다 동서화해로 조성되고 있는 세계 질서 개편 과정에서도 왜 우리만은 이토록 극단적인 분단 상황을 지속해야 하는가라는 한탄이며 또 얼마나 그렇게 분단시대를 살아야 할지 모른다는 현실에 대한 반향일 것이다.

3) 용서와 관용, 그 시심의 아름다움

분단문제를 다룬 90년대 동시문학의 또 다른 시적 특성은 용서와 관용의 시정신이다. 분단 극복은 보다 참다운 상황 인식과 냉철한 역사의식이 바탕이 된 관용에서부터 비롯되기 마련이다. 반세기 분단의 모순이 계속 이어진 시간의 무게를 벗는 일은 용서와 관용으로부터 시작될 수 있다. 용서와 관용은 마음의 평온을 회복하는 유일한 방법이기 때문이다.

슬픈 일일수록
새들은 빨리 용서할 줄 안다.

우리들보다
더 힘들게 살면서도
언제나 우리들보다
더 먼저 용서하는 새들

지난 일을 잊기 위해
새들은 소총 소리 들리는
숲을 찾아와

거기에다
편안한 집을 짓는다.

지뢰가 흩어진 숲속을
우리들보다 더 먼저 찾아와
탄탄하게 집을 짓고
따스한 알을 낳는다.

— 권영상 「비무장지대·2」 전문(『아동문학연구』 1991, 가을)

동시의 참다운 시 정신은 진심으로 발휘되는 용서의 아름다움에 내재해 있다. 순수하고 새롭게 거듭나도록 하는 힘도 용서의 마음에서 생성되는 아름다움이다. 권영상의 「비무장지대·2」는 인간이 일으킨 전쟁의 참혹성을 자연의 순수성으로 정화시키고 회복하는 용서의 속성을 내밀히 함축하고 있다. 비무장지대는 분단된 한반도에서 가장 예민한 긴장의 지대이다. 권영상은 팽팽한 긴장이 감도는 그곳에 가장 순수한 생명이 '탄탄한 집'을 짓고, '따스한 알'을 낳고 살아간다는 아주 자연스럽고 평범한 사실을 이야기하면서 그것은 '용서'라고 함축한다. 이 용서라는 시어 속에는 우리 인간이 분단체제를 규정하고 강화시켜 온 외부적 규정력을 무화시키는 탈냉전의 의미가 내포되어 있다. 인간이 규정지어 전운을 감돌게 하는 팽팽한 긴장의 지대인 비무장지대에서도 순수한 새들이 지난날의 참혹한 전쟁을 잊고 '편안한 집'을 짓고 살아간다는 것이 바로 인간이 만들어 강화해 온 그 규정력의 해체를 의미하기 때문이다. 곧 권영상의 용서는 분단의 아픔을 자연의 순수성으로 회복하고 평정을 찾아가는 하나의 방법인 것이다. 이렇듯 자연의 순수성과 용서의 아름다움은 분단의 아픔을 침잠시키는 힘이 되고, 다시 그 힘은 분단 극복의 의지를 부유시킨다. 이 동시에 담긴 시 정신은 이러한 자연의 순수성을 통한 인간의 정화와 탈냉전시대의 도래를 꿈꾸는, 그 꿈의 아름다움에 있다. 권영상의 「비무장지대·2」는 비로소 우리에게 분단문제를 수렴하는 태도를 상기시킨다.

　　철조망 속엔
　　가시가 돋쳐 있었습니다.

　　'다칠라…….'

모두다 인상을 쓰며
그 앞을 지나쳤습니다.

철조망은
외로웠습니다.

어느 따스한 봄날
조그맣고 여린 손이
철조망을 꼬옥 붙잡았습니다.

나팔꽃
덩굴손이었습니다.

"넌 내가 무섭지 않니?"
"당신이 아니었다면 난 일어설 수 없었어요."

철조망은
다른 손도 내밀었습니다.

— 김숙분 「철조망과 나팔꽃」 전문(『산의 향기』 아동문예사, 1998)

김숙분의 「철조망과 나팔꽃」은 분단문제를 직접 제시하지 않으면서도 분단 극복을 시사하는 동시이다. 그것은 분단문제를 수렴하는 진정한 태도에서이다. 여기서 철조망은 남북을 가로막는 분단의 철조망일 수도 있고 분단과 무관한 단지 울타리로 쳐 놓은 철조망일 수도 있다. 철조망에는 가시가 돋쳐 있다. 가시 돋친 철조망은 외부의 침입을 막기 위해 설치한 의도적인 방어물이다. 그런 철조망은 어떤 목적을 위해 설치한 자 이외의 모두 생명체에게는 흉물스런 물체나 흉기에 지나지 않는다. 이 동시는 가까이 하기에 자연히 꺼려지는 철조망과 그의 도움이라도 필요했던 어린 나팔꽃의 관계를 감동적으로 이야기하고 있다. 전혀 조화될 수 없을 것 같은 철조망과 나팔꽃의 관계가 아름답게 형상화된 것은 바로 관용과 화합의 정신에서 우러나오는 감동 때문이다. 좀더 구체적으로 말하면, 아무도 인정해 주지 않는 상대방의 단점을 장점으로 승화시킨 데서 오는 감동인 것이다. 이 동시는 남의 단점을 장점으로 상승시켜 수렴하는 태도에서 세심한 시심의 아름다움과 그 깊이를 읽을 수 있게 한다. 이제 비로소 우리의 분단문제를 극복하는 정신은 이 「철조망과 나팔꽃」과 같은 관용과 화합의 정신임을 알게 한다. 이런 '철조망과 나팔꽃' 같은 관계가 진정한 남북한의 관계 교류라는 것임을 이 동시는 함묵하고 있는 셈이다. 그런 의미에서 김숙분의 「철조망과 나팔꽃」은 참다운 분단의 상황의식을 창의적으로 제시한 좋은 동시이다. 결국 이 동시는 분단시대를 극복하는 소중한 시 정신을 담고 있고, 또 소재 중심적 한계를 벗어났다는 점에서 앞으로 분단문제를 다룰 동시문학에 중요한 의미를 시사하고 있는 셈이다.

4. 통일시대를 대비한 동시문학의 과제

무엇보다 갈 수 없는 땅이란 분단 이데올로기의 미망과 그렇게 살아온 반세기란 시간의 깊이가 오늘날 우리 아이들에게 북한을 아득히 먼 전설의 땅도 아니고 아주 남의 나라로 인식하는 시대를 살게 하고 있다. 해방 이후 우리가 살아온 이 시대를 분단시대로 규정지을 만큼, 그것은 불가피한 사회적 현상일 것이다. 이런 우리 아이들에게 분단의 문제는 어떠한 문학적 제재보다 중차대한 과제임은 두말 할 필요조차 없다. 그러나 분단시대를 살아온 반세기, 동시문학이 분단 문제에 대해서 미온적 대응과 열악한 문학성을 드러내었던 점은 무엇일까? 그것은 분단문제에서 제 모순을 간과한 나머지 소재 중심에 머물렀고, 휴전선·비무장지대·갈 수 없는 곳 등으로 규정화된 공간성과 시간성 속에 묶여 단지 이산의 아픔과 통일에의 염원 등으로 축소화했던 결과이다.

우리 민족은 이미 분단된 지 반세기가 넘어선 시간을 살았고, 그 모순으로 점철된 또 한 세기의 공간에 서 있다. 이런 시점에서 우리의 분단을 다시 되돌아본다는 것은 분명 지난날의 문제성 극복을 염두에 둔 사실에 있을 것이다. 우리가 분단문제를 다룬 동시의 면모를 개략적으로 검토해 보는 일도 결국은 분단문제에 관한 문학적 상황을 재인식하고, 분단을 극복하기 위한 열린 노력의 하나라는 점이다. 곧 우리 동시문학이 통일시대를 준비하는 과정의 역할을 감당하는 문학이어야 한다는 데에 있다는 것이다. 그것은 우리 동시문학이 반세기에 걸친 분단의 세월이 침윤시킨 이질적 앙금의 벽을 허물고, 진정한 민족의 동질성을 회복하는 현실적인 방안들을 모색해 나가지 않으면 안 된다는 것이기도 하다. 하나의 비근한 예로, 한때 초등학교 학생들 사이에 '야, 이 북한놈아'라는 말이 욕설로 쓰인 적이 있다. 텔레비전에서 본 굶어 죽어 가는 북한 아이들을 떠올려 만들어진 욕설이다. 이러한 현시는 북한을 멸시하고 북한에 대한 잘못된 우월감에서 비롯된 또 다른 분단 모순의 일종이다. 통일시대를 준비하는 동시문학은 분단의 제 모순을 동심으로 정화시키는 관용과 화합의 아름다운 정신에서 찾을 수 있을 것이다. 따라서 앞으로 도래할 통일 시대를 준비하기 위해 동시문학에 다음과 같은 몇 가지 과제 실현이 요청된다.

첫째는 동시문학이 소재 중심이나 분단의 상황성에 얽매인 규정적 한계를 넘어서야 한다. 분단문제라 하면 으레 떠오르는 분단 현장의 상징적 제재에서 과감히 벗어나야 한다는 것이다. 분단의 상징물들은 우리를 분단의 모순 속으로 다시 몰아넣을 수밖에 없고, 그런 분단문제는 감동과 심미적 가치를 상대적으로 경시하게 된다. 감동과 심미적 가치가 상실된 동시문학은 이미 동심의 문학으로써 그 의미를 잃은 것이나 마찬가지이다. 시인의 시 정신의 규정도 바로 여기에 몰입된 결과이다. 동시문학은 올바른 역사의식과 참다운 상황 인식으로 분단의 원인으로부터 통일의 저해요소에 이르는 전과정을 포괄하는, 시적 제재를 확장하고 다양화하여 민족 동질성 회복을 위한 시 정신을 창출해내야 하는 것이다.

둘째는 막연한 통일에의 염원과 낭만적 환희, 또는 북한 사회와 분단 현실에 대한 신경증적인 의식을 버려야 한다. 신경증(neurosis)이란 어떤 특정한 대상에 대하여 실제 이상의 증폭된 감정을 갖는 현상을 말한다. 우리 사회가 6·25의 참혹한 동족상잔의 경험과 그 이후 고착화된 분단, 그로 인한 북한과 남한사회의 제 모순, 남북한 물리적 대치 상황과 유착된 긴장 관계, 이산가족 상봉에 대한 요원한 염원, 북한이 보여온 이중적 현시에 대한 불신감 등의 증폭된 감정을 지니고 있는 것은 사실이다. 그런 신경증적 반응은 시 정신을 강제하고 시적 상상력을 제약하는 구속력을 갖게 마련이다.

셋째는 북한의 굶주린 아이들에 대한 애정적 접근과 환경·생태적 문제의 깊이까지 시 정신을 확장시켜야 한다. 사회주의 체제가 붕괴되면서 가장 먼저 문제로 떠오르는 현상은 환경오염이었다. '시베리아의 진주'로 일컬어지던 바이칼 호에 물고기가 더 이상 살 수 없다는 것은 사회주의 종주국이었던 소련의 환경문제를 대변하는 증거였다. 독일도 통일 이후 동독지역의 오염을 서독 수준으로 정화하기 위하여 2천 년까지 2,000억 마르크(140조 원)를 투입해야 한다고 했고, 환경오염 피해로 구동독 지역은 매년 국민 소득의 약 10%인 300억 마르크의 손실을 보고 있다고 했다. 북한도 독일과 사정이 다르지 않다는 것이 환경전문가들의 일반적인 견해이다. 북한은 군수산업·중화학공업 중심의 공해 다량성 배출 산업구조로 이루어져 있고, 낡은 생산시설과 저급 갈탄이 주에너지원이어서 공해 발생은 불가피한 일이다. 거기에다 식량부족으로 '다락밭 개간'이나 '새땅찾기운동'을 벌리며 산림을 황폐화시키고 있다. 그 산림 황폐화로 인해 토사 유실이 초래되고, 하천 위쪽의 토사가 퇴적되어 빈번한 범람이 일어나 농업 생산량은 갈수록 감소되고, 경제활동도 침체되는 악순환 현상이 일어났다. 또 기상이변 등 연속적인 자연 재해로 농업생산 기반이 붕괴되고, 비료·농약·석유 등 원자재난까지 겹쳐 식량난 사태를 불러온 결정적인 요인이 되었다. 북한의 식량난은 이러한 환경 구조가 가속화시킨 결과라 할 수 있다. 환경문제는 부익부 빈익빈의 원칙이 철저하게 적용되기 때문이다.

몇 년 전 앙상한 몸집에 눈만 왕방울 만한 북한 어린이의 힘없는 얼굴이 텔레비전 화면에 비쳐진 적이 있었다. 이것이 바로 가족간의 유대마저 무너뜨린다는 북한의 식량난의 한 단면이었다. 북한은 1997년 새해 신년사 공동사설에서 '풀죽'을 인정하며, 마침내 숨겨온 기아의 장막을 걷고 식량난을 세상에 알렸다. 그 해 3월 북한의 식량난 실태 상황을 파악한 세계식량계획(WFP)의 캐서린 버티니 사무국장은 북한의 식량 지원이 늦어질 경우 대재앙이 닥칠 것이라고 호소했다. 2백 40만 명에 이르는 만 6세 이하 북한 어린이의 대부분이 영양실조에 시달리고 있다는 것이다. 문제는 성장기의 영양실조는 신체는 물론 두뇌에 치명적인 악영향을 미친다는 증후이다. 어느 사회나 기근상태에 직면하게 되면 그 피해는 우선적으로 힘이 없는 계층에

닥치게 마련이다. 그런 면에서 아이들은 늘 취약한 상태에 놓인 형편이다. 온 나라 안이 북한의 굶주린 참상을 공개할 때에도 우리 동시문학은 그 문제성에 대해 침묵으로 일관해 왔다. 북한의 환경·생태적 문제와 굶주린 아이들에 대한 문제는 다름 아닌 우리 민족의 문제와 직결된다. 그것은 언제 도래할지 모를 통일시대에 가장 중대한 문제로 떠오를 것이고, 또 그때 우리가 떠맡아야 할 당면 과제로 부상하기 때문이다. 동시문학에서의 민족동질성 회복은 먼저 북한 어린이에 대한 따뜻한 동포애 정신을 발휘하는 일에서 비롯될 것이다. 북한의 환경·생태적 문제와 굶주린 아이들의 문제를 우리 동시문학이 애정적으로 끌어안아야 하는 이유는 거기에 있다고 하겠다.

우리는 반세기가 지나도록 여전히 분단시대를 살고 있다. 분단시대라는 것은 분단 현실이 안고 있는 모든 모순을 통괄한다. 하지만 이제는 언제 도래할지 모를 통일시대를 예비하며 적대적 북한관에서 포용적 북한관으로 바뀌어 갔다. 우리의 동시문학도 이에 합당한 통일을 준비하는 문학관을 정립해 나가야 한다. 그리고 소재상의 특이성을 찾으려는 노력보다 감동이 살아 있는 동시 창작에 몰입해야 한다. 분단극복과 통일을 지향하는 시적 과제에서 창의적인 상상력과 시적 감동이 유실된다면, 그것도 한낱 쓸모없는 감상이나 허전한 염원에 그치고 말뿐이다. 동심의 정서는 이데올로기의 미망 이전의 본성으로 되돌리는 강한 향수를 유발한다. 이런 동심의 정서는 민족의 정서로 승화될 수 있는 가능성을 지니고 있다. 그 가능성으로 통일시대를 예비한다는 것은 우리 동시문학의 축복이다.